fünf

NIAH FINNIK

FUCHS TEUFELS STILL

ROMAN

Für Bastian –
ich weiß, du hast es mir gesagt.

Für Valentino –
der sich eine Detektivgeschichte wünschte und
keine bekam.

Für Sarah –
die mir die Welt übersetzt.

1

Ich wachte auf und lag am Boden. Für ein paar Sekunden wusste ich nicht, wo ich war. Auch nicht, wer. Hastig strich ich an meinem Körper entlang und stellte fest, dass noch alles an seinem Platz war. Selbst das Gefühl, das mich ruinierte, klemmte immer noch zwischen meinen Rippen. Wenn ich es spürte, war es, als würde etwas fehlen, damit die Zukunft beginnen konnte. Trotzdem passierte sie, sie brauchte mich nicht. Meine Wohnung lag im dämmerblauen Licht, der Wecker hatte noch keinen Laut von sich gegeben, so dass ich wusste, dass es noch vor sieben war. Mitten im Schlaf hatte ich auf die Holzdielen gewechselt, ich wusste nicht einmal mehr, was ich mir dabei gedacht hatte. Ich kletterte zurück in mein Bett und zog mir die Decke bis zum Kinn. Draußen vor dem Fenster knackte es. Jeden Morgen um diese Zeit war da dieses Eichhörnchen, das abwechselnd zwischen den Ästen und dem Sims des offenen Fensters hin- und hersprang. Es war immer dasselbe mit grauem Fell und nur einem Auge, das alle vier Sekunden blinzelte. Das andere hatte es verloren. Ein Windstoß zog durch die Straße, die Blätter der beiden Bäume vor dem Haus flatterten, und die Krallen des kleinen Tieres klammerten sich enger um den Ast, auf dem es schaukelte.

»Die Windböen rund um das Empire State Building in New York können so stark werden, dass sie sogar Menschen tragen. 1979 wurde eine Frau in den fünfundachtzigsten Stock hineingeweht. Dabei brach sie sich die Hüfte. Sekunden davor war sie aus dem sechsundachtzigsten Stock gesprungen«, flüsterte ich ihm zu.

Ich hörte das Müllauto, das jeden Dienstag an der nächsten Ecke in die Straße einbog und über das Kopfsteinpflaster rollte. Es hielt alle paar Meter, die Tonnen aus den Hinterhöfen wurden zügig geleert und krachend abgesetzt, bevor sich diese Abfolge alle paar Meter wiederholte. Obwohl ich die Geräuschkulisse rund um meine Wohnung abends weitaus mehr mochte, hörte ich ihr auch morgens gerne zu. Was mir besonders gefiel, war das Rumpeln der Müllabfuhr zusammen mit einer singenden Frauenstimme irgendwo aus den oberen Stockwerken. Seit sechs Wochen probte sie die immer gleiche Sequenz einer Oper. Ein anderes Geräusch, das unregelmäßig, doch fortlaufend erklang, waren die Stimmen streitender Menschen, laut und themenübergreifend. Am Abend wurden die Geräusche dieser Reibungen von den live spielenden Bands aus dem Café an der Ecke begleitet. Oft wirkten sie dadurch dramatischer, manchmal leichter. In Berlin rieben sich die Menschen gern aneinander.

Ich wühlte mich aus den Kissen, ging in die Küche und setzte Wasser auf. Dann holte ich zwei Orangen aus der Kiste vom Balkon und presste sie aus, schüttete Müsli in eine Schüssel und wartete. Diesmal knackte es auf dem Balkonsims.

»Und wusstest du, dass Truthähne aufgrund eines Gendefekts während starker Regenfälle ertrinken können, weil sie zu lange in den Himmel starren?«, fragte ich das graue Tier.

Nach sieben Minuten und vierundzwanzig Sekunden kochte das Wasser. Einen Teil goss ich über den Tee, der andere Teil blieb im Topf, ein Ei kam dazu, und ich drückte im Vorbeigehen auf die alte Stoppuhr, die zwischen den Pfannen und Tassen vom Regal herunterhing. Hektisch begann das silberne Ding zu ticken, während sich sein Sekundenzeiger fließend um sich selbst drehte.

»Und in England war Selbstmord bis in die Fünfzigerjahre hinein gesetzlich verboten und wurde bei Misslingen des eigenen Versuchs mit der Todesstrafe geahndet. Damals hätte es am nächsten Morgen kein Ei zum Frühstück gegeben«, erklärte ich ihm. »Auch nicht an dem Morgen danach. Mein Versuch ist auch misslungen, wusstest du das? Vor zweiundsechzig Tagen.«

Es drehte die Nuss, die es in den Krallen hielt, rührte sie jedoch nicht an.

»Hast du dich nicht gewundert, warum sich hier seitdem nichts mehr bewegt?«, fragte ich es, und es sprang vom Geländer. Gähnend schaltete ich den Herd aus, goss das heiße Wasser in die Spüle, angelte das Ei aus dem Topf. Dann rückte ich einen Stuhl vor die Arbeitsplatte und setzte mich breitbeinig davor. Drüben begann der Wecker zu klingeln, es war sieben Uhr, wenige Sekunden später blinkte mein Telefon ebenfalls auf und erinnerte mich daran, etwas zu essen. Flüchtig nippte ich am Tee, dann versank mein

Brot im Marmeladenglas. Ich schickte ein anderes hinterher, und es brach ab.

Dreiundvierzig Minuten später drehte sich ein Schlüssel im Schloss, und die Wohnungstür öffnete sich. Ich atmete auf, schüttete den Tee in die Spüle und blickte um die Ecke in den Flur. Eine Brötchentüte in der linken Hand, den Schlüssel in der rechten und sein Telefon zwischen Ohr und Schulter geklemmt, blieb Erik vor meiner Wohnungstür stehen und wartete. Ich kannte ihn seit vier Jahren und zweihundertzweiundsiebzig Tagen. Erik war mein einziger Freund, doch auch er trat, wenn er mich abholte, nie über die Schwelle meiner Wohnungstür. Er lebte ein paar Straßen weiter in seinem Antiquitätenladen und kaufte Raritäten auf, die er restaurierte. Meistens importierte er sie direkt aus ihren Ursprungsländern. Über die Jahre hatte er ein Sammelsurium aus verschiedenen Epochen und Ländern zusammengetragen, und abgesehen von seiner Laufkundschaft kamen die meisten seiner Kunden von weit her. Er nannte sie Jäger und meinte Menschen, die nach einem ganz bestimmten Stück suchten und dabei Stunden in seinen Räumen verbrachten.

Da war ein Zimmer, in dem er schlief, eins, in dem er duschte und pinkelte, eins, in dem er aß, ein anderes zum Verweilen und der Flur, in dem eine alte Kasse stand. Dann war da noch eine Kammer, sie war der einzige Raum, in dem nichts Altes zu finden war, im Gegenteil, dort stapelten sich Arduino-Platten, Kabel und diverse Server. Erik war ein Antiquitätenhändler mit einem Faible für die Zukunft.

»Aus welchem Jahrhundert ist der Schrank?«, rief er

in sein Telefon und nickte mir lächelnd zu. »Nein, das Jahr! Von wann ist er? Hallo, hören Sie mich?«

Er legte die Tüte auf die Schwelle und presste das Telefon stärker an sein Ohr.

»Ist ja auch nicht so wichtig, ich werde einfach morgen Mittag bei Ihnen vorbeikommen, und dann schaue ich ihn mir an.«

Die Stimme am anderen Ende der Leitung rief etwas zurück, so dass er sein Telefon hastig von sich weghielt, bevor er zurückbrüllte.

»Morgen Mittag! Ja! Morgen!«

Dann verabschiedete er sich und legte auf.

»Hier! Habe ich dir mitgebracht.« Er hob die Tüte wieder auf und hielt sie mir unter die Nase. »Die musst du in der Bahn essen, wir sind schon viel zu spät. Los!«

Er warf mir ein Brötchen zu und schob mich die Treppe hinunter, die Straße entlang und in die U-Bahn hinein. Wieder heraus, über die Straße, durch eine Gasse, über die Brücke, scharf rechts, links, durch zwei Häuserschluchten und an sieben Vorgärten vorbei, bis wir uns kurz nach halb neun am Ziel vor einem dreistöckigen Backsteingebäude befanden.

Dreiundzwanzig Fahrräder waren an den Metallstangen vor dem Eingang angeschlossen, Pflanzenbeete umgaben das Gebäude, in denen unzählige Pappschilder verrieten, was aus den winzigen Halmen wachsen würde, sofern sie diesen Tag überlebten. Kurz vor dem Eingang verlangsamten sich Eriks Schritte genauso wie meine, so dass die letzten Meter am längsten schienen. Ich lehnte mich gegen die schwere Eingangstür, sie war dunkelgrün lackiert und mit einer weißen Hausnummer versehen.

Drinnen war da als Erstes der Geruch von Gummiboden und Kaffee. Direkt hinter dem Eingang befand sich eine dunkle Metalltür, daneben zog sich glänzendes Linoleum durch den Flur, das so tat, als sei es Parkett. Am Ende des Korridors befanden sich eine Glastür und ein Treppenaufgang, der in die anderen zwei Stockwerke führte. Auch wenn niemand zu sehen war, kamen mir Stimmen entgegen. Ich ging durch die Glastür, betrat den Flur dahinter, von dem eine Reihe weiterer Türen abgingen, und die Stimmen wurden lauter. Erik verabschiedete sich zögernd, tätschelte mit zusammengepressten Lippen meine Schulter und verschwand alleine durch die Tür, durch die wir zusammen gekommen waren. Ich setzte mich auf einen der Stühle, schaute den Gang hinunter und holte mit einem Griff eine Tüte Fruchtgummis aus meiner Jackentasche. Im Sekundentakt verschwanden sie in meinem Mund.

In der Mitte der Wände lief jeweils ein dünner Streifen entlang, er war weder lila noch pink, etwas Dumpfes dazwischen, und wurde durch die Türrahmen unterbrochen. Diese Farbe sollte den Blutdruck senken, jedenfalls hatte ich das gelesen. Unter dem Streifen war die Wand bis zur Fußleiste mit einer grauen Farbschicht gestrichen worden. So dick, dass ich mich fragte, wie hoch die Anforderungen an die Wände in psychiatrischen Einrichtungen waren und was von ihnen abgeschrubbt werden musste.

Die gegenüberliegende Tür wurde geöffnet. Ein schlanker hochgewachsener Mann trat heraus, unwillkürlich musste ich lächeln, er trug eine leuchtend blaue Hose sowie eine hellblaue Trainingsjacke, aus der ein freundliches Gesicht mit kurzen grauen Haaren herausragte. Die Sportschuhe an seinen Füßen waren genauso blau wie seine Jacke und quietschten mit jedem Schritt, den er ging. Dann verstummten sie vor mir. Gleichzeitig breitete sich ein Lächeln auf seinem Gesicht aus.

»Immer dieses Quietschen, als wenn sie noch nicht bezahlt wären, was?«

Ich verstand nichts und nickte schlicht.

Seine Stimme dröhnte in meinen Ohren und musste auch noch außerhalb dieses Ganges zu hören sein. Stirnrunzelnd sah ich ihn an und konnte nicht feststellen, ob er zu den Pflegern oder den Patienten gehörte. Ein Arzt war er nicht, die trugen kein Blau.

Er machte kehrt, und ohne die Antwort zu kennen, folgte ich ihm, den Stimmen entgegen, den Gang hinunter. Vor der letzten Tür blieb er stehen, holte einen Schlüsselbund aus seiner Hosentasche und schloss auf. Dann ging er zum Schreibtisch, und bevor er sich wieder zu mir umwandte, steckte er sich ein Namensschild an seine Trainingsjacke.

»Mein Name ist Justus Dey, ich bin Ihr Bezugspfleger. Das ist der Schlüssel zu Ihrem Spind. Ihre Tasche und Ihre Jacke bringen Sie bitte dort unter. Das ist unsere Hausordnung, und hier ist Ihr Wochenplan.«

Er drückte mir einen Stapel dicht beschriebener Blätter in die Hand.

»Daneben werden Sie in den ersten drei Tagen dreimal täglich Ihren Blutdruck, Ihre Temperatur sowie einmal täglich Ihr Gewicht messen und im kleinen Ärztezimmer in die dort ausliegende Liste hinter Ihrem Namen eintragen. Das wäre es erst einmal. Gehen Sie nach unten in den Keller, verstauen Sie alles in Ihrem Spind, und frühstücken Sie bitte bei den anderen Patienten im Raum hier nebenan.«

Kurz hielt er inne. »Ach, und herzlich willkommen! Schön, dass Sie da sind.«

Ich nickte noch einmal, presste den Papierstapel an mich und trat zurück in den Flur.

»Zur Eingangstür zurück, durch die Metalltür und die Treppe runter«, rief er mir hinterher.

Das Frühstück stand als erster Punkt auf dem Tagesplan, den ich bekommen hatte, und fand in einem großen Raum mit hohen Decken statt. Von drei Seiten drang Licht durch die großen Fenster hinein, vier lange Tische zogen sich von einem Ende zum anderen und trugen Geschirr, Besteck und Frühstücksutensilien für die neunundzwanzig Menschen, deren Stimmen ich bereits im Flur gehört hatte. Auf den Fensterbänken reihten sich Topfpflanzen aneinander, und in einer Ecke des Raumes stand ein Aquarium, in dem sich genauso viele Fische wie Menschen im Raum befanden. Mit geballten Fäusten durchquerte ich den Saal, steuerte einen leeren Stuhl an und setzte mich schnell hin.

»Hier kannst du nicht sitzen.«

Der Hinweis kam von dem Mann neben mir. Er war um die fünfzig, trug ein Mao-Hemd und hielt eine Tomate in seiner Hand. Nachdem er seinen Satz beendet hatte, biss er in sie hinein, als sei sie ein Apfel, so dass ihr Saft sich auf dem hellen Stoff seines Hemds verteilte.

Mit beiden Händen umfasste ich die Sitzfläche des Stuhls und blickte abwechselnd ihn und den Stuhl an, woraufhin er ungeduldig Luft holte.

»Das ist mein Platz«, stellte er noch einmal fest und wiederholte es so lange, bis ich aufstand.

»Du bist neu hier, oder?«

Ein vergnügtes Gesicht sah mich an, die langen braunen Haare waren zu zwei Knoten zusammengedreht, die nebeneinander vom Kopf abstanden. Ich schätzte sie auf Anfang zwanzig, auf jeden Fall war sie ein paar Jahre jünger als ich. Unter ihrem langen bunten Batikshirt lugten Beine in glitzernden Leggings hervor, und ihre Füße steckten in blauen Doc Martens mit silbernen Schnürsenkeln. An ihrem Handgelenk baumelten zahlreiche silberne Armbänder.

»Darf ich vorstellen? Das sind Oskar und sein Stuhl«, nickte sie rüber zu dem Mann mit der Tomate.

Er musterte uns misstrauisch und strich mit der einen Hand Butter auf sein Brötchen, während er mit der anderen die Lehne des Stuhls, auf dem ich gesessen hatte, weiter fest umklammert hielt.

»Die beiden hängen sehr aneinander, setz dich doch zu mir rüber. Ich bin Sophie.«

Sie ging zu einem Tisch am anderen Ende des Raumes und ließ sich auf den Platz an seinem Ende fallen. Sie war ausgelassener als jeder Mensch, der mir auf dem Weg hierher begegnet war, und ich bemerkte, dass ich eigentlich menschliche Trümmerhaufen erwartet hatte.

»Setz dich! Hier, den Teller, den kannst du benutzen, und hier ist Besteck. Tassen und Gläser findest du dort drüben. Kaffee oder Tee?«

Ich sah sie an und schwieg. Nicht weil ich ihr keine Antwort geben wollte, sondern weil ich nicht konnte. Ich wollte mich auch nicht bewegen und auch keine Entscheidung treffen, selbst wenn es nur um Tee ging.

Pünktlich um neun kam Bewegung in den Raum, alle Spuren des Frühstücks verschwanden, eine neue Reihe von Stühlen wurde gebracht. Neben Herrn Dey kam der Rest der Schwestern, Therapeuten und Ärzte herein, nacheinander schlug jeder von ihnen ein Bein über das andere und schaute vergnügt in die Runde.

»Guten Morgen zusammen, heute ist Dienstag, wir beginnen wie immer mit unseren Neuankömmlingen, heute ist es nur einer. Stellen Sie sich kurz vor?«, fragte Herr Dey und sah sich suchend um. Als er mich entdeckte, nickte er mir auffordernd zu. Ich stand auf, zweiundsechzig Tage hatte ich auf diesen Therapieplatz gewartet, denn um sofort einen zu bekommen, reichte es nicht, ein wenig sterben zu wollen. Dafür hätte ich es von ganzem Herzen probieren müssen und mich auch nicht von einem weiteren Misserfolg entmutigen lassen dürfen. Doch das hatte ich und fand weder ins Leben noch in den Tod. An diesen zweiundsechzig Tagen war Erik dreimal täglich vor meiner Tür erschienen und hatte sich hundertsechsundachtzig Mal davon überzeugt, dass ich noch lebte. Er hatte aufgehört, mir das am Telefon zu glauben.

»Ich heiße Juli …«

»Wie?«

Das kam von Oskar und seinem Stuhl.

»Ich heiße …«

»Ich versteh überhaupt nichts!«, kam es aus einer anderen Ecke.

»Sie heißt Juli!«, brüllte Sophie und wandte sich wieder mir zu. »Und weiter?«

Einige im Raum zuckten zusammen, so laut hallte ihre Stimme durch den hohen Raum.

»Juli Windtke, ich bin der Neuankömmling«, fügte ich flüsternd hinzu.

Kaum hatte ich das letzte Wort beendet, begannen alle im selben Rhythmus wie mein Herz zu klatschen, und Herr Dey fuhr fort.

»Schön! Damit gehen wir über zu den Abwesenheiten. Wer muss heute früher gehen oder kommt morgen später?« Er notierte die erhobenen Hände und blickte auf. »Das hätten wir, wer benötigt heute medizinische Versorgung? Niemand? Fabelhaft! Gehen wir über zum Tagesablauf, gleich begeben Sie sich bitte selbständig zum Achtsamkeitsspaziergang, da Frau Leppin erst später da sein wird. Danach gehen die Gärtner in den Garten, die Köche treffen sich in der Küche, der Rest begibt sich in die Werkstatt, und um zwölf Uhr dreißig sehen wir uns alle zum Mittagessen wieder. Der Küchendienst räumt danach bitte ab, spült und füllt die Tee- und Kaffeekannen auf. Die Mittagspause findet von dreizehn bis vierzehn Uhr statt, danach gehen Sie bitte in Ihr entsprechendes Programm. Welches gibt es heute?«

Eine der Schwestern kramte ihr Klemmbrett unter dem Stuhl hervor.

»Dienstag, Dienstag …«, murmelte sie. »Ach, hier! Je nachdem, in welcher Gruppe Sie sind, gehen Sie um vierzehn Uhr zur Psychoedukation, zur Musikimagination ins Hauptgebäude oder finden sich im Garten zu Sport und Spiel ein. Um fünfzehn Uhr folgen das soziale Training, die Literaturgruppe sowie die Werkstatt, und um sechzehn Uhr sehen wir uns alle zur Abschlussrunde wieder.«

Nacheinander begannen die drei Therapeuten ihre

Patienten aufzurufen, die sie über den ganzen Tag verteilt zum Gespräch treffen würden, bis Herr Dey uns alle gemeinsam verabschiedete. Stühle wurden gerückt, Tee- und Kaffeetassen aufgefüllt, Zigaretten gedreht und Zeitungen auseinandergefaltet.

Direkt hinter dem Tisch, an dem ich saß, führten drei breite Holzstufen hinunter in einen Garten, der von einem hüfthohen Zaun vom dahinterliegenden Weg abgegrenzt war. Draußen war die Luft wärmer als drinnen, Sonnenlicht flirrte durch die Blätter zweier Eichen, an deren Stämmen bis hoch in die Krone jeweils eine Vogelhaussiedlung hing. Darunter befanden sich dieselben Pflanzenbeete, die ich auch schon vor dem Haus gesehen hatte. In diesen steckten nicht nur Pappschilder, sondern auch lange Bambusstäbe, auf deren Enden glänzende Tonkugeln klemmten. Tiermutanten aus Frosch und Libelle lugten zwischen den Pflanzen vor und zogen sich wie eine Plage durch den Garten. Auch die Aschenbecher, die neben mir auf den Stufen standen, stammten aus derselben Produktionsreihe.

»Juli, wusstest du schon, dass du heute Vormittag mit mir im Garten sein wirst?«, fragte Sophie und setzte sich zu mir auf die Stufen. Sie hatte einen Apfel in der Hand, legte ihn aber beiseite, um ein Päckchen Tabak hervorzuholen. Ohne auf meine Antwort zu warten, fuhr sie fort. »Die Gartengruppe ist eine gute Truppe, den meisten hilft die Arbeit dabei, ein wenig von dem loszuwerden, wovon sie zu viel haben.«

»Gewicht?«, fragte ich besorgt. Wenn ich noch mehr abnehmen würde, wäre ich morgen nicht mehr da.

»Gedanken.«

Sie setzte ihre Sonnenbrille, die an einem regenbogenfarbenen Band um ihren Hals baumelte, auf die Nase, und obwohl ich weiter geradeaus schaute, bemerkte ich, wie sie mich musterte, sich nebenbei eine Zigarette drehte und sie zwischen ihre Lippen klemmte.

Eine hochgewachsene Gestalt mit strubbeligem Haar und einem Gipsarm hastete die Stufen hinunter in den Garten, hielt kurz inne, sah uns an und ging kopfschüttelnd weiter.

»Was hat der für ein Problem?«, fragte ich, bemüht, diesmal weder zu laut noch zu leise zu reden.

Schon von hinten war zu erkennen, dass er schön war, es nervte mich immer wieder, wenn mein Gehirn sich davon blenden ließ, es mochte Symmetrie und konnte mit allem anderen kaum etwas anfangen.

»Das ist Philipp«, teilte Sophie mir mit, während sie dem Qualm ihrer Zigarette nachsah. »Der ist schizo!« Sie blinzelte in die Sonne und schloss die Augen. »Kommt von der Station vierzehn. Weißt du, vor ein paar Monaten hat er seinen Abschluss in Physik und Philosophie gemacht, eine Menge Geld verdient und sich eine Wohnung gekauft. So eine mit Dachterrasse mitten im Kiez.«

»Obwohl er gerade erst seinen Abschluss gemacht hat?«, wunderte ich mich.

»Er verdient sein Geld mit Angst«, lächelte Sophie, und mir wurde klar, dass ich vollständig in seiner Zielgruppe lag.

»Er schaut sich Suchbegriffe im Internet an. Irgendwas mit Transaktionsvolumen, dazu hat er einen automatischen Algorithmus gebastelt, der das jetzt für ihn erledigt. Jedenfalls liest der irgendwie ab, um welche Aktien sich die Leute Sorgen machen. Je mehr Angst die bekommen, desto schneller wollen sie ihre Aktien loswerden, und diese Daten verkauft er dann. Kein Plan, wie das genau funktioniert«, fuhr Sophie fort.

»Und wie kommt er hierher?«

Philipp war inzwischen zum Zaun gelaufen, und als wenn er wüsste, dass Sophie ihn mir vorstellte, lehnte er dort und sah zu uns rüber. Umständlich zündete er sich eine Zigarette an.

»Vor ein paar Wochen lief er in der Mittagspause über eine rote Ampel und wurde über den Haufen gefahren. Er hat ein riesiges Chaos verursacht, so einen Unfall, bei dem alle aufeinander auffahren, das lief sogar in den Nachrichten. Er ist richtig durch die Luft geschleudert worden und dann auf dem Asphalt aufgeschlagen«, erzählte Sophie und veranschaulichte den Aufprall, indem sie ihren Apfel auf die Treppe schleuderte. »Im Krankenhaus angekommen, wollte er direkt wieder aufstehen und zurück zur Arbeit gehen«, lachte sie, wobei ihre Haarknoten wippten. »Da wurde er als ernsthaft handlungsunfähig eingestuft.«

»Weil er arbeiten wollte?«, fragte ich.

»Weil er über Rot gelaufen ist«, entgegnete Sophie.

Ich sah zu Philipp und überlegte, was das für den Rest der Stadt bedeutete. Während Sophie weiter erzählte, entstanden mit jedem ihrer Worte viele verschiedene Bilder in meinem Kopf, ich sah alle Kreuzungen und Übergänge mit Ampeln, an denen ich jemals vorbeigekommen war, dann alle Arten von Ampelmännchen. Die eckigen, stillen Ampelschalter sowie die ergonomisch geformten, die tickte, bevor sie auf Grün umsprangen. Vorbeirasende Autos und die schemenhaften Umrisse von Köpfen hinter den Steuern. Ich hörte diverse quietschende Reifen, so laut, dass sie den Zusammenprall von Körper und Blech übertönten.

Erst den dumpfen Laut eines Körpers auf Asphalt hörte ich wieder, begleitet von einem lauten Knacken. Dieses Geräusch hatte ich letzten Sommer in mein akustisches Gedächtnis übernommen, als ein Fahrradfahrer zwei Meter vor mir von einem Auto mitgerissen worden war. Ich sah die Menschen, die reglos dastanden. Einige hielten sich die Hand vor den Mund, und ihre Augen waren weit geöffnet. Dann war da die Sirene des Krankenwagens und der Polizei. Autotüren, die hektisch zugeschlagen wurden, Ärzte, das Geräusch eines Stempels und das Quietschen der sich drehenden Metallräder unter den Betten, die über graumelierten Gummiboden fuhren. Dann weiße Bettwäsche, die vom Bleichen hart geworden war, gelbes Licht und Plastiktabletts, die dieselbe Farbe hatten wie der fusselige Wollpullover meines Physiklehrers in der siebten Klasse. Bei Schizophrenie stoppte das Bilderkarussell, ich hatte noch nie jemanden mit Schizophrenie kennengelernt, und es existierte keine Information dazu in meinem Kopf.

Ich schaute zu Sophie, die mich amüsiert musterte, sie hatte längst aufgehört zu erzählen, nachdem ich aufgehört hatte, ihr zuzuhören. Nicht, weil ich das, was sie gesagt hatte, nicht hören wollte, sondern weil alles, was ich hörte, Bildketten auslöste, die alles andere in den Hintergrund drängten. Bevor ich mich entschuldigen konnte, sammelte sie ihren Tabak und den Zigarettenstummel ein.

Eine der Krankenschwestern eilte mit einer roten Mappe auf mich zu.

»Frau Windtke, ich bin Schwester Ingrid. Das hier ist Ihre Akte, bitte gehen Sie doch ins Hauptgebäude und melden sich dort an, ja? Durch den Garten durch, die Steinstufen hoch, direkt rechts, durch die Empfangshalle hindurch, geradeaus und durch die zweite Tür links. Sollte dort niemand sein, gehen Sie hoch in den zweiten Stock zu Station vierzehn.« Offenbar hatte mein Gesicht mehr Entsetzen verraten, als ich annahm, denn sie lenkte ein: »Gehen Sie doch mit, Sophie! Sie kennen den Weg ja schon. Danach kommen Sie beide bitte wieder zum Schwesternzimmer.«

Als hätte sie einen Befehl erhalten, schlug Sophie ihre Hacken zusammen, nahm meine Akte entgegen, und ich folgte ihr durch den Park, der direkt hinter dem Garten begann, rüber zum Hauptgebäude. Anders als in der Psychiatrie roch es hier nach Phenollösung, Schweiß und dem Mittagessen, das in zwei Stunden durch die Gänge geschoben werden würde. Dieser Geruch kam einem in jedem Krankenhaus entgegen. Er rief in mir das Bild eines alten Mannes hervor, der mit gekrümmtem Rücken und so kurzen Schritten den Gang entlangzitterte, dass ich die Augen zusammenkneifen musste, um ein Vorankommen zu erkennen. Wir folgten dem Gang zur Notaufnahme, und mit jedem Schritt hörte ich mehr Stimmen, schnell hantierende Hände und Schritte, die es eilig hatten. Die erste Tür, die Schwester Ingrid beschrieben hatte, war verschlossen, und Sophie stöhnte auf.

»Dann müssen wir hoch auf die Station vierzehn«, erklärte sie. »Das ist die Geschlossene. Dann gibt es noch Station einundzwanzig, da kommen die meisten her, die jetzt auf unserer sind.«

»Du auch?«, wollte ich von ihr wissen, und sie nickte, bevor sie fortfuhr.

»Ja, das ist die erste Auffangstation bei ununterbrochenem Kopfzerbrechen, schwerem Herzen, Steinen im Magen und anhaltendem Irrsinn. Auch wenn etwas auf die Nerven geht. Jeder bleibt so lange dort, bis er gesund genug für eine Therapie ist.«

Ich folgte Sophie in den zweiten Stock, und wir gelangten zur Station vierzehn. Sie begann da, wo der Boden seine Farbe änderte. Hier war er nicht kalt und grau, sondern warm und gelb, auch der Rest des Ganges wurde mit jedem Meter wohnlicher. Anders als auf den anderen Stationen gab es hier keinen Wartebereich. Auf Verrückte wartete niemand. Neben den Türen, die ins Innere der Station führten, war eine Klingel angebracht. Sophie presste ihren Finger so lange darauf, bis eine Krankenschwester die Tür öffnete. Jeder, der rein und raus wollte, war auf das Pflegepersonal angewiesen. Das galt nicht nur für die Türen der Behandlungsräume, erklärte Sophie mir, sondern auch für die der Patientenzimmer. Sobald diese verschlossen waren, konnte man sie ohne einen Schlüssel nur von innen öffnen. Jede geschlossene Station war eigentlich eine halboffene, auf der einige Patienten bleiben mussten, während andere sie zeitweilig verlassen durften.

»Wir haben einen Notfall«, lächelte Sophie sie an und zeigte auf mich.

»Bin ich nicht«, warf ich schnell ein.

»Sophie, Sie wissen doch, wie das ist«, entgegnete die Krankenschwester und ließ uns hinein. »Wer senkrecht stehen kann, der kann auch warten.«

Gleichgesetzt bedeutete das, wer nicht aufrecht denken konnte, war ein Notfall.

»Kommen Sie nun rein?«, fragte mich die Krankenschwester ungeduldig.

»Bis gleich, ich gehe mir in der Kantine was zu trinken holen«, sagte Sophie und drückte mir meine Akte mit einer zügigen Bewegung in die Hand.

Ich trat durch die Tür und suchte unwillkürlich nach einer Garderobe, an der ich meine Unabhängigkeit abgeben konnte. Direkt neben einer Reihe von Regenmänteln und Jacken. Der Geruch von Phenollösung war noch stärker als auf den anderen Fluren, und während ich hinter der Krankenschwester herlief, bildete ich mir ein, sogar Mullbinden und Bakterien riechen zu können. An die Wand neben der Tür hatte jemand einen Zettel gehängt. Das bist du stand in winzigen Buchstaben darauf.

»Setzen Sie sich, ich hole Sie gleich wieder ab.«

Die Schwester deutete auf eine Stuhlreihe, die neben dem Schwesternzimmer im Gang stand, und ich klemmte meine Hände zwischen den Stuhl und meine Oberschenkel, als ich Platz nahm.

Zwei alte Männer bogen um die Ecke und schlurften gestikulierend an mir vorbei.

»Das stimmt nicht«, schimpfte der mit dem blauen Hemd.

»Natürlich stimmt das«, entgegnete der andere.

»Du bist nicht Gott! Ich verstehe wirklich nicht, wie du auf diese Idee kommst.«

»Ich …«

»Nein! Du kannst nicht Gott sein!«

»Aber ich habe dir gestern schon erklärt, dass …«

»Nein!«, unterbrach der andere ihn. »Ich bin Gott, du bist einfach nicht krankheitseinsichtig.«

»Wer soll ich denn sonst sein?«

»Ein Fisch.«

Ich dachte darüber nach, welcher Fisch ich war. Als Erstes fielen mir Anemonenfische ein, die waren schwarzweiß und schön. Ich war nicht schön, aber auch nicht so hässlich wie Blobfische. Die bestanden aus einer gallertartigen Masse und sahen wie mürrische alte Männer aus. Auch zu den beiden auf dem Gang passte das nicht. Wahrscheinlich war ich ein Riffbarsch, irgendetwas unauffälliges Blaues. Lieber wäre ich ein Blauwal gewesen. Souveräne dreißig Meter, die singend durch die Meere zogen. Eine Gemeinsamkeit hatten wir immerhin, ich war groß, und Blauwale waren groß, und wenn das Futter knapp wurde, gerieten die Großen zuerst in die Krise, bis sie auf den Meeresgrund sanken und von den Kleinen angefressen wurden. Ich wusste nicht, wie groß das Gehirn von Blauwalen war, aber in einem Punkt war ich mir sicher. In ihrem Kopf herrschte Stille, und da war kein einziger Gedanke, der abdriftete.

Meine taten das ständig. Manchmal war das gut, immer wenn die Realität zu viel wurde, führten sie mich woandershin. An einen schöneren Ort. Ich war nie nur an einem Ort, genauso wenig wie jetzt. Ich saß auf dem Stuhl im Schwesternzimmer, und gleichzeitig lief ich durch die Gänge, dann dachte ich an morgen und an Vögel aus dem Norden.

Ein Mann kam den Gang herunter, sein schwarzer Anzug hob sich stark von den weißen Wänden ab. Er trug keine Krawatte, auch keines der Namensschilder, die das Pflegepersonal kennzeichneten, und sah aus wie jemand, der mich davon überzeugen wollte, dass er normal sei. Ein Satz tauchte aus meiner Erinnerung auf und lief in meiner Fantasie auf der gegenüberliegenden Wand des Ganges entlang. *Wer sich gut anzieht, hat die Kontrolle über sein Leben noch nicht ganz verloren.* Das hatte ich irgendwann gelesen. Dann verschwanden die Zeilen wieder in meinem Gedächtnis.

»Besuchst du jemanden?« Er war vor mir stehen geblieben, und ich betrachtete seine polierten Schuhe, auch sie waren schwarz. Aus seiner rechten Anzugtasche ragten zwei dicke Stricknadeln, die andere war ausgebeult, als befände sich Wolle darin.

Ich schüttelte den Kopf.

»Ich bin seit siebzehn Wochen hier«, sagte er, und ich schaute auf die Uhr im Gang.

»Hundertelf Minuten.«

»Ich heiße Nils Lynte.«

»Juli«, entgegnete ich schlicht und fuhr fort, als er mich weiter musterte. »Ich melde mich an … für die Station siebenundzwanzig.«

Die einzige Frage, die in mir rumorte, war die nach dem Grund. Dem, warum er hier war, und ich bemerkte, wie ich seinen Körper nach Hinweisen rasterte.

»Warum bist du hier?«, brach ich die Suche ab.

Nils zuckte mit den Schultern. Ich schätzte ihn auf Mitte dreißig, sein helles Haar hatte er aus dem Gesicht gekämmt, aus dem mich zwei blaue Augen freundlich ansahen.

»Das weiß ich gar nicht so genau«, lachte Nils, drehte sich eine Zigarette und zündete sie an. »Im Grunde habe ich nur meine Arbeit gemacht.«

Ich sah ihn fragend an, und er setzte sich neben mich.

»Da war die Idee, einen Bericht über Psychiatrien zu schreiben, ich wollte ganz nah dabei sein und wies mich selbst ein. Seitdem werde ich für verrückt gehalten.«

»Vielleicht liegt es am Anzug«, sagte ich.

»Meinst du?«, lachte er und sah an sich hinunter. »Es ist viel schwerer, jemanden davon zu überzeugen, normal zu sein, als jemanden davon zu überzeugen, dass man verrückt ist.«

Mit der Zigarette im Mundwinkel wickelte er die Wolle in seiner Hand um eine der Stricknadeln, während sich der Qualm über unsere Köpfe hinweg in den Rest des Ganges verteilte. Meine Stirn legte sich in tiefe Falten, ebenso wie meine Gedanken. Ich konnte nicht erkennen, ob er verrückt war. Vielleicht war er das und hielt sich für normal, oder er war es nicht, und selbst das Normale verwandelte sich hier unter analytischen Beobachtungen in eine Störung.

Die Schwester, die mich auf die Station gelassen hatte, streckte ihren Kopf aus der nächsten Tür im Gang.

»Frau Windtke, kommen Sie?«, rief sie. »Und Sie, Herr Lynte, machen die Zigarette aus!«

»Schmeißen sie mich doch raus«, hörte ich ihn antworten, bevor sie die Tür schloss und mich auf einen der Stühle vor ihrem Schreibtisch verwies.

»Worum geht es bei Ihnen?«, wollte sie wissen und nahm meine Akte entgegen.

Ich überlegte, wo ich anfangen sollte. Ein Fingerabdruck klebte auf einem ihrer Brillengläser, und auch wenn er ihr Auge nicht verdeckte, schaute ich nur noch in das andere.

»Ich will nicht mehr leben.«

Ohne aufzusehen, schob sie mir ein Formular zu.

»Gut. Füllen Sie das aus, und vergessen Sie nicht, Ihre Krankenversicherung einzutragen.«

Ich nahm den Stift, den sie hinterherschob, und sie griff in eine Schale, die auf ihrem Schreibtisch stand. Sie war bis zum Rand mit Gummibärchen gefüllt. Dabei erklärte sie mir, dass für die Patienten der psychiatrischen Stationen eine besondere Schweigepflicht galt, so dass auch Familienmitglieder oder Freunde nicht ohne weiteres die Station erfuhren, wenn sie sich bei der Klinik erkundigten.

»Das ist nett«, unterbrach ich sie und gab ihr das ausgefüllte Formular zurück. »Doch nach mir wird niemand fragen.«

Sie verstummte, und als sie das nächste Mal nach den Gummibärchen griff, bot sie mir ebenfalls welche an. Ich bedankte mich und nahm mir erst welche, nachdem sie sich umdreht hatte und auf ihrem Stuhl zum Drucker rollte. Das war der Unterschied zwischen psychischen und physischen Leiden. Wer das Krankenhaus mit körperlichen Beschwerden betrat, wurde geröntgt, Bluttests oder einer Biopsie unterzogen. Für Störungen im Gehirn gab es einen Fragebogen.

Als ich durch den Gang zurücklief, sah ich Sophie, die ihre Nase an der verschlossenen Glastür zwischen der offenen Station und der geschlossenen plattdrückte.

»Hast du die ganze Zeit hier gewartet? Ist niemand rein- oder rausgegangen?«, fragte ich sie.

»Dauernd, aber ich setz da doch keinen Fuß rein.«

Wie mein Wochenplan es für den Dienstag vorausgesagt hatte, klang um zwölf Uhr dreißig ein Gong durch die Räume der Station siebenundzwanzig. Auch im Garten war er zu hören, jeder beendete langsam, was er gerade tat, und wanderte in den sonnengefluteten Versammlungsraum, in dem morgens bereits das Frühstück stattgefunden hatte. Jeder ging wie automatisch seiner Aufgabe nach, einige gaben Essen auf die Teller, andere ließen sich ihren Teller füllen, und ein paar stellten Essen für diejenigen beiseite, die noch an Behandlungen teilnahmen oder im Gespräch waren. Ich setzte mich mit meinem gefüllten Teller neben Sophie und legte das Besteck schnell wieder auf den Tisch, als niemand seinen Teller anrührte. Erst nach ein paar Minuten schlug Herr Dey erneut auf den Gong, den er in den Händen hielt, und jeder begann zu essen.

Auf dem Teller gegenüber von meinem befanden sich siebzehn Nudeln, vor Sophie war eine Landschaft mit einem zerklüfteten Kartoffelgebirge entstanden, wohingegen mein rechter Sitznachbar sein Essen nach Farbe und Form ordnete. Philipp saß als Einziger nicht am Tisch, seine Gestalt hing vor dem Klavier. Es stand am anderen Ende des Raumes direkt neben dem Aquarium, und während er mit der linken Hand spielte, hing der rechte Arm in einer geraden Linie neben seinem Körper herunter. Immer wieder unterbrach er das Stück und schob sich einen gefüllten Löffel in den Mund. Zwischendurch gab es Beifall für die Kochgruppe.

Beifall war hier ein ständiger Begleiter; jeder, der neu hinzukam, wurde klatschend begrüßt. Jeder, der ging, wurde mit Applaus verabschiedet. Es war wie bei Urvölkern, deren Krieger in den Krieg zogen. Bevor sie aufbrachen, tanzten und klatschten sie zusammen, dadurch wurden sie zu einer Einheit. Das würde erklären, warum für mich am Morgen geklatscht worden war, obwohl ich nichts geleistet hatte. Beim Mittagessen war es etwas anderes, das Klatschen zeigte, ob das Essen gut oder schlecht war. Wobei ich vermutete, dass einige auch mit einstimmten, selbst wenn sie anderer Meinung waren. Das taten viele, aus dem Grund gab es in den frühen Pariser Theatern Berufsklatscher, die Geld dafür bekamen, mit ihrer vorgespielten Stimmung den Rest des Publikums mitzureißen. Es gab da auch »Lacher«, »Weiner« und »Johler«. Als Philipps Teller leer war, klatschte niemand.

Unschlüssig darüber, was ich in der Pause tun sollte, stieg ich in den ersten Stock. Niemand war auf dem Flur. Am Ende des Ganges klang heftiges Schnarchen aus den zwei Schlafräumen. Ich versuchte mich daran zu erinnern, wann ich zuletzt einen Mittagsschlaf gehalten hatte, und war kurz versucht hineinzuspähen, doch ich ging wieder runter. Unten im Gemeinschaftsraum sah ich Sophie, die Kaugummi kauend in einem Stuhl vor dem Aquarium klemmte.

»Das ist mein Lieblingsfisch«, erklärte sie mir. »Der kleinste von allen.«

Ich kehrte wieder auf die Holzstufen im Garten zurück und musterte das Wasser des Rasensprengers, das sich symmetrisch immer wieder über dem Gras und den frisch gezogenen Beeten verteilte und dabei das Sonnenlicht zu einem Regenbogen auffächerte.

Dann stand Philipp da und setzte sich neben mich auf die Stufen, seinen Gipsarm ließ er dabei achtlos auf die Treppe fallen. Er musterte mich, ebenso wie Sophie es bereits am Morgen getan hatte. Anders als bei ihr wich ich seinem Blick nicht aus und sah ihn mir an. Ich schätzte ihn auf Anfang dreißig, er war einen Kopf größer als ich, was selten vorkam. Ich war selbst groß. Seine Füße steckten in grauen Turnschuhen, deren Sohlen seitlich aufgeraut waren. Das kam vom Fahrradfahren. Ich kannte diese Spuren, an meinen Schuhen waren sie auch.

Er legte den Gipsarm auf seinem Oberschenkel ab, ich studierte den anderen Arm. Er war gebräunt, abgesehen von einem hellen Fleck in der Form einer Armbanduhr. Der helle Umriss war so deutlich, dass ich sogar den Abdruck der Krone erkennen konnte. Von weitem hatten Philipps Haare strubbelig und so schwarz wie sein T-Shirt gewirkt. Erst jetzt sah ich, dass sie dunkelbraun und weniger strubbelig als wellig waren. Das Auffälligste an seinem Gesicht war sein unerschrockener Blick über den knabenhaften Zügen. Nachdem er mich ein paar Minuten regungslos angesehen hatte, stand er auf, gab mir die Hand und schloss sich der Gruppe an, die über den Rasen zum Hauptgebäude verschwand. Manchmal war es, als blieben die Fingerabdrücke des anderen auch kurz nach dem Händeschütteln noch an meinen Fingern haften und verschwanden erst allmählich wie ein Echo.

Ich ging den dunkelgrünen Zaun entlang, der den

Garten von den umliegenden Anlagen trennte. Den ganzen Tag über liefen auf der anderen Seite Menschen vorbei und sahen neugierig rüber. Der Zaun war wie die Grenze zwischen zwei Räumen. Ein Raum, in dem die Normalität herrschte, und einem anderen. Auf welcher Seite wir uns befanden, wusste ich nicht.

Gegen fünfzehn Uhr sah ich die anderen vom Hauptgebäude über den Rasen zu uns zurückkehren. Ich folgte ihnen in den ersten Stock bis in die Werkstatt am Ende des Flures. Sie war die Produktionsstätte der Tiermutanten, Aschenbecher und asymmetrischen Blumentöpfe im Garten. Nacheinander öffnete ich jeden der Schränke, Schildchen auf verschiedenen Plastikboxen verrieten ihren Inhalt. Im obersten Fach standen dicht an dicht dünne Bastelheftchen, links und rechts ragte Peddigrohr in verschiedenen Stärken von den Schränken herunter, dazwischen stapelten sich angefangene kleine Körbe. In einem Regal lagerten Gussformen für Schalen, Tassen und Eierbecher. Eine weitere Tür führte in eine abgetrennte Miniaturholzwerkstatt, die mit dem Nötigsten ausgestattet war. Jeder fand sich auf seinem Platz ein, setzte seine Arbeit fort, während die frisch gebrannten Tonteile auf einem kleinen Metallwagen in der Mitte des Raumes zum Auskühlen vor sich hin knackten. Ich sah auf die Uhr über der Tür und brach zu meinem ersten Therapiegespräch im kleinen Ärztezimmer auf.

Ein paar Minuten nach dem vereinbarten Zeitpunkt öffnete sich die Tür, ein junger Mann erschien, vielleicht zwei Jahre älter als ich.

»Frau Windtke, wir haben ein wenig Verspätung,

kommen Sie rein. Mein Name ist Tim Seininger, ich bin Ihr Therapeut während Ihrer Zeit hier.«

Ich nickte ihm zu, sein Händedruck war kaum zu spüren, seine Unsicherheit umso mehr. Nach elf Minuten fehlten ihm die Worte, und wir schwiegen die restlichen sechs Minuten unseres Zeitfensters, bevor wir gemeinsam zur Abschlussrunde ins Erdgeschoss gingen.

Alle nahmen ihre Plätze ein, und Herr Dey dokumentierte sorgfältig die An- und Abwesenheiten, dann sprach er mich direkt an: »Bei uns ist es Tradition, jeden neuen Patienten am Ende des ersten Tages zu fragen, wie es so gelaufen ist. Nun, kommen Sie morgen wieder zu uns, Frau Windtke?«

2

Am nächsten Morgen traf ich kurz vor halb neun in der Klinik ein, durch die großen Fenster sah ich die Ersten, die bereits die Tische für das Frühstück deckten. Ich schloss mein Rad vor der Klinik an und faltete den Wochenplan auseinander. Der Mittwoch war anders als die anderen Tage. Da gab es die Gruppen, die sich im Garten, in der Küche und in der Werkstatt trafen, und dann war da noch die Visite des Oberarztes. Mein Finger wanderte von Punkt zu Punkt und landete bei einem Wort: Ausflug. Schnell knickte ich den Plan zusammen, um ihn gleich darauf wieder auseinanderzufalten. Das Wort stand immer noch da. Niemand hatte mich auf einen Ortswechsel vorbereitet, und ich wiederholte diesen Gedanken, bis mir schlecht wurde.

»Komm mit in den Garten.« Sophie riss mich aus meinen Gedanken, sie räumte das Frühstücksgeschirr weg, und ich versuchte mich zu erinnern, ob ich etwas gegessen hatte.

»Habe ich was gegessen?«, fragte ich sie, und sie nickte lachend.

»Mach dir keine Sorgen, so ging es mir auch. Hier durchläuft jeder dieselben Phasen«, erzählte sie mir und hievte einen Sack Blumenerde aus der Schubkarre. »In der ersten Woche bist du hier, während deine

Gedanken noch ganz woanders sind. In der zweiten kommst du an und beginnst, alles in Frage zu stellen. Jede Entscheidung, die du triffst. Ich wusste nicht einmal mehr, ob ich Kaffee mag oder nur vor Jahren damit angefangen hatte, ihn zu trinken, weil alle es taten. Danach brauchte ich zwanzig Minuten, um zu entscheiden, welche Marmelade ich mir aufs Brot schmieren will, und soll ich dir was sagen? Ich hasse Marmelade, schon immer. Aber das war das Einzige, was es bei uns zu Hause gab. Ich esse jetzt Pflaumenmus! Wenn du an diesem Punkt bist, verbringst du die folgenden Wochen damit, auszuprobieren, ob du dein Leben lang weiter Marmelade auf dein Brot schmieren willst oder es einfach sein lässt, verstehst du?«

Langsam nickend streute ich Samen in die Löcher, die Sophie aushob, goss die Pflanzen und sah dem Wind zu. Herr Dey trat auf die Holztreppe heraus in den Garten und schirmte seine Augen vor der Sonne ab, während er sich suchend umsah.

»Frau Windtke? Ich führe heute das Willkommensgespräch mit Ihnen, am besten gehen wir in mein Büro. Kommen Sie?«

Ich ließ Sophie im Garten zurück und folgte seinen quietschenden Schritten. Auch hier reihten sich bunt bemalte, asymmetrische Tontöpfe mit jeweils einem Setzling auf der Fensterbank. Die hatte ich gestern gar nicht bemerkt. Vor dem Fenster stand ein Tisch mit einer Box Taschentücher. Die standen überall im Haus verstreut.

»Als Ihr Bezugspfleger stelle ich mich noch mal vor, nachdem Sie gestern ja bereits Gelegenheit hatten anzukommen. Wie fühlen Sie sich?«, erkundigte er sich.

»Schwer zu sagen, wie geht es Ihnen denn?«

Er schmunzelte und lehnte sich zurück.

»Da haben Sie recht, manchmal ist das schwer zu beantworten. Können Sie mir sagen, wie Ihr Verhältnis zwischen gutem und schlechtem Wohlbefinden ist?«

Ich lehnte mich auch zurück und verzog meinen Mund zu einer schiefen Linie, die starr in meinem Gesicht hing. Seit langem wusste ich nicht mehr, was ich mit meinen Armen, Beinen, Augen und meinem Mund anfangen sollte. Nur dass ich was damit tun sollte, so viel wusste ich. Deswegen hatte ich mir angewöhnt, jeden, der vor mir saß, zu spiegeln. Meine Knochen rasteten in dieselbe Position wie die von Herrn Dey ein, das fühlte sich akzeptabel an. Dann waren da der Wasserhahn über dem Waschbecken, der alle sieben Sekunden tropfte, die Vorhänge, die in noch kürzeren Intervallen umherwehten, und ihr Band zum Auf- und Zuziehen, das alle einundzwanzig Sekunden gegen den Heizkörper, neben dem ich saß, klopfte.

»Zweiundfünfzig Minuten. Mein Wohlbefinden ist zu zweiundfünfzig Minuten schlecht.«

Nun runzelte Herr Dey die Stirn, und bevor er nachfragen konnte, unterbrach ich ihn.

»Das sind 86,67 Prozent. Aufgerundet.«

»Verstehe«, nickte er. »Und was fühlen Sie, wenn Sie sich schlecht fühlen?«

»Angst«, entgegnete ich knapp, und er nickte noch mal.

»Ja, manche schlagen sich vor Angst selbst in die Flucht«, sagte er. »Wollen Sie mir von Ihrer Angst erzählen?«

Ich schüttelte den Kopf und sah aus dem Fenster, dennoch bemerkte ich, wie sein Blick flüchtig den Zeilen einer geöffneten Akte auf seinem Schreibtisch folgte.

»Können Sie mir davon erzählen?«

»Ich dachte immer …«, begann ich, ohne ihn dabei anzusehen, »… Angst sei etwas, das ich verlieren werde. So wie Milchzähne. Ich dachte, sie fällt einfach aus mir raus, aber ich habe immer noch Angst. Vor anderen Menschen, vor der Zukunft, vor meinen Gedanken und davor, dass sie verschwinden.«

»Möchten Sie denn, dass Ihre Gedanken verschwinden?«

Ich nickte.

»Ich denke schon, doch ich glaube, dann bleibt nichts von mir übrig.«

»Hatten Sie schon immer Angst?«, wollte Herr Dey wissen.

»Früher fand ich Angst aufregend, da war sie auch viel kleiner, heute ist sie das nicht mehr.«

»Wann hat sich das verändert?«

»Es war Dienstag, als sie kam. Zuerst war ich nur irritiert. Ein paar Stunden später habe ich mir so viele Sorgen gemacht, dass meine Augen weit aufgerissen waren. Aber das bemerkte ich erst, als ich abends im Bad vor dem Spiegel stand und meine Zähne putzte. So schnell, dass ich dachte, sie wäre in die gesamte Stadt gekommen und würde sich wie Regen über sie verteilen, aber ich war die Einzige, die zitternd auf etwas Fürchterliches wartete, das noch nicht passiert war.«

»Und andere Menschen? Die lösen bei Ihnen Angst

aus? Trifft das auf alle Fremden in Ihrer Umgebung zu?«

Die Vorhänge bewegten sich langsam hin und her und blieben jedes Mal kurz an den Blättern einer Pflanze hängen, die auf dem Fensterbrett stand.

»Nicht nur die Fremden.«

»Wie meinen Sie das?«, hakte er nach.

»Ich habe keine Angst vor fremden Menschen, sondern davor, mich mit ihnen alleine zu fühlen, und das trifft auf viele zu. Auch die, die ich bereits kenne. Ich mag das Gefühl nicht, das sie bei mir auslösen. Vielleicht bin ich gegen sie allergisch.«

»Und wie fühlte es sich dann an? Immer noch wie Regen?«

Ich spulte die letzten Monate kurz zurück.

»Kennen Sie Videospiele?«

Herr Dey lachte und schüttelte seinen Kopf, und ich fuhr fort. »Jedes Mal, wenn ich in einem Level stecken bleibe und einfach nicht über einen Abgrund hinwegkomme oder nicht schnell genug den richtigen Weg erklimmen kann, während das Wasser steigt, ertrinke ich. Genauso etappenreich ist mein Leben seit ein paar Jahren. Ein Tag ist eine Etappe, und eine Woche ist ein Level. Wenn ich abends im Bett liege, bin ich froh, den Tag überstanden zu haben. Das ist der einzige Augenblick, in dem ich kurz entspannen kann. Das ist so selten, dass ich mich bemühe, nicht einzuschlafen. Ich erinnere mich an die Angst am Morgen und weiß, dass sie in ein paar Stunden wieder da sein wird, sobald ich aufwache.«

»Wovor haben Sie morgens Angst?«

»Das weiß ich nicht.« Ich zuckte mit den Schultern.

»Vielleicht vor dem Tag? Dann kann ich weder aufstehen noch liegen bleiben.«

Ununterbrochen tropfte der Wasserhahn weiter, ich beugte mich vor und ließ mich direkt wieder gegen die Lehne fallen, so dass sie knackte.

»Wenn Ihre Angst sprechen könnte, was würde sie Ihnen erzählen?«, fragte Herr Dey.

Unwillkürlich musste ich lachen. »Sie haben nicht allzu viel Angst, stimmt´s?«

Jetzt war es Herr Dey, der unruhig auf seinem Stuhl umherrutschte.

»Sie redet die ganze Zeit, unaufhörlich mischt sie sich ein«, fuhr ich fort.

Es klopfte an der Tür, eine der Krankenschwestern erschien und tippte mit dem Finger auf die imaginäre Uhr an ihrem Handgelenk.

»Frau Windtke, Sie müssen zur Visite, kommen Sie?«

Zögernd beendete Herr Dey unser Gespräch. »Diese Dinge werden Sie mit Ihrem Therapeuten noch genauer untersuchen. Nehmen Sie sie mit in Ihre Sitzungen mit Herrn Seininger. Sollte es in der Zwischenzeit irgendetwas geben, können Sie sich jederzeit an mich wenden.«

Die letzten beiden Sätze sagte er so schnell, dass sie fast zu einem Wort wurden. Er hatte sie schon sehr oft gesagt.

Die Visite fand im kleinen Ärztezimmer am anderen Ende des Ganges statt und hielt für jeden einen Zeitraum von exakt neun Minuten bereit. Fünf Stühle standen in einem Halbkreis um einen kleinen runden

Tisch, auf dem sich etliche Akten stapelten. Ein paar der Anwesenden hatte ich bereits in der Morgenrunde gesehen, und auch Herr Seininger war dabei. Alle beobachteten mich eindringlich, und ich setzte mich auf den letzten freien Stuhl. Er stand in der Mitte des Halbkreises.

»Frau Windtke, Frau Windtke, wo ist denn Ihre Akte?«, murmelte der ältere, kleine Herr im weißen Kittel, dessen Schild auf der Brust seine Funktion als Oberarzt verriet. Als er sie gefunden hatte, schlug er sie auf, rückte seine Brille gerade und überflog das Geschriebene. Die Visite war ein Dialog, bei dem der Patient seine Symptome äußern konnte und Informationen zur weiteren Therapie bekam, der Arzt dagegen erhielt Informationen zum Fortschritt der Diagnostik und stimmte den weiteren Verlauf mit allen Beteiligten ab. Daneben erhielt der Patient Hilfe beim Zurechtfinden in seiner Krankenrolle. Es war ein klarer Ablauf, der nach einem Protokoll verlief und sich Woche für Woche wiederholen würde, ähnlich wie eine Probe für ein Stück. Meine Gedanken wurden durch Stimmen, die durch die angelehnte Glastür ins Ärztezimmer drangen, unterbrochen. Sie kamen aus dem Garten, auch die anderen Beteiligten der Visite hörten sie und drehten ihre Köpfe. Der Oberarzt schlug meine Akte wieder zu, und eine der Schwestern öffnete die Tür zum Garten, so dass sich das Stimmengewirr zu Sätzen zusammensetzte.

»Du irres Miststück, wenn ich dich noch einmal auf meinem Rasen erwische …«, brüllte eine Männerstimme.

Eine der Krankenschwestern rannte in den Garten,

und die Stimme brach ab, ohne zu verraten, was dann geschehen würde.

»Lassen Sie sie los! Keine Gewalt! Hören Sie?«, brüllte Schwester Ingrid aus der anderen Richtung quer über den Rasen.

Mittlerweile standen alle aus der Visite draußen, ich blieb als Einzige an der Tür stehen und lehnte mich in ihren Rahmen. Auch aus dem Gemeinschaftsraum schlurften einige, mit einem Kaffeebecher in der Hand, die wenigen Stufen hinunter in den Garten.

»Weißt du eigentlich, wer ich bin?«, fing die Stimme erneut an zu schreien. Sie gehörte zu einem Mann, zuerst sah ich seine Schuhe, sie waren braun und poliert, dazu trug er eine helle Hose und einen grünen Pullover.

»Hast du eine Ahnung, wer hier vor dir steht?«, brüllte er Sophie an, und sie riss sich aus seinem Griff los.

Immer wieder versuchte er sie zu packen, während sie ihm lachend auswich. Dann blieb er stehen, öffnete seine Hose und pinkelte auf die Gewächse, die Sophie eingepflanzt hatte. Die grünen Gartenhandschuhe hatte sie immer noch an den Händen. Sie blieb stehen und starrte ihn regungslos an. Ich wiederum starrte Sophie an, und fast hätte ich verpasst, wie Philipp auf den Mann zuging. Mit der gesunden Hand öffnete er seine Hose und pinkelte ihn von hinten an, während sein Gipsarm teilnahmslos neben seinem Körper hing.

Herr Dey und Schwester Ingrid erreichten die drei, auch wenn ich den Eindruck hatte, dass sie sich auf den letzten zwei Metern stark verlangsamt hatten. Sie schlenderten eher, und auch wenn ich das Gesicht von Herrn Dey nicht sehen konnte, war ich mir sicher, dass er Mühe hatte, sein Schmunzeln zu verbergen. Als sie Philipp erreichten, schloss dieser ohne ein Wort seine Hose, und alle anderen begannen laut aufeinander einzureden. Er verließ die Runde und ging seelenruhig über den Rasen an mir vorbei ins Ärztezimmer, dort angekommen, setzte er sich auf den Stuhl, auf dem ich gerade noch gesessen hatte, und schaute mich ausdruckslos an.

»Warum bist du in die Klinik gekommen?«, hörte ich ihn fragen. Vor Überraschung vergaß ich fast zu antworten, ich hatte seine Stimme noch nie gehört. Vielleicht hatte ich erwartet, dass sie schräg, viel zu hoch oder stumpf klang, doch das tat sie nicht.

»Angst. Selbst davor zu sagen, dass ich Angst …«, antwortete ich und brach abrupt ab, als ich bemerkte, dass ich es nicht nur gedacht hatte.

»Weißt du, wovor Thomas Edison Angst hatte?«, fragte Philipp, ohne meine Antwort abzuwarten. »Vor der Dunkelheit.«

»Kanntest du ihn?«, wollte ich von Philipp wissen und drehte ihm meinen Rücken zu.

»Nein, das habe ich irgendwo gelesen«, entgegnete er.

»Also eine Geschichte«, schlussfolgerte ich.

»Nicht unbedingt – und das wäre doch …«

»Romantisch?«, beendete ich seinen Satz.

»Schlüssig«, widersprach er.

Angst war nicht romantisch. Manchmal war sie so leise, dass ich sie erst nach Wochen bemerkte, und dann war es, als wenn sie sich in ein Bündel meiner Nerven biss. Sie schnappte zu und hatte so spitze Zähne, dass sie nicht einmal fest beißen musste, um den Strang zu zerfleddern. Einige zog sie dabei heraus, und auch wenn sie noch nicht gerissen waren, spannten sie sich zwischen meinen Ohren und wurden immer dünner. Angst war auch nicht schlüssig, das war sie nie, denn das musste sie nicht sein. Sie konnte machen, was sie wollte.

Ich sah zurück in den Garten. Der Mann im grünen Pullover verließ den Rasen der Klinik, betrat seinen und verschwand mit wütender Miene im Nachbarhaus. Die Kaffeebecher wurden auf der anderen Seite des Gartens zurück in die Küche getragen, und der Oberarzt kehrte, gefolgt von den anderen, ebenfalls zurück.

In der Mittagspause leerten sich die Flure, einige gingen raus, andere schliefen im ersten Stock. Sophie saß stumm vor dem Aquarium, nachdem sie jedes Blatt ihrer Pflanzen sorgfältig vom Urin befreit hatte. Philipp dagegen sah ich auf der anderen Seite des grünen Zauns weggehen, er war nach Hause geschickt worden. Ratlos wanderte ich im Haus umher, die meisten Türen, die vom Gang abgingen, waren verschlossen, ausgenommen die der Werkstatt. Als ich die Türklinke herunterdrückte, kam Frau Leppin, eine der Ergotherapeutinnen, aus dem danebenliegenden Büro.

»Sie dürfen nicht allein während der Pause in die Werkstatt«, informierte sie mich, während ich die Klinke zurückschnappen ließ.

»Warum?«, wunderte ich mich.

»Das ist zu gefährlich, und ich weiß nicht, wie ich das der Versicherung erklären soll«, gab sie zu bedenken und ging hinunter ins Erdgeschoss.

Unschlüssig blieb ich stehen, schaute durch die Glastür in die Werkstatt und suchte nach den größten Gefahrenquellen. Angestrengt ging ich jegliche Todesszenarien durch, die mir mit Wolle, Peddigrohr, Ton und Puzzleteilen in den Sinn kamen. Das war wirklich schwer. Es brauchte eine gewisse Dynamik, Aufprall- oder Wurfstärke, damit eines dieser Materialien mich töten könnte. Ich schätzte die aktuelle Gefahrenlage auf etwa zwei Minuten, das entsprach 3,33 Prozent. Andererseits wollte ich Frau Leppin vor der Versicherung nicht in Verlegenheit bringen, vielleicht wusste sie von etwas in dem Raum, das ich übersah. Ich drückte meine Nase an die Scheibe, musterte die Details noch angestrengter und dachte nebenbei darüber nach, wie diese Gefahr, die ich immer noch nicht identifiziert hatte, verschwinden konnte, sobald die Pause vorüber war. Es musste etwas mit Zeit zu tun haben.

»Habe ich Sie heute schon gefragt, wie es Ihnen geht?«, erklang Herr Deys tiefe Stimme hinter mir.

»Ja, heute Vormittag und vor drei Sekunden.«

Immer wieder beschlich mich der Verdacht, dass er doch zu den Patienten gehörte. Hier sagte auch niemand Patient, sondern Leidender.

»Sie erinnern sich?«, fragte ich ihn.

Vielleicht waren sie ihn einfach nicht losgeworden.

Herr Dey nickte vergnügt. »Und, wie geht es Ihnen?«

Vielleicht dachte er seitdem, er wäre hier Krankenpfleger, und kam, genauso wie ich, jeden Tag wieder.

»Ich frage mich, ob ich am Ausflug teilnehmen muss. Was denken Sie?«, wollte ich von ihm wissen.

Jeder Ort, an dem ich vorher noch nie gewesen war,

brachte mich durcheinander, und auch Spontaneität wollte geplant werden.

»Ich denke, ich kann heute eine Küchenhilfe gebrauchen. Schon mal ein Messer in der Hand gehabt?«, fragte er lachend. »Wo waren wir stehengeblieben heute Vormittag?«

Ich dachte kurz nach.

»Nehmen Sie sie mit, in Ihre Sitzungen mit Herrn Seininger. Sollte es in der Zwischenzeit irgendetwas geben, können Sie sich jederzeit an mich wenden«, gab ich monoton seine letzten beiden Sätze vom Vormittag wieder.

»Das habe ich gesagt?«, wunderte er sich.

»Der Ton war anders«, sagte ich. »Und die Lautstärke.«

»Ja, daran müssen Sie noch arbeiten«, lächelte er. »Und welche Frage habe ich Ihnen zuletzt gestellt?«

In meinen Gedanken spulte ich unser Gespräch ein paar Sekunden weiter zurück, auch den tropfenden Wasserhahn konnte ich hören.

»Sie fragten mich, was meine Angst mir erzählen würde, wenn sie sprechen könnte. Wissen Sie das noch?«

»Nein, aber es genügt doch, wenn Sie das tun. Und?«

Ich lehnte mich an die Wand, gedanklich stellte ich alle meine Ängste nebeneinander auf, es dauerte ein wenig, da einige nicht stillhalten wollten und immer wieder aus der Reihe tanzten. Als sie endlich in Position waren, schritt ich wie bei einem Appell vor ihnen entlang. Sie knurrten, ich zog die Schultern zurück und bemühte mich, aufrecht zu gehen. Anstatt auf den Boden schaute ich geradeaus, dennoch wagte ich es nicht, sie anzusehen. Stattdessen ging ich langsam vor ihnen entlang und unterdrückte den Drang loszurennen. Mehrmals blieb ich stehen und lauschte, doch was ich hörte, war nur ein Tumult aus verschiedensten Geräuschen. Sie lösten Bilder aus, die wild übereinanderzuckten, und alles, was ich davon nach außen tragen konnte, waren knapp skizzierte Umrisse eines winzigen Bruchteils meiner Gedanken.

»Sie stellt viele Fragen«, entgegnete ich.

»Und welche Fragen sind das?«, fragte Herr Dey und befüllte die Kaffeemaschine mit Wasser und Pulver.

Ich räumte die Spülmaschine aus und stapelte Tassen und Teller auf einem Servierwagen.

»Es geht immer um die Zukunft. Was passiert als Nächstes? Was, wenn ich zu laut rede? Oder zu schnell? Was ist, wenn mich niemand hört? Was ist, wenn ich mit den Menschen nichts anfangen kann? Was passiert, wenn niemand mit mir etwas anfangen kann? Und was, wenn es einer kann? Was ist, wenn ich irgendwann Angst davor habe, Angst zu haben?«

Herr Dey lachte.

»Solange Sie Angst haben, wird das nicht passieren. Angst ist eins der stärksten Gefühle, die ein Mensch empfinden kann.«

Das war etwas Neues, und womöglich war etwas dran, sofern sich alle anderen irrten, die mir jahrelang gesagt hatten, dass ich zu denen gehöre, die wenig empfinden. Manche dachten, ich würde gar nichts fühlen, und manchmal glaubte ich ihnen das auch. Doch dann gab es auch andere Momente. An manchen Morgen reichten mir die elf Sekunden zwischen Haustür und Briefkasten, um zu spüren, dass mein Postbote bedrückt war. Auch die Kassiererin im Supermarkt um die Ecke, zu der ich jeden Montag um achtzehn Uhr sieben ging, war unglücklich. Das war sie sehr oft. Dieses Jahr hatte ich sie erst vier Mal unbeschwert erlebt, an allen anderen Tagen zog sich eine tiefe Falte zwischen ihren Augenbrauen quer über ihre Stirn. Jedes Mal wollte ich meinen Finger darauflegen, stattdessen riss ich mich zusammen und zahlte.

»Und wie gehen diese Gefühle weg?«, wollte ich wissen und stapelte die Tassen noch einmal um. Diesmal nach ihrer Abnutzung statt ihrer Größe.

»Indem wir herausfinden, welche Funktion Ihre Angst hat«, entgegnete Herr Dey. »Stellt ihre Angst nur Fragen?«

Ich schüttelte den Kopf. »Nein, oft sind da auch Antworten. Dann sagt meine Angst mir voraus, wie ich in ein paar Jahren leben werde, und es sieht nicht gut aus.«

Ich klemmte einen meiner Füße zwischen Tischbein und Heizung und wandte mich ab. Manchmal schienen meine Gedanken daher zu kommen, wo ich selbst kaum hingelangte. Diese Gedanken übersprangen die Schranke, an der sie kurz erfasst und abgesegnet wurden. Sie sahen sich nicht um, preschten nach vorne und wollten sich immer mehr vorstellen als das, was da war. Diese Gedanken waren anders als Träume, sie waren auch keine Utopien, sie waren andere Wirklichkeiten. Direkt neben der Wirklichkeit, die schon da war.

»Manchmal wird die schlimmste Geschichte wahr«, erinnerte ich mich.

»Was ist die schlimmste von allen?«, hakte Herr Dey nach und goss den Kaffee in eine Thermoskanne.

»Statistisch gesehen ist neun Jahre das sicherste Alter eines Menschen, wussten Sie das?«

Herr Dey schüttelte den Kopf.

»Ich wusste das auch nicht …«, sagte ich.

»Gibt es Momente, in denen Sie keine Angst haben?«, fragte er.

»Wenn ich Geschichten lese, früher habe ich jede gelesen, die mir in die Hände kam. Ängste und Geschichten sind sich sehr ähnlich, ist Ihnen das schon einmal aufgefallen? Beide haben Charaktere, in meinen Ängsten bin ich der Hauptcharakter. Sie haben einen Plot, Konflikte, Wendungen und Kniffe.«

»Welche Gestalt hat Ihre Angst heute?«, wollte Herr Dey wissen.

Ohne zu überlegen nickte ich. »Sie ist nicht so groß wie ein Gebäude, viel kleiner. Sie wabert umher, vielleicht läuft sie auch, das weiß ich nicht so genau. Ganz verschwinden tut sie nie, im Gegenteil, sie begleitet mich die ganze Zeit, dauernd rennt sie mir zwischen die Füße. Manchmal springt sie auf meinen Rücken und klettert bis in meinen Nacken, und sobald sie da hockt, dämpft sie jedes Geräusch ebenso ab wie unter Wasser. Was übrig bleibt, ist Rauschen. Je nach Intensität spüre ich sowas wie Fell. Immer wenn Schnee liegt, sehe ich ihre Spuren. Die sehen nicht aus wie die von mir, sondern verlaufen schnurgerade in einer Linie statt nebeneinander. Immer wenn sie näher kommt, fängt mein Herz schneller an zu schlagen, und ich ersticke fast. Sie ist immer schneller als ich und läuft ein paar Meter vor mir die Straße entlang.«

Ich schob den Servierwagen in den Gemeinschaftsraum und räumte das Geschirr in die Schränke.

»Beeinflussen Ihre Ängste Ihre Zukunft?«, fragte Herr Dey, als ich in die Küche zurückkam. »Ihre Entscheidungen?«

»Ich denke schon. Wie ein kaputter Kompass, dessen Nadel wild umherspringt.«

3

Gegen Ende des Frühstücks und der täglichen Morgenrunde faltete ich den Wochenplan der Klinik auseinander. Heute war Donnerstag: Neun Uhr dreißig bis zehn Uhr dreißig Therapeutische Gruppen A, B, C. Gruppe A traf sich im Erdgeschoss im kleinen Ärztezimmer, in dem auch die Visite stattgefunden hatte, hier sammelten sich alle Patienten, die nicht zu den Zwanghaften der Gruppe B passten und ebenso wenig zu den Depressiven der Gruppe C gehörten. Die Depressiven machten den größten Anteil aus, ihre Gruppe wuchs so stetig, dass sie ständig auf der Suche nach einem passenderen Raum waren. Manchmal fanden sie keinen, dann saßen sie im Garten und vergruben entmutigt ihre Köpfe in den Händen. Es wunderte mich nicht besonders, dass ich in Gruppe A landete, bislang war immer klarer gewesen, wo ich nicht hingehörte. Während ich im Untersuchungsraum auf der Waage stand, sah ich durch die offene Tür, wie Gruppe A im Flur zusammenkam. Da waren ein junges Mädchen, das in den Schichten seines Jogginganzugs unterging, eine ältere Frau, die so hoch wie breit war, Oskar und Philipp. Schnell stieg ich von der Waage und setzte mich vor einen der zwei Tische und trug mein Gewicht in das von der Krankenschwester rot umkreiste Feld auf einem der Klemmbretter ein. Hinter mir am Tisch saß Sophie mit einer Krankenschwester und erhielt ihre Wochenration an Medikamenten.

Ich schob meine Brille wieder hoch auf die Nase, begutachtete das Blutdruckmessgerät, das vor mir auf dem Tisch lag, und wickelte seine Schnalle mehrmals eng um meinen Oberarm. Nach dem dritten Versuch füllte es sich mit Luft, bis kein Spielraum mehr blieb, die Spannung ließ abrupt nach, und die Luft entwich. Ich hätte gerne ein Gerät gehabt, das dieses Gefühl in meinem kompletten Körper auslöste, und wünschte mir, dass es sich so anfühlen würde, wenn ich in ein paar Wochen aus der Klinik hinausmarschieren würde. Auf dem grauen Display erschienen die Werte, die ich in der ausliegenden Liste hinter meinem Namen notierte. Derweil wurde im Flur die Tür zum kleinen Ärztezimmer aufgeschlossen, und die Ersten gingen rein.

»Irrenpillen«, hörte ich Sophie hinter mir murmeln und drehte mich um.

Zwei davon warf sie in ihren Mund und spülte sie herunter. Ich gehörte zu den wenigen, die keine Medikamente bekamen. Darauf war ich stolz, desto weniger Medizin, umso weniger kaputt, dachte ich.

Ich folgte Sophie in das gegenüberliegende Ärztezimmer, in dem der Rest der Gruppe A bereits verschwunden war, und nahm auf dem Weg über den Flur genau wie sie einen der Stühle mit hinein. Alle Stühle verwandelten sich in einen Kreis, und nachdem jeder Platz genommen hatte, leitete die Frau, die den Raum aufgeschlossen hatte, die Stunde ein. Ich hatte sie schon einmal während der Visite im Garten gesehen.

»Guten Morgen, Sie sind neu, nicht wahr?«, wandte sie sich an mich. »In dem Fall stelle ich mich noch mal vor. Ich bin Frau Kless und leite die Gruppentherapie der Gruppe A. Am besten sagt jeder zu Beginn seines Beitrags noch mal seinen Namen. Innerhalb dieser Gruppe existiert keine Agenda, jeder bestimmt sein Thema selbst und kann dazu die Gedanken der anderen in Anspruch nehmen. Sollte es Ihnen zu viel werden, können Sie natürlich jederzeit den Raum verlassen.«

Ich wollte direkt wieder aufstehen.

»Ich möchte Sie nur bitten, irgendwann, wenn auch nur kurz, noch mal reinzukommen, um der Gruppe zu erzählen, warum Sie den Raum verlassen mussten«, fuhr Frau Kless fort, und ich blieb sitzen.

»Dann kann es ja losgehen. Wer möchte heute beginnen?«, fragte sie, strich ihren grauen knielangen Rock glatt und schaute herausfordernd in die Runde.

Ihre Fingernägel hatte sie in demselben kühlen Pink bemalt wie ihre Lippen. Die flachen Lederstiefel waren ein paar Töne dunkler, doch ergänzten sich mit dem Haargummi, das ihre knapp schulterlangen, angegrauten Haare zusammenhielt.

»Ich würde heute gerne anfangen. Ich heiße Oskar«, begann der Mann im Mao-Hemd direkt neben Frau Kless und nickte mir zu, diesmal hatte er keine Tomate dabei. Seine hellgrauen Haare reichten bis kurz über seine Schultern, seine Füße klemmten in schwarzen Badelatschen.

»Ich bin seit etwa vier Wochen hier und plane in den nächsten zwei Wochen den Wiedereinstieg in meinen Alltag. Ich werde mir einen Plan machen, den ich Punkt für Punkt bearbeiten werde, danach …«

»Und wie fühlen Sie sich dabei? Daneben sind sechs Wochen ein relativer Wert, sollten Sie mehr Zeit benötigen, ist das ebenfalls möglich«, unterbrach Frau Kless seine Gedanken.

»Nicht doch!«, widersprach Oskar. »Länger werde ich nicht bleiben.«

»Das kann ich sehr gut verstehen«, wandte die ältere Dame, die links neben ihm saß, ein.

»Ist ja schon schwer genug, in diesen sechs Wochen Rede und Antwort zu stehen, was man gerade tut.«

»Na klar ist das schwer, wenn du allen erzählst, du wärst im Urlaub, und dich jeden Abend in deine Wohnung schleichen musst«, warf Sophie ein und entsorgte ihr Kaugummi. »Gehst du eigentlich durch das Treppenhaus, oder steigst du durch dein Küchenfenster ein?«

Das Gesicht der alten Dame bekam rote Flecken.

»Wie kannst du sowas …«

»Tust du doch!«, unterbrach Sophie sie laut.

»Tun Sie das?«, wollte Frau Kless wissen und warf Oskar einen entschuldigenden Blick zu.

»Na, was sollen meine Nachbarn denn denken? Was meinen Sie denn, was die mir erzählen, wenn ich denen sage, wo ich mich jetzt jeden Tag aufhalte? Nichts werden die mir erzählen, gar nichts mehr! Alle werden mich meiden«, platzte sie heraus und verschränkte die Arme vor ihren opulenten Brüsten, die von einem pastellfarbenen Pullover umspannt wurden.

»Ich bin übrigens die Magda«, sagte sie noch und nickte mir kurz zu.

Auf jedem ihrer Finger steckten goldene Ringe, unter denen beidseitig ihre Haut hervorquoll.

»Vielleicht nicht alle«, sprach Frau Kless sie erneut an. »Was bedeuten Ihre Nachbarn Ihnen denn?«

Magda rückte ihre Nickelbrille zurecht.

»Die sind schrecklich! Direkt über mir im zweiten Stock, da wohnt …«

»Warum ist es dir dann wichtig, was sie über dich denken?«, unterbrach Sophie sie.

»Wir unterbrechen nicht!«, fiel Frau Kless ihr ins Wort und wandte sich an Magda. »Wie geht es Ihnen denn darüber hinaus?«

»Ach, mir geht es schlecht! Richtig schlecht! Letzte Woche ging es mir ja auch schon schlecht, hatte ich ja erzählt, oder? Wie schlecht es mir da ging. Doch diese Woche, noch schlechter! Ich weiß gar nicht, wohin mit mir«, klagte sie und riss die Arme hoch.

»Das möchte ich gerne an die Gruppe weitergeben. Sie alle sind Experten, was derartige Gefühle angeht. Was tun Sie, wenn Sie nicht wissen, wohin mit sich?«, fragte Frau Kless.

Oskar räusperte sich: »Einen Plan. Ich schreibe eine Liste mit Dingen, die mich motivieren.«

»Was soll denn da bitte stehen? Ich bin siebenundfünfzig Jahre alt«, maulte Magda und verschränkte ihre Arme noch enger um ihren Körper.

»Na, und ich bin vierundfünfzig Jahre alt«, entgegnete Oskar irritiert.

»Werd erst mal siebenundfünfzig!«, murmelte Magda.

»Vielleicht brauchst du ein Ziel«, wandte das zierliche Mädchen in dem riesigen Jogginganzug ein.

»Ja, was willst du denn?«, fragte Sophie.

Die roten Flecken in Magdas Gesicht verblassten allmählich.

»Wenn ich das wüsste!«, jammerte sie.

»Na, das ist doch wunderbar!«, rief Frau Kless laut, so dass Oskar und Philipp auf ihren Stühlen zusammenzuckten. »Das können Sie diese Woche doch als persönliche Aufgabe für sich mitnehmen. Finden Sie raus, was sie wollen! Gibt es noch weitere Vorschläge?«

»Also ich …«, begann Sophie, »… wenn ich so durcheinander bin, zwinge ich meine Mundwinkel etwa sechzig Sekunden lang nach oben. So in etwa!«

Sie hob ihre beiden Mundwinkel so weit nach oben, dass sich ihre Augen in dünne Schlitze verwandelten, ihre Wangen rund hervorstachen und ihre obere Zahnreihe vollständig sichtbar wurde.

»Seht ihr? Dann bekomme ich gute Laune«, presste sie zwischen ihren Zähnen hervor und drehte ihren Kopf langsam von links nach rechts.

»Das ist doch lächerlich«, schimpfte Magda.

»Was meinen Sie, Juli?«, wandte sich Frau Kless an mich.

Innerhalb von Sekunden glühte mein Gesicht, ich spürte die Blicke der anderen auf mir und strich kurz an mir entlang, als könne ich sie dadurch abstreifen. Ich sah zur Tür, dann zu Frau Kless und erinnerte mich, dass ich wieder reinkommen musste, wenn ich rausrannte. Ich wollte nicht gehen, um wiederkommen zu müssen. Als ich aufstand, kratzte der Stuhl über den Boden, schnell umrundete ich ihn und blieb vor der Glastür stehen, die in den Garten führte. Ich fixierte die Rinde von einem der Bäume, erst dann holte ich die Frage von Frau Kless zurück und antwortete darauf:

»Neurologisch gesehen hat Sophie vollkommen

recht. Die gehobenen Mundwinkel drücken auf einen Nerv, der im Gehirn das Signal Freude auslöst, woraufhin dieses die dementsprechenden Hormone ausschüttet.«

»Klingt wie ein Mechanismus«, murmelte Oskar.

»Echte Gefühle sind dem Gehirn egal«, sagte ich. »Biologisch unterscheiden sich die Imitation eines Lachens und ein echtes Lachen lediglich durch die Zeit. Die Hormonausschüttung durch ein echtes Lachen erfolgt nach fünf bis zehn Sekunden und die durch eine Imitation hervorgerufene Ausschüttung nach mindestens sechzig Sekunden. Das ist doch praktisch.«

»Siehste! Besser lächerlich als verloren!«, hörte ich Sophie sagen und drehte mich langsam wieder zur Gruppe.

Sophie warf sich den nächsten Kaugummi in den Mund und baumelte mit den Beinen.

»Angesichts der fortschreitenden Zeit schlage ich vor, dass Sie nun weitererzählen«, nickte Frau Kless Oskar zu.

»Vielleicht geht es mir doch nicht so gut, wie ich denke«, sagte dieser immer noch in Gedanken und kratzte sich an der Stirn, die nun in tiefen Falten lag. »Schließlich bin ich schon vierundfünfzig Jahre alt.«

Philipp lachte laut auf, so dass Frau Kless zusammenzuckte.

»Vielleicht sollte ich mich auch einfach nicht mehr mit dir abgeben«, zwinkerte er Magda zu.

Kurz trat Stille ein, die Blicke wechselten von Oskar über Magda hinweg zu dem zierlichen Mädchen links von ihr in dem massiven Jogginganzug.

»Jetzt bin ich an der Reihe, oder?«, sah diese auf und

stützte ihren Kopf in die Hände. »Ich heiße Mia.« Sie nickte mir kurz zu. »Ich möchte nichts erzählen, heute nicht.«

»Sind Sie sich sicher?«, fragte Frau Kless. »Wie fühlen Sie sich?«

»Ich möchte wirklich nicht«, betonte sie und gab nickend an Philipp weiter, der links von ihr saß.

»Mein Name ist Philipp«, begann er.

Er beugte sich vor, sah mich an, und ich schaute weg.

»Wie geht es Ihnen heute?«, wollte Frau Kess von ihm wissen.

Philipp stützte seinen Kopf in die Hände, und sein Gipsarm wirkte wie ein Schild, den er vor sich hielt.

»Keine Ahnung.« Er schüttelte den Kopf. »Ich möchte heute auch nichts sagen.«

»Warum nicht?«, kam Sophie diesmal Frau Kless zuvor. »Du erzählst doch sonst immer. Ist noch etwas passiert?«

Enttäuscht sah sie ihn an, und auch ich bemerkte, wie gern ich mehr von ihm erfahren hätte.

»Hast du schlechte Laune?«, fragte Magda.

»Oder Hunger?«, wollte Mia wissen.

»Vielleicht gehört er jetzt zur Gruppe C«, schlug Oskar vor.

»Ich bin einfach nur müde!«, rief Philipp.

Oskar nickte zustimmend und sah nun noch ein paar Jahre älter aus.

»Seitdem ich meine Medikamente nehme …«, sagte Philipp, »… fühle ich gar nichts mehr. Alles läuft langsamer ab, vielleicht bekomme ich auch nur weniger mit. Wenn das die einzige Lösung zu meiner Diagnose ist …« Er spulte seinen Text runter, als würde er von jemand anderem stammen.

»Im Moment dienen Ihre Medikamente dazu, Sie zu stabilisieren«, erläuterte Frau Kless. »Einige lernen mit der Zeit, ohne Medikamente zurechtzukommen.«

»Und die anderen?«, fragte Philipp.

»Die müssen sie ein Leben lang schlucken.«

»Und was passiert, wenn ich sie wieder absetze?«

»Sie könnten zurück in eine Psychose. Haben Sie etwa vor, sie abzusetzen?«

»Ich weiß doch, dass man die nicht einfach so absetzen kann.« Er verschränkte seine Arme, als hätte er es schon getan.

»Bin ich jetzt an der Reihe?«, erkundigte sich Sophie. Unruhig rutschte sie auf ihrem Stuhl herum und umklammerte die Sitzfläche von beiden Seiten mit ihren Händen. »Mir geht es wieder richtig gut. Gestern nach der Klinik bin ich zu Freunden geradelt. Irgendwann sind wir zu einem Konzert aufgebrochen. Eine tolle Band …« Sie hielt kurz inne. »Den Namen habe ich schon wieder vergessen. Danach sind wir weitergezogen. In einen Club, dann war es auf einmal acht Uhr morgens, so dass ich ein wenig zu spät gekommen bin. Aber es waren nur ein paar Minuten!« Sie schielte rüber zu Frau Kless, die sie aufmerksam beobachtete. Diese Stunde war die einzige, in der es keine Klemmbretter gab und sich niemand Notizen machte.

»Du hast durchgemacht?«, fragte Oskar.

»Hat sich so ergeben. Aber kein Alkohol und keine Drogen. Ich schwöre! Nur Kaffee.«

»Bist du gar nicht müde?«, fragte er.

»Nö, du?«

»Sehr«, sagte er.

Philipp lachte kopfschüttelnd und vergrub sein Gesicht wieder in den Händen, während Frau Kless das Gespräch übernahm.

»Kennen Sie das denn von sich?«

Sophie wurde leise und schaute auf ihre Stiefel. »Aus meinen manischen Phasen, ja, aber bloß, weil ich bipolar bin, kann ich doch nicht ewig zu Hause bleiben und die Welt verschlafen.«

»Würden Sie nach dieser Stunde bitte dennoch kurz hierbleiben und mit Dr. Enders über Ihre letzten Erlebnisse und Ihre derzeitige Medikation sprechen?«

Sophies Gesicht verdunkelte sich, sie nickte und drehte sich zu mir.

»Ach so, und ich bin Sophie, aber das weißt du ja bereits.«

Nun war ich an der Reihe, und sogar Mia, die vorher fast durchgehend auf den Boden gestarrt hatte, sah auf.

»Wie geht es Ihnen heute? Sie sind ja neu hier und haben nun bereits einen Eindruck von der Gruppe gewinnen können«, ergriff Frau Kless erneut das Wort.

Ich spürte mein Herz schlagen, es war, als schlüge es lauter als sonst, doch das tat es gar nicht, es schlug nur schneller. Ich sah kurz zu Oskar, dann zu Magda. Es war mir nicht vollkommen egal, was andere Menschen über mich dachten, aber ich war schon so oft auf Ablehnung gestoßen, dass dieser Aspekt irgendwann uninteressant geworden war. Mein Blick wanderte weiter zu Mia, über Philipp hinweg zu Sophie, bis er wieder rechts von mir bei Frau Kless ankam.

Meine Gedanken verflüssigten sich, ergossen sich unkontrolliert über den Fußboden und verteilten sich um mich herum, bis ich knietief darinsaß. Ich rührte mit meinen Füßen in ihnen herum, erst mit dem einen und dann mit dem anderen, und sah zu, wie sie sich ineinander verhakten.

Jeder der Patienten schien zu pendeln, jeder war hin- und hergerissen zwischen dem, was erwartet wurde, wer er war, und wer er sein wollte. Und niemand wusste, was überhaupt möglich war. Dennoch musste sich jeder von uns definieren, konnte das einer nicht, taten es die anderen für ihn. Ich zog meine Füße aus meinen Gedanken und sah auf.

»Ich heiße Juli, ich bin hier, weil ich siebenunddreißig Schlaftabletten geschluckt habe.« Ich starrte Philipps Gipsarm an und fuhr fort. »Damit scheint irgendjemand gerechnet zu haben. Ich wusste nicht, dass dem Präparat, das ich nahm, seit 2003 ein Brechmittel hinzugefügt worden war. Das wird aktiviert, sobald sich zu viele Tabletten im Körper sammeln, und sorgt dafür, dass alles auf direktem Wege wieder herauskommt. Das fühlte sich so an, wie ich mir Sterben vorstelle. Gestorben bin ich aber nicht.«

Es war still geworden im kleinen Ärztezimmer. Die, die wussten, wovon ich sprach, schwiegen, und die, die es nicht wussten, überlegten fieberhaft, was sie sagen sollten. Sie wussten nicht, dass Schweigen die beste Antwort war.

»Und wie fühlen Sie sich damit?«, wollte Frau Kless wissen.

»Ich fühle mich schuldig, immerhin hätte ich mich besser informieren können«, gab ich zu bedenken und ließ meine Füße zurück in meine Gedanken gleiten.

Bevor sie etwas entgegnen konnte, klopfte es an der

Tür, und Dr. Enders erschien im Türrahmen. Er sah zu ihr rüber und klopfte mit dem Finger hektisch auf seine Armbanduhr.

»Ich denke, wir sollten da in der nächsten Stunde anknüpfen. Wir müssen nun leider den Raum freimachen, es ist halb elf. Nehmen Sie ihre Stühle bitte wieder mit in den Flur, ja? Sie bleiben hier«, wandte sie sich an Sophie, die sich sofort auf ihren Sitz zurückfallen ließ.

Mit meinem Stuhl in der Hand steuerte ich in den Gang raus, stellte ihn ab und lief hoch in den ersten Stock. Philipp holte mich im Treppenhaus ein, den ganzen Morgen hatte ich mich bereits gefragt, ob er sein Schweigen wieder brechen würde.

»Ich auch«, platzte er heraus. »Ich habe das auch getan. Nur aus Versehen und ohne Tabletten«, setzte er hinzu und ging an mir vorbei.

»Ich weiß«, murmelte ich ihm hinterher.

Auch wenn ich mich für meinen gescheiterten Versuch nicht schämte, sah ich, dass er es tat, selbst wenn es aus Versehen passiert war. Und was hieß das überhaupt? Aus Versehen. Hatte er die rote Ampel nicht bemerkt oder gedacht, das Blech der Autos würde von ihm abprallen anstatt er von ihnen? Seine Scham waberte wie ein gelber klebriger Klumpen um ihn herum, diese Klumpen hatten so ihre Eigenarten. Es gab sie in jeder Größe, manchmal hatten sie lediglich einen Durchmesser von einem Zentimeter, andere dagegen wurden bis zu zwei Meter groß, in jede Richtung. Sie ernährten sich von Heimlichkeit, Verurteilung und Schweigen. Wurden sie zerstückelt, wuchs jedes Stück wieder zu einem kompletten Klumpen heran.

Als ich die Treppe wieder hinunterging, erklang der Gong schon zum zweiten Mal. Sophie balancierte vier überfüllte Teller quer durch den Raum und versuchte dennoch zu winken, als sie mich durch die Tür kommen sah.

»Ich dachte, du kommst später, ich wusste nicht genau, welches Gericht du willst und welchen Salat. Wo warst du? Ich habe versucht, deinen Teller mit allem zu befüllen, es passte nicht. Der hier gehört dir auch noch. Willst du was trinken?«

Der zweite Teller war noch voller als der erste. Sophie streckte sich über den Tisch, balancierte eine Packung Apfelsaft mit zurück und schüttete alle umliegenden Gläser voll. Ich hatte mich bereits daran gewöhnt, dass die Mehrzahl ihrer Fragen im Fluss ihrer nächsten Gedanken unterging, so auch diese, die Antworten waren nebensächlich. Sie vertiefte sich direkt in ihr Buch, während sie ihr Essen in sich hineinschaufelte.

Der Tisch, an dem ich saß, war der lauteste, obwohl noch einige Plätze frei waren. Der am anderen Ende des Raumes dagegen war vollständig besetzt und versank in Stille. An dem in der Mitte saßen wenige, zwischen jedem Patienten und seinem Nachbarn war mindestens ein Platz frei. Die Pflegekräfte sowie die Therapeuten saßen an allen drei Tischen verteilt.

Auf dem Teller gegenüber von mir befand sich heute ein kleiner Haufen Reis, so klein, dass es sich fast gelohnt hätte, die einzelnen Körner zu zählen, doch ich ließ es. Hinter dem Teller saß Mia. Ich schätzte sie auf neunzehn Jahre, sie war die Jüngste von allen hier, hatte große dunkle Augen und lange Wimpern drum herum.

»Was suchst du?«, fragte ich sie. Ohne auf mich zu reagieren, durchsuchte sie die Soße auf ihrem Teller weiter mit einer Gabel.

»Was suchst du?«, rief ich ein zweites Mal, diesmal lauter, so dass sich alle Köpfe am Tisch zu mir umdrehten.

»Zwiebeln, ich habe es der Küche schon tausendmal gesagt und dennoch sind sie immer wieder drin. Ich werde noch wahnsinnig«, maulte sie.

»Na, deswegen biste ja hier«, murmelte Sophie, ohne von ihrem Buch aufzusehen, schob sich einen vollen Löffel in den Mund und las weiter.

»Ich bin Juli«, entgegnete ich, um irgendetwas zu sagen.

»Du bist seit gestern hier, richtig? Ich bin Mia aus der Galaxie Anorexie.«

Jeder kam hier schnell zum Punkt, das gefiel mir. Es gab keine leeren Höflichkeiten, was jedes freundliche Wort umso bedeutender machte. Es gab keine Dialoge über das Wetter, und ein »Wie geht´s dir?« verwandelte sich von einer beiläufigen Floskel in eine richtige Frage.

»Das ist, wenn jemand kaum isst, oder?«, fragte ich sie, rief mein Wissen über Anorexie auf und kam nicht umhin, mir ihre Gestalt noch einmal genauer anzusehen. Mia nickte und begann langsam zu essen.

»Denkst du, du wirst schöner, wenn du noch dünner wirst?«, wollte ich von ihr wissen.

Erstaunt sah sie mich an und trank einen Schluck.

»Ich will keine Schönheit. Also ich meine, ich will schon schön sein im Generellen. Doch deswegen esse ich nicht weniger. Ich wollte, dass etwas verschwindet an mir. Alles Schlechte sollte raus. Oft habe ich so ein Gefühl, dann will ich nackt sein, alles um meine Knochen scheint mir dann dreckig. Irgendwann habe ich bemerkt, dass ich niemals zufrieden sein würde, und dass …«

»Du willst ein Skelett sein?!«, platzte Sophie heraus, schaute sie ungläubig an und lachte laut los. Mia stimmte ein und räumte kopfschüttelnd unsere Teller ab.

Nach dem Mittagessen lag ich zwischen Sophie und Mia barfuß auf dem Boden, wir streckten unsere Arme und warfen Bälle gegen die Wand. Das nannte sich Körpertherapie, und wir sollten dabei unsere Beine, dann die Arme und die Finger spüren. Manche suchten noch lange nach der Stunde danach, und das, was sie fanden, war nichts, das sie kannten. Danach kehrte ich zur Werkstatt zurück. Wie am Tag zuvor lehnte ich mich gegen die Glastür. Während der Körpertherapie war ich in meinen Gedanken bereits immer zurück in die Werkstatt gewandert und hatte mich umgesehen, doch auch von innen hatte ich nichts entdecken können, was meinen direkten Tod hätte nach sich ziehen können. Sie war der einzige offene Raum, in dem ich in der Pause alleine sein konnte, ich beeilte mich, durch den Flur zu kommen, und drückte vorsichtig die Klinke hinunter.

»Kennst du dich im Internet aus?«

Ich ließ die Klinke wieder nach oben schnappen und drehte mich um. Oskar schlurfte aus einem der Schlafräume und wühlte sich in seinen langen grauen Haaren herum.

»Ich suche ein Sofa, kannst du mir dabei helfen?«

»Da hinten am Ende des Ganges steht eins«, antwortete ich und blieb mit dem Blick an den Flecken auf seinem Hemd hängen.

»Im Internet!«, entgegnete er.

Ich mochte das Internet, selbst auf Fragen, die faktisch nur eine Antwort hatten, fand es immer mehrere Lösungen und Wirklichkeiten.

»Wo ist dein Laptop?«

Ich folgte ihm ins Erdgeschoss, dort lotste er mich in einen kleinen Raum am Ende des Ganges direkt neben dem Ärztezimmer. Ein Schild neben der Tür erklärte, dass es sich um den Computerraum handelte. Eine kleine Kammer mit vier Rechnern und elf Topfpflanzen. Oskar verschwand unter der Tischplatte, steckte verschiedene Kabel um und stellte die quadratischen Dinosaurier an. Es dauerte fast drei Minuten, bis einer von ihnen hochgefahren war, so lange setzte ich mich auf einen der Drehstühle und schwenkte abwechselnd nach links und rechts.

»Du redest nicht viel, oder?«, unterbrach Oskar die Stille.

»Du hast gesagt, du suchst ein Sofa, keinen Gesprächspartner«, wunderte ich mich, ohne ihn anzusehen, und spulte zu unserer Begegnung kurz zuvor im ersten Stock zurück. Von einem Gespräch war keine Rede gewesen.

»Was suchst du?«, fragte ich ihn und überlegte, warum so viele Menschen über irgendwas reden wollten, wenn es nichts zu reden gab.

»Ein Sofa«, antwortete Oskar erneut, und ich grübelte weiter, warum sie sich dabei auch noch so ungenau ausdrückten. Immerhin trainierten sie die ganze Zeit. Ungeduldig trommelte ich mit den Fingern auf der Tastatur herum, der Bildschirm reagierte mit einem Flackern.

»Das sagtest du schon. Welche Größe? In welcher Farbe? Was für ein Material? Mit Schlaffunktion oder ohne? Hast du ein Auto? In welchem Umkreis möchtest du es abholen? Und wie hoch ist dein Budget?«

Oskar sah mich einige Sekunden an, bevor er einen roten Block und einen Bleistift aus seiner Hosentasche hervorholte. Ausgerechnet Rot, diese Farbe hatte mich schon immer strapaziert, genauso wie Gelb und Violett. Blau war die Farbe, bei der sich meine Gedanken nicht zerknüllten, auch graue und weiße Dinge verwirrten sie nicht.

»Kannst du das noch mal wiederholen?«

Stöhnend wiederholte ich die Kriterien und tippte seine Antworten mit. Sein Budget war verschwindend gering, das machte die Suche interessant. Nach ein paar Minuten reduzierte ich die Suchergebnisse der Auktionsplattform auf drei Kleinanzeigen.

»Das da!«, fuchtelte Oskar aufgeregt mit seiner Hand vor dem Bildschirm herum und packte mein Handgelenk. Ich atmete tief durch, wischte seine Hand mit einer schnellen Bewegung weg und öffnete jede der Anzeigen, um die Details zu überfliegen.

»Nein, nimm das da.« Ich zeigte auf die zweite Anzeige. »Das ist der Einzige, der nicht lügt.«

»Wer lügt?«, wollte Oskar erstaunt wissen.

»Die erste und die dritte Anzeige. Der Erste will nur seinen Schrott zu Geld machen, und bei dem Dritten ist der Bezug hin«, erläuterte ich.

»Nicht schlimm, da steht, dass der nachgekauft werden kann«, lenkte Oskar ein.

»Kannst du nicht«, sagte ich schlicht.

»Woher weißt du das? Da steht weder das Möbelhaus noch der Modellname.« Er runzelte die Stirn.

»Die Farbe ist nicht mehr im aktuellen Sortiment«, erklärte ich. »Auch nicht in den Kleinanzeigen, das habe ich eben nachgeschaut.«

»Und woher weißt du, woher der Bezug stammt?«, wollte Oskar wissen.

Ich zuckte mit den Schultern. Hatte ich Dinge einmal gesehen, merkte sich mein Kopf jede Information dazu, und diesen Bezug hatte ich vor zweihundertsiebenundzwanzig Tagen im ersten Stock in der Sofaabteilung eines Möbelhauses gesehen.

»Und die erste Anzeige?«, hakte er nach.

»Der lügt auch.«

»Inwiefern?«

»Auf dem Foto vom raucher- und tierfreien Haushalt stehen zwei Aschenbecher auf dem Tisch.«

Oskar beugte sich vor, bis seine Nasenspitze fast den Bildschirm berührte.

»Stimmt, du hast recht, da stehen sie.«

»Bei der zweiten Anzeige hast du Glück. Das Modell ist erst dieses Jahr auf den Markt gekommen, hat keine sichtbaren Mängel und wird dennoch für einen geringen Preis verschleudert. Wahrscheinlich soll es schnell verschwinden, vielleicht eine Trennung oder ein Mord. Das ist mitunter ja dasselbe. Was denkst du?«

Oskar starrte den Bildschirm an, sprang lächelnd von seinem Stuhl auf und umarmte mich. Zu viel Körper breitete sich auf mir aus, und meine Gedanken begannen wild durcheinanderzuflirren. Jetzt kam es auf Sekunden an, ich stieß ihn weg, zog hastig an der Tür und hatte vergessen, wie Klinken funktionierten. Greifen, runterdrücken. Das wiederholte ich in Gedanken immer wieder. Einmal, dann schon das siebte Mal. Endlich öffnete sie sich, und ich riss sie mit aller Kraft auf. Sie knallte gegen die Tischkante, und ich lief mit schnellen Schritten, den Blick fest auf den Boden gerichtet, den Flur entlang. Dabei zählte ich die Türen, an denen ich vorbeirannte, und stürzte durch die dritte, verschloss sie mit einer Handdrehung und sank auf den Boden.

Wo genau sich die Toiletten im Gebäude befanden, hatte ich am ersten Tag bereits nach wenigen Minuten ausgekundschaftet. Innerhalb der Klinik waren sie der einzige Ort, der ruhig und menschenlos war. Es waren keine dieser kleinen Kabinen, sondern ein kleiner Raum, den ich kurz für mich hatte und der sich verschließen ließ. Mit Toilette und Waschbecken, aber darüber konnte ich hinwegsehen. Es war außerdem der wärmste Raum im ganzen Gebäude. Ich stand auf, ließ Wasser über meine Handgelenke laufen und lehnte mich mit der Stirn an die weißen Fliesen, bis sich das Flirren meiner Gedanken wieder legte.

Dann öffnete ich die Tür und schlich den Gang entlang, ich wusste nicht, wie viel Zeit vergangen war.

»Frau Windtke!«

Ich zuckte zusammen und entspannte mich sofort, als ich die Stimme erkannte.

»Wo waren wir denn diesmal stehengeblieben?«, fragte Herr Dey, ging an mir vorbei und schloss die Tür zu seinem Büro auf.

»Bei: Beeinflussen Ihre Ängste Ihre Zukunft? Das haben Sie gefragt, und dann fragten Sie auch, ob sie meine Entscheidungen beeinflussen, und ich nickte und sagte: Ich denke schon. Wie ein kaputter Kompass, dessen Nadel wild umherspringt, und Sie sagten dann …«

»Der Kompass, ich erinnere mich«, fiel Herr Dey mir ins Wort. »Nehmen wir an, die Angst stellt auf Ihrem Kompass den Süden dar, was befindet sich dann im Norden? Was denken Sie?«, fragte er mich.

Wieder erschien die Reihe, in die sich meine Ängste aufgestellt hatten. Ich sah sie mir an, einige waren sich sehr ähnlich. Sie äußerten sich in den unterschiedlichsten Situationen, doch lagen derselben Angst zugrunde. Angestrengt kniff ich die Augen zusammen, die Reihe schrumpfte bis auf eine einzige wabernde Gestalt. Sie war gar nicht so groß wie die anderen, knapp kniehoch. So genau hatte ich sie mir vorher noch nie angesehen. Meine Kehle schmerzte, ich ging auf die Gestalt zu, bis ich direkt vor ihr stand. Immer noch rumorte sie, doch mehr als ein Knurren war nicht zu hören. Während ich überlegte, ob ich um sie herumgehen sollte, kam der Klumpen näher, sprang auf meinen Rücken und schlingerte um mein linkes Ohr, so dass ich ihn bis in den Nacken spüren konnte. Ich schloss die Augen, ballte meine Fäuste zusammen und wartete, bis der Klumpen wieder vor mir stand. Meine Hände zitterten, Hitze stieg meinen Hals hoch. Fieberhaft überlegte ich, wie ich um etwas herumgehen sollte, das weder ein Vorne noch ein Hinten hatte. Dann holte ich tief Luft und stieg hindurch.

Augenblicklich stülpte sich mein Magen um, ich riss die Augen auf, stolperte zum Waschbecken, das direkt neben der Tür war, und übergab mich. Viel zu laut war das. Herr Dey reichte mir ein Papiertaschentuch, während ich mir den Mund ausspülte und mich zurück auf den Stuhl fallen ließ.

»Entschuldigung für das Waschbecken, also ...« Ich zeigte kurz auf das Becken, und er winkte ab. »Ich weiß es nicht«, murmelte ich. »Ich habe keine Ahnung, was im Norden ist. Was ist da?«

»Wie sieht es denn im Osten und Westen aus?«, fragte Herr Dey mit ruhiger Stimme, ohne auf meine Frage einzugehen.

Ich stutzte, ich wusste, dass es noch mehr Gefühle als Angst gab, aber erst jetzt bemerkte ich, dass sie längst nicht mehr zum Repertoire meines Kompasses gehörten.

»Kennen Sie noch andere Gefühle, Frau Windtke?«, hakte Herr Dey nach.

»Ich habe von Freude gehört«, antwortete ich langsam und schämte mich.

Das Wort war für mich nur eine Begriffsruine, in der ich stand und Steinbrocken vor mir herkickte.

»Was befindet sich auf der Rückseite von Freude?«

»Trauer?«

»Raten Sie das?«

»Ja.«

»Fallen Ihnen noch mehr Gefühle ein?«

»Zweifel und Wut.«

»Was sehen Sie, wenn Sie um diese Gefühle herumgehen?«

Dafür musste ich lange nachdenken.

»Hoffnung liegt auf der anderen Seite von Zweifel, oder?«

Herr Dey nickte und wollte wissen, was Wut gegenüberstand. Ich dachte noch länger nach und stützte den Kopf in die Hände.

»Sind Sie wütend?«, unterbrach Herr Dey meine Gedanken, und ich wühlte tiefer in meinen Erinnerungen.

»Nein, daran kann ich mich nicht erinnern.«

Er schlug eine blaue Mappe auf und überflog ihren Inhalt.

»Wirklich nicht?«, fragte er verwundert.

»Nein«, antwortete ich knapp, begann ungeduldig mit meinem Bein zu wippen. »Ich weiß nicht, wie das geht.«

Herr Dey nickte und vertiefte sich in einen Stapel Blätter auf seinem Schreibtisch, während ich den Raum verließ. Es schien zur Gewohnheit zu werden, dass ich mit mehr Fragen als Antworten aus den Gesprächen mit ihm herausging. Ich ließ meine Arme um meinen Körper baumeln und blieb ratlos im Flur stehen.

Durch den Frühstücksdienst, in den ich für den heutigen Freitag eingeteilt worden war, musste ich eine halbe Stunde früher zu Hause aufbrechen als an den letzten Tagen. Der Tagesablauf der Klinik, der meine sonstigen Routinen abgelöst hatte, war tragbar, doch kleinste Veränderungen innerhalb von neuen Abläufen, wie heute, ließen mich durch die Tagesstruktur stolpern. Obwohl ich schon lange wach war, wartete ich, bis der Wecker klingelte. Zwischen den zwölf

Blautönen, die an meiner Kleiderstange hingen, entschied ich mich für den, der aussah wie ein wolkenloser Himmel, die Zahnpasta warf ich ins Klo, dann rannte ich polternd die Treppen hinunter. Bevor ich auf mein Fahrrad stieg, lief ich wieder nach oben und zog meine Schuhe an. Anders als an den Tagen zuvor war der Kiosk an der Ecke noch geschlossen, stattdessen war der Bürgersteig randvoll mit Schulkindern, an der Kreuzung kam mir kein Bus entgegen, der Mann auf dem grauen Hollandrad im blauen Anorak bog auch nicht vor mir ein, stattdessen war da eine Frau im roten Kleid. Vor dem Obststand fegte niemand, auch das Obst war noch nicht da, und vor der Klinik befanden sich erst drei Fahrräder, unter anderem ein schwarzes, mit dem ich Herrn Dey schon gesehen hatte.

Meins schloss ich neben seinem an, verstaute meine Tasche im Spind, knallte ihn zu und suchte nach dem Schlüssel, der ebenfalls im Spind gelandet war. Ich hastete in die Küche, dabei prallte ich gegen zwei Türen, gegen Magda und den Servierwagen. Sie hatte ein paar der übriggebliebenen Brötchen von gestern aufgebacken und legte sie zu den frischen von heute.

»Abgesehen von der Uhrzeit ist alles wie sonst«, wiederholte ich leise und patrouillierte durch den Gemeinschaftsraum. »Alles ist wie sonst, kein Grund zur Beunruhigung. Alles ist wie sonst.« Die Stühle rückte ich millimetergenau vor die Tische, ordnete die Marmeladengläser, die bereits auf den Tischen standen, gemäß ihrer Farbschattierung und justierte jedes neue Teilchen, welches dazugestellt wurde, ein wenig nach. Manchmal war die Ordnung der Welt ein reines Chaos.

Beim Frühstück war es das erste Mal, dass Philipp nicht am Klavier Platz nahm, sondern neben mir. Vielleicht tat er das freitags immer, oder er tat es wegen mir. Schnell schob ich den Gedanken beiseite, es gab Dinge, über die redete ich nicht einmal mit mir selbst. Philipp schwieg ebenfalls.

»Kannst du mir sagen, was wir nach dem Frühstück haben?«, fragte Sophie.

Sie kam wieder zu spät, streifte ihren Mantel ab, stopfte ihn unter ihren Stuhl und strich hektisch Marmelade auf eins der letzten Brötchen, bevor alles abgeräumt wurde. Heute war sie ganz in Schwarz, das war auch anders als sonst. Sie trug eine enge Hose, klobige Schuhe und einen Pullover mit der Aufschrift »cute and psycho«, der ihr knapp bis zum Bauchnabel reichte. Nur die silbernen Armbänder, die bei jeder ihrer Bewegungen klirrten, hingen immer noch um ihre Handgelenke.

»Ja, kann ich«, erwiderte ich und blätterte weiter in einer der herumliegenden Zeitungen.

»Kannst du mir das jetzt sagen?«

»Frühsport von neun Uhr bis neun Uhr fünfzig, danach backen ein paar, die anderen kochen, andere spielen Theater, und der Rest ist in der Werkstatt«, gab ich den Wochenplan wieder, der unter der Zeitung lag, und brach zu meinem zweiten Therapiegespräch mit Herrn Seininger auf.

»Wie geht es Ihnen heute, Frau Windtke?«, fragte Herr Seininger mich und streckte mir seine Hand entgegen. Ich nickte ihm lächelnd zu und ging an seiner Hand vorbei. Das war unsere zweite Therapiesitzung, und anders als bei Herrn Dey stand außer dem kleinen Tisch nur Schweigen zwischen uns.

»Heute sind es dreiundvierzig Minuten«, brachte ich ihn zögernd auf den neuesten Stand.

Er stutzte und notierte sich etwas. Auch darin unterschieden sich die Gespräche von denen, die ich mit dem Krankenpfleger Herrn Dey führte. Der machte sich nie Notizen. Vielleicht konnte er sich doch mehr merken, als ich dachte, oder er wollte alles, worüber wie redeten, vergessen.

»Was meinen Sie damit, wenn Sie sagen, heute seien es dreiundvierzig Minuten?«

Verwundert sah ich ihn an.

»Mir geht es siebzehn Minuten gut und dreiundvierzig bedrückend.«

»Seit wann machen Sie Verhältnisse auf diese Weise deutlich?«, fragte Herr Seininger stirnrunzelnd. Er notierte sich noch mehr, und ich wartete, bis er fertig war und seinen Stift auf den Tisch legte.

»Schon immer. Wie machen Sie das denn?«, fragte ich ihn und schob den Stift bis zur Kante, so dass er auf seinem Mittelpunkt balancierte.

»Ich benutze Adjektive, so was wie gut, schlecht oder schön«, erklärte Herr Seininger.

»Ganz schön ungenau für so eine wichtige Frage, finden Sie nicht?«, wandte ich ein. »Immerhin wissen Sie nun, dass ich zu 71,7 Prozent betrübt bin, während ich lediglich weiß, dass es Ihnen fürchterlich gut geht.«

Herr Seininger lächelte und wies mich darauf hin, dass die Adjektive normalerweise nicht in dieser Kombination benutzt würden. Er betonte sehr gerne, was normalerweise wie getan wurde. Das war noch ein

Unterschied zwischen ihm und Herrn Dey. Vielleicht wusste der auch gar nicht, was normalerweise wie getan wurde. Ich schnippte den Stift vom Tisch und sah mir die Titel der Bücher an, die sich in dem Bücherregal hinter ihm aneinanderreihten.

Obwohl er dafür ausgebildet war, Menschen zu lesen, war er ziemlich schlecht darin, ich dagegen konnte das ziemlich gut. Auch wenn ich oft nach wenigen Sekunden aufhörte zuzuhören. Nicht weil ich mich nicht gerne unterhielt, sondern weil das, was aus Mündern kam, oft etwas anderes war als das, was der restliche Körper längst verraten hatte. Das, was sie gar nicht sagen wollten. Kaum einer wollte die Wahrheit. Nicht über sich selbst und auch nicht über die anderen.

Ich stand auf und sah mir die Bücher genauer an, an einem blieb ich hängen.

»Was ist das für ein Buch?«, wollte ich wissen.

»Das ist das *Diagnostische und Statistische Manual Psychischer Störungen*, kurz auch *DSM-5* genannt. Die neueste Ausgabe«, erklärte Herr Seininger.

»So was wie eine Landkarte der Seele?«

»Ein Katalog der Störungen«, entgegnete er.

Ich nahm den Wälzer aus dem Regal und blätterte ihn langsam durch.

»Was ist der Unterschied zur alten Ausgabe?«, fragte ich ihn.

»Einige Krankheiten sind dazugekommen, und andere sind verschwunden«, antwortete er.

Darüber musste ich so sehr lachen, dass mir das Buch aus den Händen fiel.

»Wo sind sie denn hin? Und was hat sich geändert?«, hakte ich nach.

»Bei Schizophrenie müssen nun anstatt einem Symptom mindestens zwei für die Diagnose vorliegen.«

»Sonst gilt es nicht?«, wollte ich wissen und fragte mich, ob Philipp ein echter Schizophrener mit zwei Symptomen war. So wie es sich von nun an gehörte.

»Ja, daneben gibt es neue Formen der Depression, lediglich Trauer wurde als Symptom abgeschafft. Im Suchtbereich wurde die Online-Spielsucht auf die Beobachtungsliste gesetzt, gilt jedoch noch nicht als vollständige Sucht, und Demenzen wurden neu strukturiert«, fasste Herr Seininger zusammen. »Auch bei Angststörungen hat sich etwas verändert.«

»Was denn?«

»Anders als früher muss den Patienten mit so einer Störung jetzt nicht mehr klar sein, dass ihre Ängste unangemessen sind«, erklärte Herr Seininger.

»Und früher mussten sie das wissen?«

»Ja, sonst wurden sie nicht therapiert.«

Ich dachte an Sophie und blätterte vor bis zu dem Kapitel über Bipolarität. Ohne sie zu kennen, wusste das Buch einiges über sie. In manchen Phasen hatte sie weitaus mehr Energie als der Durchschnittsmensch, sie liebte Veränderungen und gab unbesorgter Geld aus als andere. Herr Seininger hätte gesagt, sie lebte unbekümmerter in den Tag, als man es normalerweise tat. Wahrscheinlich war sie auch glücklicher, als man es normalerweise war. Dann war noch die andere Seite, auf der es von der Überholspur mit einer Vollbremsung auf den Standstreifen ging. Hinter jeder Diagnose steckte das Konzept einer Krankheit, und aus jeder Erklärung entstanden neue Ideen, wie dieses Verhalten zurück zur Norm gedrängt werden konnte. Ich war mir dagegen gar nicht so sicher, ob überhaupt noch jemand zu finden war, der laut den aufgeführten Kriterien im *DSM-5* keine Diagnose verdiente. Vielleicht wurde die Sphäre des Normalen immer kleiner.

»In Ihrem Bereich gibt es ebenfalls Neuigkeiten«, unterbrach Herr Seininger meine Gedanken. »Der Begriff Autismus wurde zu ›Autismus-Spektrum-Störungen‹ erweitert, die bisherigen Diagnosen der Integrationsstörung und der nicht näher bestimmten Entwicklungsstörung sowie des Asperger-Syndroms gibt es nicht mehr.«

»Es gibt kein Asperger-Syndrom mehr?«, fragte ich nach.

»Nein, alle Formen gelten schlichtweg künftig als dasselbe entwicklungsgestörte Leiden mit unterschiedlichen Ausprägungen in den Bereichen sozialer Interaktion als auch repetitiven Verhaltensmustern und Interessen.«

»Hört sich nach keinem Fortschritt an«, murmelte ich.

»Welche restriktiven Aktivitäten weist denn Ihr Alltag auf?«, fragte Herr Seininger.

Ich schob das Buch zurück ins Regal und setzte mich wieder auf meinen Platz.

»Im Sommer benutze ich die Lichtschalter in meiner Wohnung etwa siebenundzwanzig Mal täglich, am meisten den in der Küche. Im Winter werden es um die achtundvierzig Mal sein. In den Spiegel sehe ich fünf Mal am Tag, ich trinke täglich sechs Tassen schwarzen Tee mit vier großen Löffeln Zucker, daneben esse ich dreimal täglich. Morgens ein Stück Vollkornbrot mit

Käse, eine halbe Schüssel Müsli mit Milch und drei Orangen, die ich zu Saft verarbeite. Danach putze ich mir die Zähne, das tue ich jeden Morgen, auch abends. Bevor ich anfange zu arbeiten, höre ich sieben Songs, die insgesamt vierundzwanzig Minuten und acht Sekunden dauern. Die Songs wechseln alle drei Tage. Dann schlafe ich natürlich noch jede Nacht.« Der erste Gong aus dem Gemeinschaftsraum war zu hören. »Ach so, und mein Wecker klingelt täglich um sechs Uhr siebenunddreißig, auch am Wochenende. Und bevor Sie fragen, das tut er nicht, weil ich ein Problem mit geraden Zahlen habe, sondern weil ich, anders als die Norm, kein Problem mit krummen Kombinationen habe. Daneben bin ich mir im Klaren darüber, dass meine Ängste lächerlich sind. Die sind im Übrigen auch der Grund, warum ich hier bin. Meine Autismus-Spektrum-Störung, so war doch der neue Name, ist keins meiner Probleme.«

Das Gesicht von Herrn Seininger färbte sich rot, ausgerechnet rot. Ich konnte Rot nicht leiden und verließ den Raum.

Sobald ich in den Flur trat, überfiel mich der Geruch von Gekochtem. Einige standen bereits in der Schlange vor dem metallenen Servierwagen, andere saßen auf ihrem Platz und warteten ungeduldig auf den zweiten Gong. Irgendetwas war anders, irgendetwas gehörte hier nicht hin. Mia hatte Küchendienst und befüllte meinen Teller, während ich mich irritiert umsah und wartete, bis alle saßen. Ich nahm meinen Teller entgegen, setzte mich und schaute mich um. Auf den hohen Fensterbänken standen neunzehn

Topfpflanzen, oft lagen dort Taschen und Zeitungen, die nicht dahin gehörten. Doch heute nicht. Ich sah zwischen den Tisch- und Stuhlbeinen umher, dort lag auch nichts. Während ich Salat holte, suchte ich mit meinem Blick die Tische ab, das war der chaotischste Teil des Raumes. Erst als ich zurück zu meinem Platz lief, wurde mir klar, dass nichts am falschen Platz lag. Jemand fehlte, Oskar war nicht da.

Ich spulte in Gedanken zur morgendlichen Runde zurück, in der die An- und Abwesenheiten vermerkt worden waren. Auch am Morgen hatte Oskar schon gefehlt, und er hatte es weder gestern Morgen noch in der Abschlussrunde am Nachmittag angekündigt.

»Oskar fehlt!«, stieß ich Sophie an, die kauend in einem Buch las.

»Wahrscheinlich schwänzt der.« Sie sah kurz auf und las dann weiter.

»Er hat es nicht angekündigt.«

»Niemand kündigt an, wenn er vorhat zu schwänzen.«

»Aber …«

»Wirklich nicht!«

Nach der Mittagspause war Projektzeit, Mia veranstaltete Klangschalenmeditation im Dachgeschoss, im Garten wurde gestrickt und Karten gespielt, und der Rest hielt sich in der Nähe einer Gruppe auf und sah zu. Am Vormittag hatten einige begonnen, für den letzten Programmpunkt, »Kaffee und Kuchen«, zu backen. An diesem Termin nahmen neben uns, den Therapeuten und dem Pflegepersonal auch ehemalige Patienten der Klinik teil. Ich saß in der Sonne auf der

Holztreppe zum Garten und sah mir an, wer über den Rasen zu uns kam und von Herrn Dey begrüßt wurde, der mit einem breiten Lächeln im Gesicht am Zaun stand.

»Glaubst du, sie haben es geschafft?«, fragte Philipp und zündete sich eine Zigarette an, die er umständlich zwischen die Finger klemmte, die aus seinem Gipsarm ragten.

»Sie haben sich überlebt«, stellte ich schlicht fest.

»Was auch immer das heißt«, fügte Philipp hinzu.

Ich zuckte mit den Schultern.

»Die meisten Leute werden einmal das, was sie später sind«, murmelte ich.

Wir schauten uns die anderen an, wie sie mit Kaffeetassen und Kuchentellern in der Sonne über den Rasen liefen.

»Oskar fehlt heute.«

»Und?«

»Er hat es nicht angekündigt.«

Philipp sah mich fragend an.

»Er hätte es angekündigt.«

»Bist du dir sicher?«, fragte er.

Ich verdrehte die Augen und zog an seiner Zigarette.

»Willst du nach ihm sehen?«

Ich nickte, woraufhin Philipp seine Kippe an der Mauer zerdrückte und sie vorsichtig in einen der winzigen, getöpferten Aschenbecher legte.

»Aber ich weiß nicht, wo er wohnt«, bemerkte ich.

»Dann besorgen wir uns seine Adresse«, beschloss Philipp. »Bleib hier und lenk jeden vom Personal ab, der herauskommt.«

Gelassen lief er über den Rasen zum Schwesternzimmer, dessen Glastür zum Garten offen stand. Wie alle anderen Räume war auch dieser zum Flur hin verschlossen. Hitze stieg meinen Nacken hoch. Was sollte ich denn tun, wenn jemand herauskam, und was, wenn jemand vom Gang ins Zimmer wollte? Würden wir dann der Klinik verwiesen? Wäre das überhaupt möglich?

Während ich nachdachte, fiel mir wieder ein, dass ich aufpassen musste. Schnell setzte ich mich aufrecht hin, drehte mich zur Tür und starrte mit zusammengekniffenen Augen jeden an, der herauskam. Sophie erschien, stieg die Stufen herunter und hockte sich zu mir. Auf einem Teller balancierte sie ein Stück Marmorkuchen.

»Also, wenn wir nicht sowieso schon in der Klapse wären …«, grinste sie und stopfte sich ihren Kuchen in den Mund. Bevor ich antworten konnte, kam Philipp wieder zurück und setzte sich zwischen uns, dabei klopfte er auf die Brusttasche seines Hemdes.

»Ich habe seine Adresse gefunden. Oskar wohnt gar nicht weit von hier«, bemerkte er, woraufhin Sophie uns neugierig ansah.

»Kommst du mit, Sophie?« Sie riss ihre Augen auf, sprang hoch und rannte nach drinnen zum Kuchenwagen, dort klemmte sie sich noch ein Stück in den Mund und verpackte drei weitere in Alufolie. Wir holten unsere Taschen aus den Spinden und brachen auf. Mit den beiden gemeinsam hatte ich noch nie die andere Seite des Zauns betreten. Jeden Morgen kamen wir aus allen Richtungen in der Klinik zusammen und wurden am späten Nachmittag wieder von der Stadt verschluckt.

»Ist es hier?«, fragte Sophie.

»Ja, hier muss es sein«, bestätigte Philipp, nachdem er stehen geblieben war, und wischte sich die Schweißtropfen von der Stirn. Vor uns befand sich ein vierstöckiger, ranziger Altbau. Ich schaute auf den Zettel in Philipps Hand, suchte Oskars Nachnamen unter den Klingelschildern, doch nur drei der Klingeln waren beschriftet. Sein Name war nicht dabei.

»Der sitzt bei diesem Wetter irgendwo im Park und schaut in die Sonne«, maulte Sophie und sprang ungeduldig auf den Pflastersteinen umher.

Die Tür öffnete sich, ein Frau mit Kinderwagen bahnte sich den Weg auf die Straße, und bevor die Tür zurück ins Schloss fiel, drängten wir uns in den Flur. Er war kühl, der Boden sowie Fragmente der Wände waren mit kleinen quadratischen Fliesen gepflastert, die sich zu einem verblassenden Muster zusammenfügten. Vierzehn Briefkästen hingen nebeneinander, aus zwei von ihnen quollen Umschläge heraus. Wir liefen das Treppenhaus hoch. Auch an den Türen in den oberen Stockwerken befanden sich keine Namen. Durch eins der Fenster im Treppenhaus sah ich einen kräftigen Typen im Innenhof. Er schraubte an einem Motorrad, Philipp sah ihn ebenfalls und lief die Stufen wieder runter. Kurz darauf sah ich, wie er auf den Mann zuging und etwas sagte. Der Typ im Overall musterte ihn und schüttelte den Kopf.

»Der kennt ihn nicht«, sagte Philipp, als er wieder zurück war. »Lasst uns gehen.«

»Ich probiere es noch mal.«

Sophie verdrehte die Augen, auch Philipp musterte mich zweifelnd, bevor ich runter in den Hof lief.

»Hast du Feuer?«, fragte ich den Mann im Overall.

Er schaute auf, wischte sich die Hände an einem Lappen ab und wühlte in seinen Taschen.

»Wohnst du hier?«, fragte ich. »Dann kennst du doch bestimmt Oskar, oder?«

Er schüttelte den Kopf und gab mir Feuer.

»Der wohnt doch im vierten Stock, oder nicht? Mit seiner Frau.«

Der Mann hielt inne.

»Nee, der wohnt ganz unten rechts, und eine Frau hat der nicht, da gab es mal eine, aber die hab ich schon lange nicht mehr gesehen. Netter Kerl ist das. Glaube ich jedenfalls, kenn ihn eigentlich nicht, aber er hat mir mal eine Tüte Tomaten geschenkt. Die züchtet er.«

Zurück im Hausflur, gingen wir zur ersten Wohnung auf der rechten Seite und klingelten.

»Was hast du getan? Wieso hat er dir das gesagt und mir nicht?«, fragte Philipp.

Ich zuckte mit den Schultern.

»Komm schon! Wie hast du das gemacht?«, wollte er wissen.

»Jeder widerspricht gerne«, sagte ich schlicht.

Sophie drückte mehrmals auf die runde Klingel. Niemand öffnete, wir traten wieder auf die Straße und blieben blinzelnd vor dem Haus stehen. Philipp sah angestrengt durch das erste Fenster der Erdgeschosswohnung, dann durch das zweite und das dritte. Jedes Mal knallte sein Gips dumpf an die Fensterscheibe.

»Das hier ist offen«, rief er.

Ungelenk kletterte er auf das Fensterbrett, balancierte seinen Arm durch das offene Oberfenster des Altbaus, dann schob er seinen Kopf und seinen Rumpf hinterher. Er verlor den Halt und stürzte kopfüber in Oskars Wohnung.

»Irre machen immer den ersten Schritt!«, hörte ich Sophie hinter mir lachen.

»Er ist nicht irre.«

»Sind wir alle, find dich damit ab.«

Ich spähte durch die Scheibe, Philipp rappelte sich auf, und ich klopfte mit beiden Händen an das Glas, bis er den Riegel des Fensters löste. Mit einer Hand am Rahmen kletterte ich über den Sims ins Zimmer. Innen war es genauso kühl und düster wie im Hausflur, an drei Wänden verliefen Regale, in denen sich meterweise Bücher aneinanderreihten. Sie stapelten sich auch auf dem Boden und dem Schreibtisch, der in der Mitte des Raumes stand und sich unter den Wälzern und benutzten Kaffeebechern bog. Es war still, kein Laut drang aus dem Rest der Wohnung. Philipp verschwand im Flur, und Sophie hangelte sich hinter mir durch das Fenster. Ich warf einen Blick in die Küche, sie war karg, und außer der Kaffeemaschine und weiteren Bechern in der Spüle wirkte alles unbenutzt. Bevor ich den Flur runterlief, sah ich mir die Bilder an, die den Gang entlang hingen. Schnelle Bleistiftskizzen von einer verkrampften Hand. Ich hörte die Toilettenspülung, fuhr herum und stolperte über den dicken Teppich, der sich in Wellen über die Dielen zog. Mein Körper knallte der Länge nach hin und landete vor dem nächsten Zimmer, dessen Tür offen stand. Auf dem Boden dieses Zimmers verteilten sich mehrere Tabletts mit winzigen Setzlingen in gefalteten Gefäßen aus Zeitungspapier. »Chili« stand auf einigen und »Tomate« auf den anderen. Es roch nach abgestandener Luft, und Blumenerde war auf dem gesamten Boden zerstreut.

Ich grub meine Finger in die langen Fasern des Teppichs und blickte auf. Direkt in Oskars Gesicht. Seine grauen Haare hingen wie ein halbgeöffneter Vorhang über seiner starren Miene.

4

Das Seil, in dem sein Kopf hing, sah aus wie jenes, welches wir in der Klinik zum Tauziehen benutzten. Meine Mundwinkel verzogen sich ohne meine Erlaubnis zu einem breiten Lächeln. Hastig drehte ich mich weg, um gleich darauf noch einen Versuch zu starten. Ich sah ihn dort hängen und musste lachen, es ging nicht anders, und mein Kopf glühte vor Schuld. Ich wusste nicht, warum ich angesichts des Todes lachen musste. Vielleicht setzte mein Gehirn bei Dingen, die ich mir nicht vorstellen konnte, aus. Egal, wie sehr ich mich anstrengte, der Tod blieb unvorstellbar. Aus demselben Grund hatte ich auch keine Angst vor ihm.

In der einen Sekunde war Oskar noch hier gewesen, und nun hing da nur noch ein Klumpen Organe an einem Seil. Sophie kam hinter mir her ins Zimmer.

»Ja, wie finde ich denn das?«, brachte sie hervor und fing an, tief ein- und auszuatmen.

Sie stakste an mir vorbei, bis sie direkt vor Oskar stand, stupste ihn mit dem Finger in die Seite, so dass sein Körper leicht zu schaukeln begann, und zog ihre Hand schnell wieder zurück. Nun kam auch Philipp dazu, starrte die beiden an, holte sein Telefon aus der Tasche und hielt inne.

»Wahnsinn«, murmelte Sophie.

»Soll ich einen Krankenwagen rufen?«, fragte Philipp. »Die können ja gar nichts mehr tun. Wen rufe ich denn jetzt an?«

»Die 112, und die rufen einen Leichenwagen«, antwortete ich, und mir wurde schlecht. Oskar war kein Mensch mehr, er war eine Leiche, hallte es immer wieder in meinem Kopf.

»Stimmt, ins Polizeiauto passt er ja nicht hinein«, murmelte Philipp und wählte.

»Außer sie legen ihn auf die Rückbank«, warf ich ein.

Während Philipp telefonierte, wies er uns gestikulierend durch das Fenster, durch das wir geklettert waren, zurück auf die Straße.

»Tschüs, Oskar!«, verabschiedete Sophie sich über die Schulter hinweg und kletterte raus.

»Tschüs, Leiche, die aussieht wie Oskar«, flüsterte ich.

Ich blieb noch einen Moment stehen und schaute das Sofa an, über dem er hing, es war das aus der Kleinanzeige.

Draußen war es heiß, dennoch hatte Sophie sich eine der Decken aus dem Krankenwagen über den Kopf gezogen und saß mit angezogenen Beinen wie ein Gespenst auf dem Bordstein. Ab und zu erschien ihre Hand, tastete nach dem Becher, den sie von einem Sanitäter bekommen hatte, und verschwand mitsamt dem Wasser wieder unter der Decke. Auch auf meinen Armen hatte sich Gänsehaut gebildet, obwohl meine Stirn glühte. Ein Sarg wurde aus dem Haus getragen, er war genauso hellgrau wie das Haar von Oskar.

Wenn das Gehirn durch einen Defekt gestört wurde, hieß das vor allem, keine Wahl zu haben. Es war unmöglich, eine Auszeit von sich selbst zu nehmen, ebenso unmöglich war es, alle Gedanken und Taten zu kontrollieren. Manche passierten einfach.

»Das ist der Part, den wir niemals mitbekommen hätten, nicht wahr?«, vermutete Philipp. »Wie sie ihn da runterholen von der Decke, in eine Box packen und wegkarren. Gestern ging es ihm doch noch gut, oder? Er hat doch gesagt, es geht ihm gut. Oder nicht?«

Unter der Decke blieb es still. Aber auch wenn Sophie nichts sagte, wusste ich, welche Frage sie sich stellte. Es war die, die wir uns nun alle stellten. Schließlich hatte jeder mitbekommen, wie gut es Oskar zu gehen schien in der letzten Woche. Was bedeutete sein Tod für jeden Einzelnen von uns?

Unruhig sortierte ich die Steine auf der Straße ihrer Größe nach an und rief mir die Gruppensitzung von gestern in Erinnerung. Ich sah Oskar vor mir, wie er Magda zuzwinkerte, schon jetzt fühlte sich diese Stunde wie Fiktion an.

Wir alle wiesen ein hohes Risiko auf, an Suizid zu sterben, das war Teil unserer Diagnosen. Nun war einer von uns gestorben, und niemand wusste, warum. Psychiatrische Erkrankungen verliefen in einundzwanzig Prozent tödlich, die Klinik schränkte das Risiko ein, doch nicht immer, und sobald einer über die Klippe sprang, fingen die anderen an, vorsichtig über den Rand zu lugen.

Ich wühlte in meinem Gedächtnis weiter nach relevanten Statistiken, Wissen hatte mich schon immer beruhigt und Zahlen erst recht. Dreiundfünfzig, 9828, fünf. Alle dreiundfünfzig Minuten nahm sich jemand das Leben. Das waren etwa 9828 Menschen innerhalb eines Jahres, und alle fünf Minuten versuchte es jemand. Wie oft hatte es Oskar schon versucht? Und wer würde es morgen versuchen?

Jetzt war er nur noch eine Geschichte. Manche davon wurden nicht gelesen, manche gelesen, doch niemals verstanden, und dann waren da noch die, in denen einige Kapitel ewig versteckt blieben.

»Was machen wir denn nun?«, klang es dumpf unter Sophies Decke. »Morgen beginnt das Wochenende.«

Die Wochenenden, hatte Sophie mir gestern erzählt, waren am schwersten. Erst einmal aufgefangen durch die Tagesstruktur der Klinik, war das Wochenende die Testphase und freie Bahn für Psychosen, Angstschübe und Manien. Philipp stand auf, er begann vor uns auf und ab zu laufen, öffnete kurz den Mund, als wenn er etwas sagen wollte, schüttelte dann den Kopf und lief weiter.

Er hatte keine Angst, das sah ich sofort, alle Symptome der Angst kannte ich von mir selbst. Ich dachte an das Gespräch mit Herrn Dey, auch der Geschmack von Erbrochenem tauchte in meinem Gedächtnis auf und wurde durch Bilder von diversen Waschbecken abgelöst. Allein die Erinnerung an diesen Moment sorgte dafür, dass Angst in meinem Nacken hochkroch. Ich kniff die Augen zusammen und konzentrierte mich auf die Fakten, die ich dabei gelernt hatte.

Auf der Rückseite von Angst war etwas, das nicht auf dem Bordstein saß. Was da war, erstarrte auch nicht. Es verharrte nicht im Süden, sondern ging Richtung Norden, und auch wenn ich nicht wusste, was im Norden war, konnte es nicht schlimmer sein als die Angst im Süden. Vielleicht ging es nur darum, in Bewegung zu bleiben. Das klang wie eine Formel, und Formeln führten immer zu einem Ergebnis.

»Wir werden jetzt gehen!«, kündigte ich an und stand auf. Philipp blieb stehen, Sophie blinzelte in die Sonne und legte die Decke, in die sie gewickelt war, beiseite.

»Wohin gehen wir denn?«, wollte sie wissen.

Unschlüssig schaute ich die Straße entlang, ich konnte es wirklich nicht leiden, wenn Tagesstrukturen derart auseinanderfransten.

»Du hast gar keine Ahnung, wohin es geht, oder?«, zweifelte Philipp.

Ich vermied es, ihn anzusehen, und holte mein Telefon heraus. Das tat ich oft, sobald ich nicht weiterwusste. Manchmal wusste das Internet, was zu tun war. Heute nicht. Ich starrte auf den Bildschirm, und mein Blick fiel auf den Kompass, der sich zwischen den anderen Anwendungen einreihte. Ich tippte ihn an, und sein roter Pfeil rotierte auf dem schwarzen Display. Dann drehte ich das Telefon ein paarmal, bis er sich eingerichtet hatte und die Himmelsrichtungen anzeigte.

»Richtung Norden, da lang!«, erklärte ich nur und hoffte, dass keiner von beiden fragte, was wir dort tun sollten.

Sophie und Philipp tauschten untereinander Blicke aus und brachten sich in Bewegung.

Irgendwann, während wir über den warmen Asphalt durch die Häuserschluchten liefen, brach Sophie das Schweigen: »Ich habe mir schon oft vorgestellt, wie meine Beerdigung sein wird, wer kommt und wer fehlen wird. Meine Mutter würde weinen, da bin ich mir ganz sicher, und mein Vater würde heimlich auf seinem Telefon herumtippen. Meine Großmutter dagegen würde den Text des Pastors auf seine Grammatik hin prüfen, eine neue Sitzordnung in der Kapelle durchsetzen, und danach würde sie den Floristen verklagen, weil die Blumen nicht veilchen-, sondern taubenblau sind. So lenkt sie sich immer vom Schicksal ab. Es wäre toll, wenn niemand Schwarz tragen würde, am Ende der Beerdigung gäbe es auch keinen Kuchen, sondern jede Menge Eis am Stiel.«

»Niemand ist bei seiner Beerdigung dabei«, warf Philipp ein. »Wenn du dir das vorstellst, scheinst du davon auszugehen, nach deinem Suizid gar nicht tot zu sein.«

»Wenn du das denkst, scheinst du davon auszugehen, dass ich mich jemals umbringen wollte«, entgegnete Sophie gereizt und lief schneller. »Ich bringe mich doch nicht um, dazu bin ich echt zu …«

»Zu was?«, rief Philipp und folgte ihr.

»Zu gerne hier«, brüllte Sophie und lief mit schnellen Schritten.

»Ich bin auch gerne hier, denkst du, ich gehöre zu denen, die sich hassen, in Selbstmitleid zerfließen, und die glauben, dass ihre jämmerliche Existenz auf diesem Planeten durch etwas Besseres im Tod abgelöst wird? Zu denen, die andauernd hören wollen, wie unglaublich besonders sie sind, weil sie sich selbst nicht glauben? Oder denkst du, ich gehöre zu der Sorte, die ihren Tod durch reinen Nervenkitzel immer mal wieder herausfordert? Ich gehöre auch nicht zu denen, die sich über die endgültige Konsequenz ihrer

Entscheidung nicht im Klaren sind, weil sie sich mehr Gedanken darüber machen, wie viel Aufmerksamkeit sie damit erregen werden oder wem sie durch ihren Tod Schuldgefühle zufügen können«, entgegnete Philipp gelassen.

»Zu welcher Gruppe gehörst du dann?«, wandte Sophie scharf ein.

»Er gehört in die Kategorie, zu der ich gehöre«, stellte ich fest und drosselte das Gesprächstempo. Sophie drehte sich um und hielt inne.

»Und welche ist das?«, fragte sie. »Warum hast du versucht, dich umzubringen?«

Ich setzte an, zögerte dann aber, zuckte mit den Schultern und wandte mich ab. Manchmal konnte ich selbst kaum glauben, dass ich es tatsächlich getan hatte. Doch an das Gefühl, das meinen Versuch ausgelöst hatte, konnte ich mich noch sehr gut erinnern.

Ich wusste nicht genau, was der Tod war, nur eins: Er war die Garantie, nichts mehr zu spüren. Als ich acht Jahre alt gewesen war, hatte ich Stunden damit verbracht, mir zu überlegen, was ich mit all der Zeit nach meinem Tod anfangen sollte. Immer wieder war ich wie ein Grenzwächter an ihm entlanggeschlichen, hatte mich auf die Zehenspitzen gestellt und meine Hände zu einem Fernrohr geformt, um auf der anderen Seite etwas zu erkennen. An Tagen, die so schlimm waren, als seien sie aus einer Geschichte, hatte ich nachts zwischen Stofftieren und Sternenbettwäsche so lange den Atem angehalten, bis ich weggedämmert war. Ich war dennoch jeden Morgen wieder in meinem Kinderzimmer aufgewacht.

»Sorgt jedenfalls dafür, dass ordentliche Musik auf

meiner Trauerfeier gespielt wird. Ich will da nichts Melancholisches hören«, riss Sophie mich aus meinen Gedanken.

»Du wirst sowieso nichts hören«, trotzte Philipp und verdrehte die Augen.

»Ich wünsche mir, dass meine Beerdigung eine halbe Stunde später als geplant beginnt«, teilte ich mit. »Ich komme ja sonst auch immer zu spät.«

Philipp warf mir einen missbilligenden Blick zu, während Sophie in Gelächter ausbrach und ihn anrempelte.

In der Zwischenzeit hatten wir einen Kanal erreicht, auf der anderen Straßenseite säumten Altbauten und wenige Eichen den Bordstein. Sophie rannte in einen Kiosk und kehrte mit drei Eis am Stiel zurück. Sie riss ihres aus der Packung, drehte es ein paarmal in ihrem Mund herum und setzte sich an die Kante des Kanals. Ich öffnete Philipps Eis, während er sich umständlich und mit dem Gipsarm in der Luft wedelnd zwischen uns setzte.

»Auf Oskar!«, rief Sophie, reckte ihr Eis in die Luft und brach in Tränen aus.

Meine Hand blieb mit dem Eis in der Luft stehen, während ich sie anstarrte und überlegte, was zu tun war. Philipp legte seinen Arm um sie und beschwichtigte sie, während Sophie mit weggebrochener Stimme vor sich hin schniefte. Mein Eis dagegen tropfte auf meinen Handrücken, der immer noch in der Luft stand. Ich drehte es um und sah zu, wie die erste Farbschicht schmolz. Ich beugte mich vor und ließ sie in den Kanal tropfen, das Wasser floss auch ohne Oskar weiter.

Es war siebzehn Uhr einundzwanzig, um diese Zeit wäre ich laut meinem Kliniktagesplan bereits seit hunderteinundzwanzig Minuten zu Hause gewesen, freitags schloss die Station siebenundzwanzig bereits eine Stunde früher als sonst. Ich starrte auf meine Schuhe, zu Hause hätte ich die nicht mehr ertragen müssen und auch keine Menschen. Mit beiden konnte ich nicht besonders viel anfangen, auch wenn sie notwendig waren, engten sie mich ein, und je schlechter das Wetter wurde, desto gröber wurden beide. Ich schaute auf und schielte zu Sophie und Philipp, ich wollte nicht mehr hier sein, andererseits konnte ich auch keine fremden Menschen in meinem Zuhause dulden.

Wenn ich mir allein vorstellte, wie Sophie alles anfassen und verrücken würde. Das würde sie, da war ich mir sicher. Mit zusammengepressten Lippen sah ich mir ihre Hände an. Ihre Nägel hatte sie in derselben Farbe gestrichen wie Ägyptens heiliger Mistkäfer. Die Dungkugel, die er vor sich her rollte, erinnerte an die Sonne am Horizont. Er legte seine Eier darin ab, grub ein Loch und verschwand mitsamt der Kugel. Aus den Eiern entstanden Larven, die zu jungen Käfern heranwuchsen, während sie sich von der Dungkugel ernährten. Wenn sie das erste Mal an die Erdoberfläche gelangten, dachten die alten Ägypter, diese Käfer seien die Wiedergeburt des alten Käfers. Entstanden aus dem Nichts, wodurch sie den Käfer mit Chepre, dem Gott der aufgehenden Sonne, gleichsetzten.

Sobald Sophie sich bewegte, schimmerte der dunkle Farbton, der an einigen Stellen abgeplatzt war, golden auf. Außer ihrem linken kleinen Finger waren alle anderen in Ringe eingefasst, deren Kanten oxidiert waren. Auch die silbernen Armreifen waren angelaufen, unterbrochen durch ein paar ordentlich geknotete Wollbänder.

Die Bilder in meinem Kopf drängten mich zurück nach Ägypten. Jedes Mal, wenn die Angst mich packte, flüchtete ich in Geschichten: Erzählungen über Helden und Schurken, Reisen zu anderen Kontinenten oder in fremde Galaxien. Auf diesem Weg war ich mittlerweile in verschiedenste Länder, Kulturen, auf diverse Planeten, zu einigen Meeren, in die Vergangenheit und in etliche Möglichkeiten der Zukunft gelangt. Physisch verreist war ich dagegen noch nie.

Die Bilder in meinem Kopf spulten neun Jahre zurück, ein Umschlag erschien, eine Benachrichtigung zur Klassenfahrt. Der gelbe Zettel hatte mich wochenlang beschäftigt, nicht nur weil ich Gelb fürchterlich fand. Es ging wieder um etwas, das Spaß machen sollte, etwas, wofür man über seinen Schatten springen musste, dann würde das schon werden. Ich hatte schon eine Menge Dinge ausprobiert, die Spaß machen sollten. Hatten sie nicht getan. Im Gegenteil, mit den gelben Umschlägen kamen irgendwann nur noch Bauchschmerzen. Am Abend vor der Abfahrt waren sie stündlich stärker geworden, bis ich kurz nach Mitternacht mit dem Verdacht auf Blinddarmdurchbruch im Krankenhaus gelandet war. Ein Arzt hatte meinen Bauch abgetastet, ich hatte die Schmerzen bestätigt. Noch in derselben Nacht hatte er mich operiert, seine Verwunderung über den gesunden Wurmfortsatz hatte mich dagegen weitaus weniger erstaunt. Die Klasse war ohne mich gefahren, und ich hatte eine Woche lang Dokumentationen über Lebensformen unter Wasser gelesen.

»Wir verbringen dieses Wochenende gemeinsam, ja?«, stellte Sophie mehr fest, als dass sie fragte, lehnte sich zurück gegen einen der Bäume und schloss ihre Augen. Philipp drehte den Kopf, als ich ihn ansah, und ich schaute schnell weg.

»Arbeitest du einen Plan für uns aus?«, wollte er wissen.

»Ich kann nicht bleiben«, informierte ich die beiden und stand auf.

Erstaunt sah Philipp mich an.

»Was hast du denn vor?«

»Nichts.«

Sophie öffnete ruckartig ihre Augen und rappelte sich auf.

»Was bedeutet das? Du kannst doch jetzt nicht gehen!«

»Und warum kannst du dann nicht bleiben?«, hakte Philipp ungeduldig nach.

Seine Stimme konnte sich gleichzeitig ruhig und ungeduldig anhören.

»Das liegt außerhalb meines Tagesplans«, erklärte ich ihm und packte meine Tasche.

»Juli, Oskar ist tot, Sophie hat dich gebeten zu bleiben, und was mich angeht, denke ich ebenfalls, dass es besser wäre, wenn du bei uns wärst, anstatt nach Hause zu gehen, um dort auf einem Stuhl zu warten, bis es wieder Montag ist.« Angestrengt holte er Luft und blieb betont ruhig.

»Philipp, Menschen sterben jeden Tag. Oskar ist für mich nur eine Momentaufnahme, ich kannte ihn nicht, und euch kenne ich auch nicht. Ich sehe wirklich keinen Grund.« Ich runzelte die Stirn. »Bis Montag!«

Angespannt ging ich das Ufer entlang zurück zur Straße.

»Weißt du, wohin es da geht?«, schrie Sophie mir nach. »In den Süden! Hörst du mich? In den Süden!«

Ich war Oskar drei Tage flüchtig begegnet und hatte nicht einmal Lust, über ihn nachzudenken. Ich presste meine Kiefer zusammen, stakste stur weiter, während sich irgendetwas in mir sammelte. An der nächsten Ecke bog ich ab und dachte an die Setzlinge in Oskars Wohnung. Sie wollten gar nicht zu dieser herabhängenden Gestalt passen. Warum hatte er sie nur eingepflanzt, wenn er bereits wusste, dass er die Tomaten niemals essen und sie nicht einmal wachsen sehen würde.

Abrupt blieb ich stehen, so dass die Frau hinter mir Mühe hatte auszuweichen. Ich verstand seinen Tod nicht, und was ich nicht verstand, machte mir Kopfschmerzen. Tränen liefen über mein Gesicht, stirnrunzelnd kniete ich mich hin, strich über meine Wangen und starrte auf meine Hände, als wenn ich erwartet hätte, dass sie nun eine andere Farbe hätten. Angestrengt legte ich meinen Kopf schief und begann zu wippen, etliche Bilder huschten in meinem Kopf vorbei, verhakten sich und rempelten sich grob an. Das war die Angst vor Veränderung. Riesengroßes Chaos war paradox. Bewegte ich mich darauf zu, nahm es ab, schreckte ich zurück, nahm es zu. Das war nicht leicht zu verstehen, doch eine so einfache Formel, dass klar war, dass ich bleiben musste. Missmutig drehte ich um und ging die Straße, die ich entlanggelaufen war, wieder zurück.

»Können wir jetzt los?«, wurde ich von einer Stimme empfangen und sah mich um.

Philipp saß mit gekreuzten Beinen an der Ecke, an der ich abgebogen war, und sah mich herausfordernd an. Schweigend holten wir Sophie ab, die an einer Straßenbahnhaltestelle auf uns wartete. Als sie uns sah, sprang sie auf, rannte uns johlend entgegen, dann drängelte sie sich in unsere Mitte.

Wir würden dieses Wochenende zusammen verbringen und in Bewegung bleiben, immer Richtung Norden.

»Wir könnten deinen Tagesplan ins Wochenende integrieren, was denkst du?«, schlug Sophie vor.

»Ja, du kannst stolz auf dich sein«, fuhr Philipp aufmunternd fort, während ich schnaubend ausatmete und beide ignorierte.

Ich war nicht stolz, ich wusste nicht einmal, wie es sich anfühlte, stolz zu sein, und wenn ich es gewusst hätte, wäre der zierliche Stolz von meiner Angst zermalmt worden. Unsicher musterte ich die beiden von der Seite und wollte etwas sagen, doch alle Wörter, die ich kannte, waren verschwunden. Laut meinem Tagesplan war es längst Zeit zum Abendessen, im Gleichschritt steuerten wir die nächste Pizzeria an und kamen in eintausendeinhundertsechs Schritten an. Das waren um die siebenhundertvierundsiebzig Meter. Ich suchte für uns den am wenigsten frequentierten Fleck, während Sophie für uns bestellte und mit den Kellnern herumalberte.

»Hast du während deines kleinen Ausfluges einen Plan für unser Wochenende entwickelt?«, fragte Philipp.

Hastig sah ich zu Sophie, doch sie stand immer noch am Tresen und konnte mir nicht ins Wort fallen, damit ich meinen Satz gar nicht erst beenden musste. Ich war Statistin und wusste nicht, wie man Gespräche führte. Hastig durchsuchte ich meine Hosentaschen nach Süßigkeiten und steckte alles, was ich fand, mit einer Bewegung in den Mund. Auch eine Büroklammer war dabei, die ich wieder ausspuckte.

»In Geschichten bewegen sich sowohl Schurken als auch Helden durch verschiedene Etappen der Handlung«, setzte ich unsicher an. Philipp runzelte kurz die Stirn, dann nickte er und sagte nichts.

»Wir sind keine Helden, auch keine Schurken, dennoch habe ich beschlossen, dass wir uns am Verlauf des Helden orientieren sollten. Und bei dem ist das so: Bevor er zu seinen Reisen aufbricht, erhält er im Allgemeinen einen Rat oder eine Ausrüstung«, erklärte ich und tippte auf mein Telefon, auf dem augenblicklich der Kompass erschien und nach Norden zeigte. Ich hörte Gesprächsfetzen aus der Küche, klapperndes Geschirr, Kohlensäure im Glas, Hundegebell und Stuhlbeine, die über die Dielen kratzten.

»Manchmal bekommt der Held auch einen Helfer, oder er rekrutiert sich seine Gefährten«, fuhr ich fort und zeigte auf uns drei. »Er trifft Vorbereitungen, vorher lernt er noch seine Geliebte kennen, damit ein tränenreicher Abschied folgen kann, dann bricht er auf.«

Ich wartete kurz, doch Philipp schwieg noch immer.

»Wir erfüllen durch die grobe Richtung nach Norden, uns als Gefährten und den Abschied von Oskar immerhin drei der wichtigsten Kriterien, selbst ohne Sex, was denkst du?«

Philipp setzte an, doch ich war noch nicht bereit für Kritik und unterbrach ihn direkt.

»Das ist nicht viel, ich weiß! Ein strukturierter Plan hätte einen Zeitstrahl, mindestens drei Diagramme und fünf alternative Pläne, falls alle anderen scheitern. Ich könnte auch meinen Tagesplan auf das Wochenende übertragen, allerdings kommen in dem Plan keine anderen Menschen vor, noch weniger verschiedene Orte, was ihn im Grunde genommen auflöst. Aber ich bin auf alles vorbereitet. Sobald ich meine Wohnung verlasse, kann ich theoretisch bis zu drei Tage aus dieser Tasche leben.«

Ich zeigte auf die blaue Ledertasche neben mir. Sie enthielt Notwendigkeiten sowie alle Dinge, die mir etwas bedeuteten, gesetzt den Fall, dass meine Wohnung während meiner Abwesenheit abbrennen würde. In der Tasche befand sich unter anderem ein flaches Stück Holz von einer Länge von dreizehn Zentimetern. Es kam vom Meer und war über die Zeit glattgeschliffen worden, lediglich auf der Unterseite waren ein paar Kanten übrig geblieben. Ich legte es gerne zwischen meine Handflächen und strich mit den Fingern über die Maserung. Das beruhigte mich. Außerdem war da ein kleiner aufziehbarer Roboter aus Metall, von denen besaß ich einige, ich mochte Dinge, die sich bewegten. Dieser hier durfte die Sammlung vertreten. Außerdem war da ein ungeöffneter Brief meiner Mutter, ich trug ihn bereits einige Wochen mit mir herum. Manchmal wunderte ich mich, dass sowohl meine als auch ihre Briefe überhaupt noch ankamen. Viel wahrscheinlicher erschien mir, dass er eines Tages mit einem Stempel drauf zurückkehren würde. Empfänger konnte nicht ermittelt werden, mit einem Kreuzchen darunter in dem Feld ›Verbindung abgebrochen‹. Manchmal war ich mir nicht einmal sicher, ob da jemals eine gewesen war. Trotzdem vermisste ich meine Eltern, ich vermisste sie schon, als ich noch bei ihnen lebte. Das war wie umgekehrter Phantomschmerz. Obwohl sie noch gar nicht weg waren, tat es schon weh. Hätte ich einen Brief an meinen Vater geschrieben, hätte sich bereits sein Briefkasten geweigert, ihn anzunehmen, und vehement seine Metallklappe verschlossen. Neben dem Brief lagen die Unumgänglichkeiten wie mein Telefon, mein Portemonnaie, zusammengerollte mitternachtsblaue Wäsche zum Wechseln, ein Bleistift und ein Notizbuch mit etlichen Zeitungs- und Magazinausschnitten. Alles, was mich interessierte, riss ich heraus. Wenn Erik das sah, rollte er immer mit den Augen. War ich zu Hause, stand die Tasche griffbereit im Flur neben der Tür. Für den Fall, dass ein Feuer ausbrach.

»Wann hast du deinen üblichen Tagesablauf zuletzt unterbrochen?«, wollte Philipp wissen und strich mit der Hand über die karierte Tischdecke.

»Vor zweihundertsieben Tagen …«, entgegnete ich.

»War das der Tag, an dem du dich umbringen wolltest?«, fragte er.

»Nein, an dem Tag war keine Milch mehr da.«

»Und?«

»Keine Milch, kein Frühstück.«

»Warum bist du nicht los und hast welche gekauft?«

»Ich gehe erst raus, nachdem ich gefrühstückt habe.«

Philipp lachte auf und verstummte, als er bemerkte, dass ich es ernst meinte.

»Und was hast du dann gemacht?«

»Ich habe so lange in der Küche gewartet, bis Abend war. Zum Abendessen brauche ich keine Milch.«

»Und der Tag, an dem du die Tabletten geschluckt hast? Wieso war dieser Augenblick nicht außerhalb deines Tagesplans?«

»Das wurde nach intensiven Vorbereitungen Teil meines Tagesplans«, erklärte ich ihm.

»Verstehe. Ich hatte es nicht geplant«, verriet Philipp.

»Schämst du dich dafür?«, fragte ich ihn.

Sein Gesicht verfärbte sich leicht, sein Blick senkte sich, und seine Brust fiel zusammen. Da war er wieder, der gelbe klebrige Klumpen Scham.

»Ja, ich habe einen Unfall von mehreren Autos verursacht«, sagte Philipp.

»Schuldig«, stellte ich fest.

Erschrocken sah er auf, und ich lachte.

»Ich würde mich auch schuldig fühlen, aber Scham?«, fragte ich.

»Ist das nicht dasselbe?«, schob Philipp ein.

Ich dachte kurz nach und kramte eine meiner Formeln dazu raus.

»Schuld ist Handlung plus jemand plus Verantwortung. Dafür brauchst du immer jemanden, dem du was antust. Oder was Gutes tust.«

»Ja, und Scham?«, fragte er.

»Scham ist der ganze Scheiß, von dem du denkst, dass die anderen ihn denken.«

Ich war ein Experte, was Scham anging.

»Schämst du dich manchmal?«, fragte Philipp und rückte seine Schultern gerade.

»Seitdem ich weiß, dass andere über mich denken können. Ich weiß gar nicht, warum ich anderen immer mehr glaube als mir. Manchmal, wenn ich mich nicht schäme, dann komm ich mir vor wie jemand Fremdes.«

»Was glaubst du den anderen denn?«, fragte Philipp.

»Ich glaube ihnen, wenn sie sagen, dass ich Schuhe anziehen muss, und wenn sie mir verbieten, im Bikini ins Büro zu kommen, obwohl ich den Tag zuvor mit ihnen im Schwimmbad war und dort dasselbe getragen habe. Ich verstehe nicht, warum das so ist, schließlich haben wir auch im Solebecken über Projekte geredet. Ich glaube es trotzdem und habe keinen Schimmer, warum das alles so ist. Wo alle ausschließlich Antworten haben, habe ich immer nur Fragen. Und weil ich ihnen glaube, kann ich mir nicht glauben.«

»Ich glaube, du glaubst zu viel«, lachte Philipp. »Wenn du dich so viel nach anderen richtest, bist du in dem Punkt immerhin genauso langweilig wie sie.«

Was er sagte, knallte frontal gegen meine Stirn. Den Normalen war ich nicht normal genug, und den Kranken war ich zu normal.

»Aber nur fast«, lenkte Philipp ein.

»Dann bin ich ja froh, dass ich noch in deinen Toleranzbereich falle.«

»Und? Liegt ein Wochenende ohne Zeitintervalle in deinem Toleranzbereich?«, erkundigte er sich und berührte meine Schulter.

Ich dachte über seine Frage nach und wischte automatisch seine Hand weg. Philipp blieb in der Bewegung stecken und presste seine Lippen aufeinander. Wortlos malte ich eine lange Linie zwischen uns in die Luft und dachte weiter über seine Frage nach.

»Du meinst gar keine Planung?«

»Ja, ich meine Abenteuer. Die Richtung kennen wir ja bereits«, entgegnete er.

»Ein Abenteuer?«, wiederholte Sophie und setzte sich zu uns.

Sie ließ drei Bestecksets über den Tisch schlittern, und ich positionierte sie im exakten Winkel zur Tischkante. Danach stellte sie Teller, Gläser und ein Körbchen mit Brot dazu und klemmte sich zu mir auf die Bank, es wunderte mich, dass sie noch keine Schürze wie das Personal trug.

»Abenteuer sind der beste Weg, um herauszufinden, mit wem man es zu tun hat. Meint ihr nicht?«, fragte sie kauend.

Ihr Oberschenkel blieb an meinem kleben, ich rückte von ihr weg, und sie rutschte unwillkürlich nach, während ich stur auf das rote Muster der Tischdecke starrte. Langsam löste es sich vom Tisch und verwandelte sich in einzelne Figuren, die wenige Zentimeter über der Platte schwebten.

5

Ich rief den Kompass auf meinem Handy auf, Sophie zog einen Block aus ihrer Tasche, und wir setzten uns Richtung Norden in Bewegung. Mit der freien Hand fuhr Sophie immer wieder durch die Sträucher, an denen wir entlanggingen, wippte mit dem Kopf hin und her und sang. »Angst, Angst, Angst, komm und tanz, tanz, tanz. Spannst und bangst und schwangst, Angst, Angst, Angst.« Sie verstummte, drehte sich um und sah mich an: »Was tun wir, wenn du Angst bekommst?«

»Wir fallen ihr ins Wort«, sagte Philipp schlicht.

»Nein, wir umarmen sie!«, rief Sophie und betonte ihre Idee pantomimisch, während ich nicht anders konnte als sie anzustarren. Ich hatte wirklich noch keinen Menschen erlebt, der derart naiv durch die Gegend spazierte. Es war abstoßend, gleichzeitig wollte ich das, was sie hatte. Wenigstens ein einziges Mal für sieben Minuten. Sophies Stift bewegte sich flink über ihren kleinen Notizblock.

»Schreibst du mit?«, fragte Philipp.

»Natürlich, jede Crew hat ein Logbuch.«

Philipp riss ihr Stift und Block aus der Hand, warf den Block auf die Straße und gab ihr den Stift wieder zurück.

»Der Block war mir wichtiger!«, schmollte sie, warf den Stift hinter sich und trabte ihrem Block hinterher.

»Du könntest auch gar nichts tun, wenn du Angst bekommst. Lass sie doch einfach da«, meinte Philipp.

»Chaos wächst bis ins Unendliche, wenn keine Energie aufgebracht wird.«

Philipp sah mich stirnrunzelnd an. »Was soll das heißen?«, fragte er.

»Das ist das zweite Gesetz der Thermodynamik«, stellte ich nüchtern fest.

»Sie meint, dein Vorschlag ist scheiße«, lachte Sophie und blieb neben einem Pappschild stehen, das jemand neben einen Baumstamm in die Erde gerammt hatte.

»Hausflohmarkt, Vorderhaus, 2. OG« stand in dicken handgeschriebenen Buchstaben darauf.

Begeistert riss sie die Augen auf, legte den Kopf schief und lotste uns in den Hauseingang. Fragend sah ich Philipp an, er zuckte resigniert mit den Schultern und folgte uns langsam hoch in den zweiten Stock. Ich hatte ihn noch nie schnell gehen sehen, er lief immer gedrosselt mit einer Hand in der Hosentasche und dem unverwandt herunterhängenden Gipsarm auf der anderen Seite.

Im Treppenhaus kamen uns ein schnaufendes Trio aus zwei Männern und einer Waschmaschine entgegen, Insekten flirrten im einfallenden Licht. Sie wirbelten Staub auf, winzige Teilchen, die ziellos umeinanderflogen und an ihren verschwitzten Gesichtern hängen blieben. Das sah genauso aus, wie sich mein Körper anfühlte. 6271 Schritte von meiner Wohnung entfernt, war das meine erste Reise, und ich hatte immer noch keinen Schimmer, wozu sie gut war. Ich hatte zwei Theorien. Entweder ging es beim Reisen darum, an einen anderen Ort zu gelangen, oder es ging um die Strecke zwischen zwei Orten. Zweifellos hatte es etwas mit Bewegung zu tun. Dann war da noch das Gepäck. Zu viel Ausrüstung war alles andere als hilfreich, wahrscheinlich reduzierte es sich auch immer mehr, desto länger der Trip war. Sonnenbrillen gingen verloren, Flaschen leerten sich, Egoismus verflog, Neid wurde verbummelt, und Ängste verschwanden. Jedenfalls hoffte ich das. War das nicht der Klassiker? Mensch in Krise, Mensch reist, Mensch geheilt. Oder war das nur ein Bild, das immer wieder aufkam wie ein Wunsch oder ein Strohhalm. Wie alle anderen, waren auch wir bereit, uns daran zu klammern, sobald alle Möglichkeiten in der gewohnten Umgebung verbraucht waren.

Ich stellte mir Reisen wie einen simplen Austausch der Parameter vor, wie eine Kulisse, in der sich alle paar Minuten der Hintergrund veränderte, neue Akteure auftauchten und andere den Set wieder verließen. Der einzige Unterschied zum Leben war der Zufall anstatt eines Regisseurs. Vielleicht war Reisen der Wunsch nach einer Menge Zufällen.

Die Wohnungstür im zweiten Stock stand offen, »Voit« war mit Kugelschreiber auf das kleine Schild über der Klingel gekritzelt worden, durch die Tür drängten sich eine Lampe und eine Monsterpflanze, dicht gefolgt von drei Frauen. Ich sah Sophie, die bereits am Ende des Flures in einer Kiste herumwühlte, immer wieder innehielt, um etwas vor ihre Nase zu halten und es wieder zurück in die Kiste fallen zu lassen. Unwillkürlich musste ich lachen, es hätte mich nicht gewundert, wenn sie die Dinge abgeleckt hätte, um sie zu begreifen.

Es roch nach Kaffee und fremder Wohnung. Ich hatte mich schon oft gefragt, welchen Geruch Menschen wahrnahmen, die meine Wohnung betraten. Für mich war es mein Zuhausegeruch, eine Mixtur aus Waschmittel, Pflanzen und verebbtem Rauch der letzten Nacht. Es gab auch Menschen, die ihren Zuhausegeruch mitnehmen konnten und immer überall nach ihrer Wohnung rochen. Ich war keiner von ihnen, soweit ich das selbst beurteilen konnte.

Philipp bog ab und verschwand in der Küche, kurz darauf erschien er mit einem vollen Kaffeebecher in der Hand. Die Schränke und Kommoden waren leergeräumt, ihr Inhalt stapelte sich jeweils in der Mitte der Räume. Küche, Bad, Wohnzimmer, Flur. Ich ging durch eine angelehnte Tür und stand in dem Raum, der das Schlafzimmer gewesen war. Kurz musste ich an Oskars Wohnung denken und fragte mich, wer sie ausräumen würde, wo sein neues Sofa als Nächstes landen und wer seine Pflanzen gießen würde.

Dieser Raum war fast leer, das Bett lag in seine Einzelteile zerlegt und mit Klebeband verschnürt unter dem Fenster, und die letzte Kleiderstange wurde gerade herausgetragen. Drei Umzugskartons stapelten sich auch hier in der Mitte, aus dem obersten ragte ein Hockeyschläger. Auf den Dielen waren die Abdrücke der verschwundenen Möbel zu erkennen.

Hinter der Tür befand sich ein hoher Spiegel, ich drehte ihn ein wenig, ging einen Schritt zurück, bis ich komplett im Spiegel zu sehen war.

Da war eine schmächtige Gestalt, an der alles gerade und gleich schmal verlief. Ich war ein Brett und hochgewachsen ohne nennenswerte Rundungen mit viel zu großen Füßen. Meine Beine steckten in einer weichen Hose, die ich bis zu den Knöcheln hochgewickelt hatte, mein Oberkörper in einem dünnen Pullover, alles in demselben dunkelblauen Farbton. Den trug ich schon immer. Erst später hatte ich gelesen, dass Blau die Farbe des Geistes war. Allerdings gab es andererseits keine Farbe der Dummheit. Dunkle Töne stimulierten klare und leichte Gedanken, und die hellen schärften den Geist, hatte dort auch gestanden. Ich fand, dass Blau einfach eine blaue Farbe war. Schließlich konnte ich nackt genauso scharf denken wie mit Blau. Und letztlich einig schien sich niemand über diese Farbe zu sein. Blau zu sein bedeutete im Deutschen, besoffen durch die Straßen zu torkeln, und blaue Briefe kündigten schlechte Nachrichten an. ›Feeling blue‹ meinte im Englischen, traurig zu sein, und hatte gar nichts Leichtes mehr. Im Gegenteil, blaue Pullover in England sorgten für fürchterliche Melancholie, und dann war da noch der Tod.

Jedes Mal, wenn auf See an Bord eines Hochseekahns jemand starb, wurde eine blaue Flagge gehisst und ein blaues Band kurz vor der Fahrt in den Heimathafen um den Rumpf gepinselt. Das blaue Meer, das meine Gedanken gegen Felsen krachen ließ, verwandelte sich in einen Himmel. Out of the blue. Etwas, das unerwartet vom Himmel kam, aus der Sphäre oder einer anderen Galaxie. Vielleicht auch nicht ganz so weit weg, so genau war der Ausdruck ja nicht.

Dann tauchte ein neues Bild in meinem Kopf auf. Ein Himmel, es war der über Neu-Delhi, und darunter stand ein blau bemalter Elefant. Er schlug seine riesigen Ohren hin und her, während ich unter ihm hindurchging. Hier war Blau keine Melancholie mehr, sondern das Zeichen für höchste Erleuchtung, wahrscheinlich auch für etwas Göttliches. Doch mit Gott hatte ich es nicht so, obwohl ich Geschichten ja sehr gern mochte. Der Elefant wurde verdrängt und durch verschiedene Häusereingänge im Orient ersetzt, deren Türen und Fenster blau angestrichen waren. Die Urvölker in Amerika taten das ebenfalls bei ihren Zelten als Schutz gegen böse Geister. Gleichzeitig sollte Blau die Aufmerksamkeit guter Geister auf sich lenken und sie in die Hütte holen.

Was auch immer Blau wirklich bedeutete, es war die einzige Farbe, die ich ertragen konnte, dachte ich und sah mir ins Gesicht. Drum herum fielen dunkle Haare, an einigen Stellen standen sie mehr ab als zu fallen. Das hatten sie schon immer getan. Das dünne Metall meiner blauen Brille zog zwei symmetrische Bögen durch mein Gesicht, sie gehörte ebenfalls zu den Gegenständen, die ich sehr gerne hatte. Wenn ich sie nicht auf der Nase gebraucht hätte, hätte sie mich in meiner Tasche begleitet. Nach außen wollte ich unbeschrieben sein, auch wenn ich wusste, dass das unmöglich war. Jede Farbe, jedes Material und jeder Schnitt waren Codes, egal, ob es so beabsichtigt war oder nicht. Ein tolles Werkzeug, wenn man wusste, was man ausdrücken wollte. Ebenso wenig konnte ich sagen, ob ich schön war. Fürchterlich oft begegneten mir schöne Menschen, doch auf die Masse gesehen existierte ein anderer Konsens darüber, was Schönheit war. So gefällig, dass die Menschen, die allgemein als schön galten, in meinem Kopf nach Sekunden wieder verblassten, ohne irgendeine Erinnerung zu hinterlassen.

Mein Gesicht kam durch seine Ausdruckslosigkeit einer leeren Leinwand am nächsten. Ich blieb an meinen Lippen hängen, die untere war ein wenig schief. Ich klappte den Mund wie ein Fisch auf und zu, wackelte mit dem Kopf, kniff meine Augen grimmig zusammen und knurrte leise. Während ich meine Gesichtszüge auf dem Spiegel nachzeichnete, fiel mein Blick auf eine Wanduhr, die oben auf einer der Kisten, die überall herumstanden, lag.

»Kurz nach halb acht, und du bist nicht zu Hause«, sagte ich und tippte dabei lächelnd auf meine Nase im Spiegel. »Wenn das nicht verrückt ist ... was denkst du? Wie fühlt sich das an? Hmm? Kribbelt. So richtig gut fühlt es sich nicht an, aber schlecht ist es auch nicht. Schwer zu sagen, wie es sich anfühlt. Das ist ... ja, wie ist das? Weißt du nicht, ne? Ich auch nicht«, ließ ich mein Spiegelbild wissen.

»Für dreißig Euro kannst du ihn direkt mitnehmen!«

Ich trat einen kleinen Schritt nach rechts und sah anstatt mich selbst einen Mann im Spiegel, der hinter mir direkt neben der Tür stand. Er war groß und kräftig mit verstrubbeltem hellem Haar. Ich schätzte ihn auf Anfang dreißig, trotz der kräftigen Statur wirkte er schelmisch. Ohne ihn angefasst zu haben, wusste ich bereits, dass er sehr feste, fast dicke Haut hatte, oder jedenfalls würde sie sie sich dicker und kompakter anfühlen, was ich gern mochte. Er trug verwaschene, ausgeleierte Jeans und ein T-Shirt, das verschwitzt war.

Er grinste schief, als hätte er mich bei etwas Unsagbarem erwischt. Diesen Ausdruck hatte ich schon oft gesehen. Jedes Mal, wenn mich jemand unterbrach, während ich mit mir selbst redete. Einige fragten mich danach, ob ich einsam sei, andere taten es als verschroben ab. Mich dagegen wunderte eher, warum andere Menschen so selten mit sich sprachen und sich so viel verschwiegen. Meine Selbstgespräche bedeuteten ebenso wenig Wahnsinn, wie keine Selbstgespräche für einen hellen Geist sprachen. Meine Gedanken rannten völlig kreuz und quer umher, kamen außer Atem, oft rempelten sie sich gegenseitig an, und wenn sie meinen Mund erreichten, sahen sie sich verwundert um und suchten ihr Ende, das längst auf der Strecke liegen geblieben war. Laut ausgesprochen, fanden sie das Ende manchmal wieder. Oder sie entdeckten etwas Neues.

»Du wohnst hier«, stellte ich fest.

»Yep, ich bin Marten.«

»Marten Voit«, sagte ich und stieß versehentlich zwei der Kartons um, die zwischen uns standen. Ihr Inhalt verteilte sich über den Boden. Mit einem Blick auf Marten sammelte ich alles ein und legte es behutsam zurück in die Kisten.

»Das kannst du einfach reinwerfen …«, merkte er an.

»… das kommt sowieso in den Müll«, beendete ich seinen Satz. Erstaunt blickte Marten auf. Ich war mir oft sicher, was das Ende eines Satzes sein würde, dennoch entschied es sich immer erst in den letzten Sekunden, ob ich richtiglag.

»Das tut sie dauernd, sie unterbricht jeden!«, raunte Sophie Marten zu und kam mit einer Pflanze im Arm ins Zimmer.

»Schau mal!« Sie hielt sie mir direkt unter die Nase.

»Sie hat schon recht.«

»Ich bin noch hier«, stellte ich fest.

»Und woher wusstest du, dass das die Müllkiste ist?«, wollte Marten wissen.

»In dieser Kiste sind Dinge aus völlig verschiedenen Räumen, in den anderen ist alles nach Zimmern sortiert. Außerdem ist die hier nicht beschriftet wie die anderen, was entweder bedeutet, dass ihr Inhalt wertvoll ist, oder genau das Gegenteil. Da sich aber keine Erinnerungen drin befinden, tippe ich auf Müll. Obwohl diese hier schön ist«, fügte ich hinzu und hielt eine bunte Winkekatze hoch. »Nur, dass sie so bunt ist, stört.«

»Hört sich wie ein Trick an«, flüsterte Sophie ihm verschwörerisch zu.

»… weil du nicht richtig hinguckst«, wandte ich ein.

»Wieso? Ich bin doch hier!« Sophie sah an sich hinunter, brachte sich kurz mit ausgestreckten Armen in Pose und stolzierte langsam durch das Zimmer, während sie den Hockeyschläger durch die Luft kreisen ließ.

»Wetten, dass nicht?«, forderte ich sie heraus. »Hol dein Telefon und sag mir, welche Apps sich in der ersten Reihe befinden.«

Sophie holte es aus ihrer Tasche.

»Kurznachrichten, Musik, Kamera und der Kalender«, las sie ab und verstaute es wieder.

»Und wie spät ist es?«, fragte ich sie.

Sophie hielt inne und kniff die Augen zusammen.

»Du weißt genau, dass ich dir das nicht sagen kann«, lachte sie und zeigte mit dem Finger auf mich. »Das weißt du ganz genau!«

Ich nickte, während ich ihrem Finger auswich.

»Du hast alles gesehen und nichts gesehen«, erläuterte ich.

»Na, die Uhrzeit hat mich doch gar nicht interessiert!«, maulte Sophie.

»... und was dich nicht interessiert, lässt dein Gehirn links liegen. So baust du dir deine Wirklichkeit.«

Sophie setzte sich ins offene Fenster und schüttelte den Kopf. »Da kannst du dir aber nicht viel drauf einbilden, schließlich bekommst du das nur mit, weil dein Gehirn kaputt ist und einfach alles durchlässt. Da geht es ja drunter und drüber.«

»Dann interessiert sich mein Gehirn nur für Dreck«, stieg Philipp ein, plötzlich war er im Türrahmen erschienen.

»Ach, komm!« Sophie winkte ab. »Gips dein Herz doch auch noch ein! Manchmal läuft alles wie am Schnürchen, und du hast irres Glück, dann wieder Pech, während ein anderer nur Pech hat und der Nächste eine Menge Glück. Wenn du dich daran festbeißt, gehst du zugrunde.«

»Das stimmt«, schaltete ich mich ein. »Die Welt funktioniert nach nichts.«

»Nach gar nichts?«, fragte Sophie.

»Das Einzige, was du dir aussuchen kannst, ist deine Reaktion.« Ich zuckte mit den Schultern.

»Wie die rosarote Brille?«, zweifelte Philipp.

»Was hast du denn jetzt auch noch gegen Rosa?« Sophie stampfte mit dem Fuß auf und wandte sich Marten zu.

»Warum ziehst du eigentlich aus? Du verkaufst ja fast alles, was du hast. Behältst du überhaupt irgendetwas?«

Er sah auf, und ein Lächeln breitete sich auf seinem Gesicht aus.

»Ja, allerdings nur einen Koffer, ich wandere aus! In drei Tagen und …«, er schaute auf seine Uhr, »… zwei Stunden sitze ich im Flieger nach Kambodscha!«

Er machte eine Pause, als wenn er auf Applaus warten würde, und fuhr dann fort, nachdem niemand von uns reagierte. »Soll ich euch verraten, seit wann ich das weiß?«

»Seit vierzehn Tagen«, murmelte ich so leise, dass es niemand hörte.

Marten klemmte stolz seine Hände in die Hüfte.

»Seit zwei Wochen! In ein paar Tagen lebe ich bei meiner Freundin in Kambodscha. Ich kenne sie erst seit drei Monaten, aber ich sag euch, das ist es! Sie ist es!«

»Wer ist sie?«, fragte ich in die Runde, da offenbar sonst jeder wusste, wen er meinte.

»Er meint, sie ist die einzig Wahre, seine Seelenverwandte, die große Liebe, über die alle reden, nach der sich alle sehnen und sich ihr gleichzeitig verweigern«, übersetzte Philipp stöhnend für mich.

»Woher weißt du das?«, fragte ich. »Klingt unlogisch.«

»Das ist nicht logisch, das ist Liebe«, entgegnete er gelangweilt.

»Einfach großartig! Ist das nicht großartig?«, platzte Sophie begeistert heraus, sprang auf und packte Marten bei den Händen.

»Ich bin mir absolut sicher, dass sie die Richtige ist. Und wisst ihr was?«, lachte Marten und wippte, ebenso begeistert, mit Sophie auf und ab.

»Was?« Sophie schien kaum in der Lage, sich wieder zu beruhigen.

»Sie schielt sogar! Ich steh auf schielende Frauen.«

Irritiert legte Sophie den Kopf schief und verharrte, ohne seine Hände loszulassen. Schließlich zuckte sie mit den Schultern und begann wieder zu springen. Philipp dagegen ließ nicht locker.

»Nach Wolke sieben kehrt jeder auf den Boden der Tatsachen zurück, und dann beginnt alles von vorne. Das ist doch völlig willkürlich, irgendwann verschwindet die Nähe, vielleicht gibt es noch einen Absacker in krankhafte Eifersucht oder Selbstzweifel.«

»Wo ist Wolke sieben?«, flüsterte ich Sophie verwirrt zu, sie brach in Gelächter aus und klärte mich nicht auf. Ich sah sie fragend an und wartete, was sich zu Liebe in meinen Gedanken ansammelte.

Liebe war so etwas wie ein Gefühl, und ich wusste nicht viel über Gefühle. Jeder fühlte, und niemand zeigte. Irgendwann war die Regel eingeführt worden, sie beim Arbeiten zu verbergen. Generell waren sie im öffentlichen Raum eine ganz schwierige Angelegenheit, privat auch. Indianer kannten keinen Schmerz. Das waren alles keine einfachen Regeln, und noch nie hatte ich verstanden, warum Menschen bei Filmen weinten. Die Schauspieler spielten ja bloß.

Ebenso wenig kannte ich die Formeln für die Orte, an denen Emotionen geeignet waren, wann sie unterdrückt werden mussten und wann nicht. Ich glaube, so richtig wussten die anderen das auch nicht. Rationales war viel klarer, hier änderten sich die Regeln nicht, doch kaum etwas lag auf dieser Seite. Alles war persönlich.

»Liebe ist eine biochemische Wechselbeziehung im

Gehirn, eine Art Botenstoff, ausgelöst durch Sexualduftstoffe, die wiederum Hormone und Endorphine aktivieren. Bei Liebeskummer sinkt der Serotoninspiegel so weit runter, dass der Körper beginnt, anders zu riechen«, erklärte ich. »Negative Emotionen bauen sich sogar in bis zu drei Jahren wieder vollständig ab. Vorausgesetzt man sammelt keine neuen an.«

»Wie soll das denn gehen?« Philipp setzte sich auf Sophies Platz am Fenster. »Wie misst man denn die Masse von Verzweiflung? Oder Wut? Ganz zu schweigen von Frust?«

»Mit Vibrationen«, erklärte ich schlicht, und Marten lachte auf. »Liebe und Angst haben völlig verschiedene Schwingungen.«

»Was für welche denn?«, wollte Sophie wissen.

»Liebe schwingt ganz schnell, und negative Gefühle wie Hass, Gier oder Angst schlagen ganz langsam aus. Deswegen hast du auch keine Angst, wenn du so richtig liebst.« Ich zuckte mit den Schultern. »Liebe ist ein bisschen wie Angstmangel. Interessant ist auch, dass Pheromone …«

»Wie Pheromone? Ich dachte Hormone?«, unterbrach mich Sophie. »Was ist das denn?«

»Hormone sind chemische Botenstoffe, sie übermitteln Informationen zwischen dem Gehirn und bestimmten Organen des Körpers und beeinflussen verschiedene Funktionen in den Zellen und …«

»Juli, die Kurzfassung!«, stöhnte Sophie und wedelte mit ihren Händen.

»Hormone wirken in dir, und Pheromone wirken zwischen dir und anderen.« Ich kürzte nicht nur den Satz ab, sondern sprach auch schneller.

»Jedem anderen?«, fragte Sophie.

»Zwischen Menschen und Ameisen funktioniert das nicht, glaube ich. Das sind nicht dieselben. Aber Liebeshormone sind so ähnlich wie die Hormone, die durch Psychosen ausgelöst werden.«

»Liebe ist also nichts anderes als Wahnsinn«, stellte Philipp fest. »War irgendwie klar.«

»Psychosen bekommen doch nur Gestörte«, ging Marten dazwischen.

»Jeder kann Psychosen bekommen«, widersprach ich.

»Wieso das denn? Ich hatte noch nie eine, und ich werde auch niemals eine bekommen.«

»Das sage ich auch immer«, murmelte Philipp.

»Wenn du an anderen und dir selbst zweifeln kannst«, erklärte ich, »dann kannst du auch eine Psychose bekommen. Kann jeder. Es gibt sogar Methoden, mit denen vorausgesagt werden kann, in welche Psychose du fallen würdest, wenn du in eine geraten solltest.«

Skeptisch verzog Marten sein Gesicht.

»Jedenfalls bringt Liebe alles durcheinander, das ist immerhin ihre einzige Konstante.« Philipp lachte.

»Hört sich so an, als wäre deine letzte Beziehung derbe in die Brüche gegangen«, vermutete Marten.

»Sind das nicht alle letzten Beziehungen?« Sophie war irritiert.

»Ist sie tatsächlich, da nützte kein Kitten mehr was.«

»Kitten oder konservieren?«, wollte ich von ihm wissen.

»Kitten«, antwortete Philipp knapp.

»Was ist der Unterschied?«, fragte Marten.

»Na, wer konserviert, der will geliebt werden«, fasste Sophie zusammen. »Der braucht die Beziehung mehr als den Menschen dazu. Vielleicht könnte das sogar eine Pflanze sein oder ein Tier. Wobei es natürlich wahnsinnig schön ist, geliebt zu werden, so voll und ganz. Voll legitimiert inklusive Daseinsberechtigung! Das wäre doch schön, wenn jeder sowas bekommen würde. Nicht zur Geburt, aber später mit zwölf oder fünfzehn. Vielleicht per Post. ›Guten Tag, dürfen wir uns vorstellen? Hiermit händigen wir Ihnen Ihre Legitimation aus. Bald werden Sie erwachsen, und glauben Sie uns, ab dann wird sich Ihr Leben massiv ändern. Leider können wir Ihnen nicht versprechen, dass alles davon schön sein wird. Vielleicht wird es sogar schrecklich, aber wir freuen uns, dass Sie hier sind und dass Sie geboren wurden.‹«

»Völlig utopisch«, bemerkte Marten.

»Schafft die GEZ doch auch«, warf Sophie ein. »Nur steht in deren Briefen nichts von Bedeutung.«

»Was ist falsch daran, ein Konservierer zu sein?«, wollte Philipp wissen.

»Nichts!«, antwortete Sophie. »Es macht dich zum Junkie.«

»Zum Junkie?«

»Na, du bist dann davon abhängig, geliebt zu werden, und sobald du deine tägliche Dosis nicht mehr bekommst, weil deine Freundin über alle Berge ist, bricht dein ganzes Leben zusammen. Liebe, die aus dir selbst kommt, braucht gar nichts. Nicht mal jemand anderen.«

Für einen Moment herrschte einvernehmliche Stille. Marten nickte, und niemand gab zu, dass wir, obwohl wir das alles wussten, es dennoch jedes Mal wieder falsch machten. Jeder von uns konservierte.

»Und jetzt wanderst du aus, ja?«, wollte Sophie wissen, woraufhin Marten wieder schief grinste.

»Ich kann es kaum aushalten, sie wiederzusehen.« Er schnappte nach Luft.

»Genieß es, diese Manie hält nicht lange an«, warf Philipp ein.

»Vielleicht hast du bisher auch nur Anfänge erlebt«, widersprach Sophie ihm. »Manche erleben immer nur Anfänge, und sobald diese sich im Alltag auflösen, wird alles über Bord geworfen und wieder etwas angefangen, bis das auch im Alltäglichen zerfleddert. Das geht so lange, bis man ganz vergessen hat, dass es da noch etwas anderes gibt als den Beginn.«

»Warum auch nicht? So was Neues ist doch wie temporärer Wahnsinn, nur mit kurzen Unterbrechungen durch die Vernunft. Wirklich nur ganz kurzen. Der Rest ist doch auch völlig langweilig und besteht nur noch aus Routine«, stöhnte Philipp. »Tut mir leid, Juli, ich weiß, sie ist dein bester Freund, aber Routine ist wirklich übel.«

»Hmm«, stimmte Sophie ihm zu. »Die muss ich immer ganz schnell loswerden. Ist dir mit deinen ganzen Routinen, Plänen und festen Tagespunkten nie langweilig?«

»Hab mich noch nie gelangweilt«, entgegnete ich schlicht.

Sophie riss die Augen auf und starrte mich an.

»Niemals?«, fragte Philipp ungläubig.

»Na ja, manchmal«, fügte ich hinzu. »Unter Menschen, aber das kommt ja nicht so oft vor.«

»Krasser Scheiß!«, platzte Sophie raus. »Aber was tust du denn die ganze Zeit, wenn du alleine bist?«

Ich lehnte mich zurück und drehte einen Ball, den ich aus der Müllkiste gefischt hatte. Dann stellte ich meine Tagesabläufe gedanklich nebeneinander auf und sah sie mir an. Jeder Tag glich dem anderen, und allein das Ansehen dieser Symmetrie beruhigte mich. Dieselben waren sie dennoch nicht, und die Routine darin war ein Irrtum.

»Und wieso bist du kaum unter Menschen?«, wollte Marten wissen.

»Wozu?«

»Na ja, manche Menschen sind wirklich ganz schön langweilig«, lenkte Sophie ein.

»Nein, das finde ich nicht«, widersprach ich. »Langweilig wird es immer nur dann, wenn man glaubt, alles in- und auswendig zu kennen, egal ob es ein Ort, Freunde oder Arbeit ist. Dann hört man auf, irgendetwas zu erwarten. Selbst wenn ich in einer kleinen Box wohnen würde, dann würde ich mir jeden Millimeter der Wände ganz genau ansehen. Da wohne ich aber nicht, ich wohne in Berlin und sehe mir jeden Zentimeter der Straßen an, die Bewegungen der Leute, was sie sagen, jeden Satz und was ihre Gesichter dabei tun, und dazu brauche ich Zeit. Viel Zeit. Meine Tage sind nicht langweilig, auch wenn sie immer gleich ablaufen.«

Sophie blies ihre Wangen auf, ließ die Luft nach und nach geräuschvoll entweichen und zuckte mit den Schultern. Im Flur wurden Stimmen lauter, Möbel wurden gerückt und schrappten über die Dielen. Marten nickte uns zu und verschwand, Sophie streckte ihre Nase durch die Tür und folgte ihm.

Aus den Stimmen wurde mit einem Mal eine deutlicher, die mir bekannt vorkam.

»Juli, hallo! Was machst du denn hier?«

Erik stand in der Tür, aus dem Telefon in seiner Hand waberte eine quakende Stimme.

»Ja? Hallo? Morgen um zwei?«, rief er ins Telefon.

Dann hielt er es einen Moment von sich weg und flüsterte: »Ist es nicht kurz vor neun? Ich weiß gar nicht, wann ich dich zuletzt um diese Uhrzeit woanders als in deiner Wohnung gesehen habe.«

Er wandte sich wieder dem Anrufer zu.

»So machen wir das! Ich freu mich, bis morgen.«

Er legte auf.

»Marten hat mich heute Morgen angerufen«, erklärte er. »Zwei seiner Möbel hier sind richtig kleine Schätze. Ich kaufe sie ihm für den Laden ab, mal sehen, was sich noch aus ihnen machen lässt. Der Rest ist unbrauchbar. Ja, und du?«

Fragend musterte er mich, dann Philipp, der immer noch am Fenster saß.

»Ich bin zufällig hier gelandet. Sophie hat uns hier hochgelotst«, erzählte ich ihm und nickte Richtung Tür. »Sie springt irgendwo dahinten rum. Sie ist auf derselben Station wie ich.«

Erik nickte aufmerksam und lächelte.

»Finde ich gut! Du mal ganz woanders, finde ich sogar sehr gut! Power to the people!«

Er hielt mir seine geschlossene Faust hin. Das tat er immer, wenn wir uns sahen, jedes Mal, wenn ich dann mit meiner Faust seine berührte, ließ er seine Finger in einem Bogen durch die Luft flattern. Aus dem Augenwinkel bemerkte ich, wie Philipps Gesicht einen eigenartigen Ausdruck annahm, der in meinem Repertoire nicht bekannt war.

Zu Erik gehörte ein Gefühl, das ich bei niemandem sonst spürte, manchmal nicht einmal bei mir selbst. Es war ein praktisches Gefühl, und schön war es auch. Vertrauen machte es einfach, mit Ungewissem zu hantieren, und vereinfachte die Dinge enorm. Es befreite auch aus komplexen Fragen und Gedanken, auch aus Dingen, die ich nicht wusste und die mir normalerweise Kopfschmerzen bereitet hätten. Wieder aufgetaucht aus meinen Gedanken, hörte ich Philipps Stimme.

»Ein Patient aus unserer Gruppe hat sich erhängt, wir haben ihn heute Nachmittag in seiner Wohnung gefunden.«

Eriks Augen wurden groß. »Was? Das ist ja schrecklich!« Sein Gesicht verdunkelte sich. »Das hast du gar nicht erzählt.«

»Hatte ich kurz vergessen«, entgegnete ich und musste fast wieder lachen, als ich an Oskar dachte.

»Wie kannst du das vergessen?«, fragten beide wie aus einem Mund.

»Habe ich jetzt ein Problem?«

»Nein, aber irgendwann musst du echt mal lernen, welche Informationen wichtiger sind als andere«, murmelte Erik. »Wieso habt ihr ihn gefunden? Was habt ihr bei ihm gemacht?«

»Juli hat ihn vormittags vermisst, daher haben wir ihn zu Hause besucht«, erklärte Philipp.

»Ich habe ihn nicht vermisst, er hat gefehlt«, berichtigte ich ihn und räumte die letzten verstreuten Teile von Martens Müllkiste ein, um sie zu den anderen in den Flur zu schieben.

Erik kam nach und zeigte mir den Schrank, den er Marten abgekauft hatte und nun zum Transport vorbereitete. Ich hörte Sophies helle Stimme aus der Küche, in der ganzen Wohnung wurde es langsam immer leerer, während es draußen immer dunkler wurde. Marten stöpselte in jedem Zimmer die Stecker der übriggebliebenen Lampen in die Steckdosen. Von der Decke hingen nur noch Kabel.

Zwischendurch hielt er immer wieder inne und strich über jedes Teil, bevor es seine Wohnung verließ. In diese Wohnung war er wahrscheinlich auch ein wenig verliebt, je nachdem, wie lange er hier gelebt hatte, wobei ich mir unsicher war, ob Zeit in der Liebe überhaupt irgendeine Rolle spielte. Vielleicht vertrug sie auch keinen Aufschub und verhielt sich wie die Gravitation. Die war ganz einfach, sobald zwei schwingende Teilchen in Resonanz zueinander traten, kamen sie sich näher. Manchmal schossen sie sogar so schnell aufeinander zu, dass sie – Peng – eins wurden. Auf Menschen übertragen, entstand dazu das Bild eines Zyklopen mit zwei Nasen und vier Beinen. Eins davon wuchs aus seinem Hinterkopf.

6

Erik kümmerte sich um den Schrank, und ich fand Gefallen an der Idee der schwingenden Körper. Komplex war das mit diesen Gefühlen, die unsichtbar ihre Bahnen um uns herum zogen. Aber das war nicht das Einzige, was die Physik über die Liebe verriet. 1935 hatten Albert Einstein, Boris Podolsky und Nathan Rosen über Quantenmechanik diskutiert. Dabei redeten sie nicht über irgendwas, sondern darüber, was der Däne Nils Bohr sich acht Jahre zuvor dazu überlegt hatte. Es ging um Messungen und die Frage, ob diese allein ein Quantensystem so stark beeinflussen, dass es sich schon aufgrund dieser Messung verändert.

Albert fand diese Behauptung dumm. Er glaubte, dass das Universum aus sich selbst heraus existiert, und dann war er auch noch überzeugt davon, dass die Differenzen der Quantenmechanik zeigten, dass die bisherigen Theorien einfach riesige Lücken hatten.

Er dachte auch, dass ein Teilchen einfach existiert. Völlig unabhängig davon, ob wir es sehen. Genauso stellte ich mir Liebe vor. Manchmal war sie da, auch wenn niemand sonst sie sehen konnte, und manchmal war sie auch da, obwohl ich sie nicht sehen konnte. Wenn ich mich fragte, ob ich jemanden liebte, wusste ich allein durch die Frage schon, dass ich es nicht tat. Vielleicht fühlten wir doch schneller, als wir dachten.

»Juli? Juli! Pack mal mit an hier!«, rief Erik und hievte die rechte Seite des Schranks auf ein Rollbrett. Die andere Seite krachte dabei von dem zweiten Brett runter.

Er ging schnell drum herum, strich dabei mit der Hand am Holz entlang und hob die linke Seite wieder hinauf. Damit nichts verrutschte, lehnte Philipp sich mit seinem Körper gegen die andere Seite und sah mich mit einem Blick an, den ich unmöglich lesen konnte.

Zu dritt rollten wir das unhandliche Stück Holz in den Flur bis ins Treppenhaus zum ersten Treppenabsatz, während ich mich fragte, ob ich zu Philipps Lieblingsmenschen gehörte oder immerhin zu denen, die er mochte. Erik ging vorneweg und stemmte sich gegen den gekippten Schrank. Seine Hände tasteten nach Halt, bis er seine Seite fest im Griff hatte, zusammen bewegten wir uns Stufe für Stufe runter ins Erdgeschoss bis zu seinem Auto und verstauten den Riesen. Es war dunkel geworden, und die Hitze hing in der Luft.

»Geschafft!«, atmete Erik tief aus und schlug die Türen der Ladefläche zu.

»Bleibst du hier? Ich kann dich auch mitnehmen.« Erik sah mich fragend an.

Gleichzeitig traf mich auch Philipps Blick, ich schwankte hin und her. Meine Knochen verrenkten sich unter seiner Frage, und ich sehnte mich nach etwas Gewohntem. Es war viel zu verlockend, mich in sein Auto zu setzen, um in meiner Straße wieder auszusteigen, meine Wohnung zu betreten und die Welt auszuschließen.

Eingeklemmt zwischen den Blicken der beiden,

schien die Zeit stehengeblieben zu sein, mein Blick dagegen heftete sich auf die Autotür, wanderte zum Rückspiegel bis zu einem Fleck Vogeldreck, während in meinem Kopf das Geräusch von zuknallenden Autotüren in sämtlichen Varianten widerhallte. Unwillig schüttelte ich den Kopf, schluckte und blähte meine Nasenlöcher auf.

»Ich muss hierbleiben. Also, ich tue es. Ja, das werde ich tun«, informierte ich Erik und bemühte mich, Philipp auszublenden.

»Das tue ich jetzt«, wiederholte ich und presste meine Lippen aufeinander. Ich wiederholte es noch einmal, damit es auch bei mir ankam, und trat sicherheitshalber ein paar Schritte vom Auto zurück.

»Es geht mir gut«, fügte ich dann hinzu und wusste, dass es mir nur gutging, solange Erik hierbleiben würde.

Etwas streifte mein Bein entlang und verschwand unter dem Auto. Erst als uns das Licht eines vorbeifahrenden Autos erfasste, sah ich für eine Sekunde die reflektierenden Augen eines Tieres hinter dem Reifen. Das war die Angst, dass etwas passieren könnte.

Bevor Erik ins Auto stieg und in den Straßen der summenden Stadt verschwand, ermahnte er mich noch, keinen Blödsinn zu machen. Ich versprach ihm, mich zusammenzureißen, und drehte mich um. In Philipp hatte sich unterdessen wieder dieser unmögliche Blick breitgemacht.

»Wusstest du, dass bei einhundertundzwanzig Metern Höhe die Grenze des physikalisch möglichen Wassertransports von Bäumen erreicht ist?«, fragte ich ihn. »Sonst würden sie bis ins Weltall wachsen.«

Er schüttelte den Kopf, ging ohne ein Wort die Treppe wieder hoch, und ich wusste, dass ich zu den Menschen gehörte, die er nicht leiden konnte. Langsam folgte ich ihm die Stufen hinauf und schloss Martens Wohnungstür hinter mir.

Seine sowie Sophies Stimme quollen aus dem Raum, der gestern noch das Wohnzimmer gewesen war, der Rest der Wohnung versank in Dunkelheit. Ich konnte mich kaum konzentrieren, das hier war nicht meine Straße, nicht mein Haus, nicht der Geruch meines Flurs, und obwohl Sophie und Philipp mir nicht fremd waren, waren sie mir ebenso wenig vertraut.

Meine Nerven begannen zu kribbeln, und Geräusche wurden lauter. Das Licht, das eben noch schummrig von der Decke gekommen war, wurde grell, und auch der Stoff auf meiner Haut wurde schwerer. Jede Faser schrappte an mir entlang. Ich steuerte in die Küche, öffnete nacheinander ein paar Schränke und knallte sie wieder zu. Die meisten waren leer. Das Wenige, was sich noch in den Schränken befand, war nichts, das ich kannte, und in den Schubladen lag auch nichts, das mir vertraut war. Sophies Gelächter drang wabernd durch den Flur. Das war auch nicht die Stille, die ich gewohnt war. Ich lenkte zurück in den dunklen Flur, griff im Gehen nach dem Trageriemen meiner Tasche und schleifte sie missmutig hinter mir her ins Badezimmer.

Das Rauschen des Wasserhahns umnebelte alle anderen Geräusche und setzte sich in meinen Ohren fest, während ich meine Stirn gegen den kühlen Spiegel lehnte. In meiner Tasche suchte ich nach dem Roboter, zog ihn auf und sah zu, wie er über den Rand der Badewanne wankte.

Gelächter drang herüber, ich wusch mein Gesicht, verstaute meine Tasche und drückte mich die Wand im Flur entlang, bis ich vor dem Zimmer stand, in dem die anderen saßen. Innerhalb von ein paar Minuten war es kompliziert geworden. Ich kannte weder die Regeln einer fremden Wohnung, noch wusste ich, ob es überhaupt Regeln gab, ebenso wenig wusste ich, was ich sagen sollte. Ich wollte nicht einmal mit irgendwem sprechen.

Ein schmaler Streifen Licht fiel durch die angelehnte Tür in den Flur bis auf meinen Fuß, ich hielt die Luft an und hörte das Tapsen von zwei Pfoten hinter mir. Vielleicht waren es auch vier oder acht, und genauso wie die Augen, die ich im Scheinwerferlicht unter dem Auto auf der Straße gesehen hatte, gehörten auch die Pfoten zu etwas, das nur ich wahrnehmen konnte.

Wie ein Chamäleon bewegte ich mich mit vorsichtigen Wippbewegungen nach vorne, federte wieder nach hinten, immer weiter der Tür entgegen. Vorwärts, befahl ich mir, und meine Hand erstarrte wenige Millimeter vor der Klinke in der Luft. Mein linkes Bein schlief ein, und der Rest meiner Muskeln begann mit jeder weiteren Sekunde, die ich verharrte, stärker zu schmerzen.

Immer noch hörte ich die Stimmen von Sophie, Marten und Philipp, doch ihre Sätze fledderten auf dem Weg in den Flur auseinander und sanken lautlos auf die Dielen. Meine Konzentration war ebenfalls weg, und das Ziehen in meinen Gelenken grub sich immer tiefer.

Je mehr Zeit ich mit Menschen verbrachte, desto mehr schien ich mich in einen Igel zu verwandeln. Sobald das Chaos um mich herum zu groß wurde, rollte ich mich ein und versank in meinen Gedanken.

Dann waren da noch die Stacheln. Ich verbrachte wenig Zeit mit anderen Menschen, und jedesmal wenn es so weit kam, schien die Anzahl meiner Stacheln stetig zu wachsen. Bei zwei bis drei Stunden waren das nur die eines neugeborenen Igels, dessen Stacheln waren noch weich. Die taten nicht einmal weh. Sobald es mehr als drei Stunden waren, vermehrten sich meine Stacheln, und es wurden so viele wie bei einem Jungtier. Zwischen zweitausend und dreitausendfünfhundert Borsten.

Erik war der Einzige, der mein vollständiges Spektrum von etwa sechstausend Stacheln kannte. Die meisten Menschen, die mir begegneten, stiegen viel früher aus. Etwa bei dreitausendundsieben Borsten.

Fünf, vier, drei, zwei, zählte ich zum siebzehnten Mal runter, um die Türklinke zu packen und dem Flur zu entkommen. Fünf, vier, drei, zwei, eins. Nichts bewegte sich. Nur meine Gedanken rasten, mein Sichtfeld wurde immer kleiner, die Umrisse der Wände sowie der Tür verloren ihre Gestalt und lösten sich in Nebel auf. Die Pfoten hinter mir kamen näher, kratzten kurz auf den Dielen, dann krallten sie sich in meinen Rücken, hoch bis auf meine Schultern. Fünf, vier, drei, zwei, eins. Etwas atmete neben meinem Ohr und schnüffelte. Das war die Angst, dass sich etwas veränderte.

Die Tür öffnete sich und tauchte den Nebel in das Licht der dumpfen Glühbirne aus dem Wohnzimmer. Marten lief fast in mich hinein. Das Tier auf meinen Schultern knurrte und grub seine Krallen tiefer in meine Haut. Ein Schatten kam auf mich zu, und erschrocken riss ich meine Augen auf. Erst jetzt sah ich, dass es Philipp war, bevor sich seine Gestalt wieder in einen Schatten verwandelte.

»Alles in Ordnung, Juli?«

Er packte mich bei den Schultern, seine Hände fühlten sich wie die kantigen Metallschaufeln eines Baggers an. Ich hörte sein Lachen und schüttelte den Kopf.

»Du wirst dich doch nicht etwa schämen, oder?«, murmelte er und wickelte mich in eine Jacke.

Er zog den Reißverschluss bis unter mein Kinn, setzte mir die Kapuze auf und achtete darauf, mich nicht anzufassen. Danach lotste er mich an einem der leeren Jackenärmel in den Raum, der gestern noch Martens Schlafzimmer gewesen war. Nachdem er das Licht abgedimmt hatte, kippte er die Matratze von der Wand auf den Boden, suchte einige Decken zusammen, die noch nicht in Kartons verschwunden waren, und blieb unschlüssig vor mir knien. Der Nebel lichtete sich ein wenig, und die Schatten verwandelten sich wieder zu deutlicheren Umrissen.

Ich zog eine Grimasse, unter der ich mir vorstellte, dass sie entschuldigend aussehen könnte. Seine Mimik verriet mir, dass ich gescheitert war, und ich schaute an ihm vorbei.

»Du kannst nicht hierbleiben«, platzte ich heraus und schämte mich. Philipp nickte und ging, ohne dass ich sehen konnte, wie übel er mir das nahm. Ich zog die Jacke enger, bis sie wie eine Umarmung um meinen Körper lag. Vor meinen Augen flimmerte es immer noch, dennoch tastete ich mit den Fingern nach meiner Tasche, zog sie zu mir und suchte weiter, diesmal nach dem Brief von meiner Mutter. Dabei dämmerte ich erschöpft weg.

Mit einem Ruck wurde ich wach und fühlte mich, als wenn nur sieben Minuten vergangen wären, doch die Sonne schien ins Zimmer. Hastig wischte ich an meinen Schultern entlang und untersuchte sie auf Kratzspuren. Sie waren unberührt. Von der Straße drangen kollektives Summen und Autolärm durch das offene Fenster, die Wohnung dagegen lag still, und ich war immer noch alleine in dem Zimmer. Vorsichtig wickelte ich mich aus der Jacke heraus, dann aus den Decken. Ich konnte mich nicht daran erinnern, sie über mich gelegt zu haben, auch meine Hose hatte ich ausgezogen. Als ich sie entdeckte, streifte ich sie über. Sie hatte noch meine Form, auch meine Bewegungen, ich musste nur hineinsteigen, damit sie loslief.

Auf Zehenspitzen ging ich zur Tür und öffnete sie. Philipp klemmte schlafend im Türrahmen und fiel mir fast auf die Füße. Ich kniete mich hin und nutzte die unbeobachtete Gelegenheit, um ihn mir anzusehen. Seine Atmung war tief und gleichmäßig, Schatten lagen unter seinen geschlossenen Augen, und auf seinem Gipsarm hatte sich ein schwarzer Fleck gebildet, der aussah wie der Klecks aus einem Rorschachtest. Zwei Kaninchen, die sich symmetrisch gegenübersaßen und jeweils eine Möhre fraßen. Sie sahen aus, als wenn sie gleich wegrennen würden, und ich konnte nicht sagen, ob es mich gestört hätte, wenn Sophie und Philipp ohne mich aufgebrochen wären.

Sobald ich meinen Kopf drehte, verwandelte sich der Fleck in ein menschliches Herz mit zwei darüberliegenden Lungenflügeln. Ich stieg über Philipp hinweg und zögerte kurz, bevor ich über die Schwelle des Wohnzimmers trat. Sophie lag mit weit von sich gestreckten Armen auf dem Sofa. Ich ließ sie schlafen und schlich weiter ins Bad.

Dann begutachtete ich meine Ohren im Spiegel, dazwischen lagen Unruhe und meine verstopfte Nase. Die erste Nacht auswärts hatte ich ohne Blessuren überstanden, ich lehnte mich gegen die Wanne, während ich den Inhalt meiner Tasche bündig entlang der Kante der flauschigen Badezimmermatte aufbaute. Glücklicherweise war sie blau.

Ich sortierte die Dinge aus meiner Tasche nach der Reihenfolge, in der ich sie benutzte. Auch sie waren blau, daher fiel die Gliederung nach Farben aus, nur Schattierungen wurden berücksichtigt. Ich brauchte diese Reihenfolge, ohne sie vergaß ich den dritten Schritt und begann mit dem zweiten vor dem ersten. Manchmal vergaß ich sogar alles. Jedes Ding, das ich anfasste, löste eine neue Flut an Bildern aus, so dass ich nicht mehr wusste, was ich mit der Zahnbürste tun wollte, sobald ich meine Zahnpasta in die Hand nahm.

Diese Tuben waren gar nicht für Zahnpasta erfunden worden. Den amerikanischen Maler John Goffe Rand hatten sie berühmt gemacht, seine Bilder dagegen nicht. Er hatte sich immer wieder darüber geärgert, dass seine Ölfarben ständig austrockneten, und schließlich 1841 die wiederverschließbaren Bleituben erfunden, mit denen er seine Farben transportierte. Er mischte nicht mehr drinnen, sondern draußen, beendete seine Bilder auch draußen. Mit dicken Pinselstrichen, die sich überkreuzten. Zahnpasta überkreuzte sich selten, manchmal war sie gestreift.

Diese hier hatte blaue Streifen, ich drehte den Verschluss der Tube, und mein Blick blieb an einer roten, rechteckigen Markierung am Ende hängen. Passmarken, in eine Tube wurden 4,20 Meter Paste gequetscht. Sie war nicht nur für Zähne gut, wenn man damit Hochspannungsleitungen beschmierte, summten sie nicht mehr. Das taten sie immer, nachdem es geregnet hatte. Es gab auch eine Tube, die quer durch London führte. Vierhundertsieben Kilometer mit zweihundertfünfundsiebzig Stationen, die Schächte sahen wie Rohre aus. Pinard-Rohre dagegen waren viel kleiner, aus Holz und zum Abhören der Herztöne. Wozu allerdings die Stethoskope waren, die in jeder Zahnpastawerbung um den Hals des Zahnarztes hingen, wusste ich immer noch nicht.

Ein Schlüssel drehte sich in der Wohnungstür, Schritte, begleitet von knisterndem Papier, schlappten durch den Flur, während ich meine Zahnbürste in den Mund klemmte, die Zahnpasta wieder an ihren Platz zwischen Seife und Creme legte, mich auszog und das Wasser in der Dusche anstellte. Auch den Brief hatte ich dazugelegt, doch bevor er dran war, klopfte es, gleichzeitig öffnete sich die Tür, und Sophies Kopf erschien in dem Spalt. Sie grinste mich an, rieb sich die Augen, während sie sich auf dem Klo platzierte und lospinkelte. Ich sah dem Wasser zu, das über mich drüberlief.

»Wo warst du gestern? Hast du gut geschlafen? Was machen wir heute?«, gähnte Sophie.

Ich schloss meine Augen, blieb im Wasserstrahl stehen, so dass da nur noch Rauschen war. Dennoch hörte ich Martens Klopfen. Er blieb im Flur stehen.

»Frühstück! Hört ihr mich?«

»Wir kommen!«, schrie Sophie zurück, als wenn sie

in einer Schwimmhalle fünfhundert Meter entfernt von der Badezimmertür sitzen würde.

Ich öffnete kurz die Augen, um zu sehen, ob sie dabei ihre Hände vor dem Mund zu einem Trichter formte. Tat sie nicht. Stattdessen zog sie ihre kurze Hose hoch und versuchte vergeblich, mit einem Kamm ihr vom Schlaf verfilztes Haar zu entwirren. Achselzuckend schnaufte sie auf, schmiss den Kamm ins Waschbecken und verließ das Badezimmer. Ich blieb noch ein paar Minuten, wickelte mich dann in eins von Martens Handtüchern und schloss die Tür, die Sophie hinter sich offen stehen gelassen hatte. Als ich kehrtmachte, öffnete sie sich wieder, es war Philipp.

»Na«, sagte er.

»Guten Morgen«, antworte ich.

Das klang so förmlich, und das war es auch. Die Nacht hatte ihn wieder zu einem Fremden für mich gemacht.

»Hallo«, setzte ich unbeholfen hinterher und kam mir seltsam vor. »Na?!«

»Konntest du schlafen?«, fragte er, und ich nickte fast unmerklich.

»Hast du heute Nacht meine Tür bewacht?«, fragte ich ihn, ohne meinen Blick vom Spiegel abzuwenden.

Er schwieg, doch ich spürte, dass er mich ansah.

»Ich wünschte, wir würden uns bereits kennen«, sagte ich und ging an ihm vorbei in den Flur. »Dann würde sich das hier nicht so seltsam anfühlen.«

»Frühstück«, stellte Sophie fest, als ich in die Küche kam.

»Das ist das Erste, was man morgens isst und trinkt. Der Morgen ist schon vorbei, das ist aber nicht schlimm. Wir können dasselbe tun, dann heißt es Brunch«, entgegnete ich monoton.

»Wissen wir schon«, entgegnete sie kauend, während Marten uns verwundert musterte.

Mit den übriggebliebenen Geschirrteilen seines Hausrats hatte er den Frühstückstisch gedeckt und saß neben Sophie, die ziellos durch die Gegend quatschte. Vielleicht redete sie auch nur mit sich selbst. Ich klemmte mich an ihm vorbei und ließ mich auf einen der Kartons fallen, die er zu Hockern umfunktioniert hatte. Unschlüssig verharrte ich vor meinem leeren Brot. Zwischen den Tellern hatte er an die zwanzig Batterien auf dem Tisch verstreut, nacheinander steckte er eine nach der anderen in seine Taschenlampe und knipste sie an. Beim vierten Versuch tat sich immer noch nichts.

»Ich war mir sicher, dass ich noch zwei volle habe«, stöhnte er.

Heute war ich an dem Punkt, dass ich nicht mehr wusste, welche Marmelade ich wollte und ob ich sie überhaupt jemals gemocht hatte. Laut Sophies Prognose sollte mich diese Phase erst nächste Woche erwarten. Sonst war ich immer ein Spätzünder. Wahrscheinlich gehörte das zu den Dingen, auf die ich mich nur ohne Vorbereitung vorbereiten konnte, dachte ich und nahm ein paar von Martens Batterien, um sie nacheinander auf den Tisch knallen zu lassen.

»Eeh, die brauche ich noch …«, er holte tief Luft, während Sophie die Batterien packte, um sie noch einmal unter lautem Gelächter auf den Boden zu schmeißen.

»Davon gehen die kaputt!«, fuhr er sie an.

»Die sind schon leer«, entgegnete ich und hielt ihm zwei weitere unter die Nase. »Die hier sind voll.«

Augenrollend riss er sie mir aus der Hand und schaute irritiert auf das Licht der Taschenlampe, nachdem er sie angeknipst hatte. Ich beschmierte jeweils einen daumenbreiten Abschnitt meines Brotes mit den verschiedenen Aufstrichen, die auf dem Tisch standen, biss nacheinander von jedem Streifen ab und begann einen Geschmackstest.

»Verkaufst du heute den Rest?«, wandte sich Sophie an Marten.

»Ja, und alles, was heute Abend noch übrig ist, stelle ich auf die Straße. Dann ist es nach einer halben Stunde ebenfalls weg. Und ihr? Woher kennt ihr euch eigentlich?«

Er sah uns fragend an und blickte abwechselnd von Sophie zu mir.

Langsam rührte ich zwei weitere Löffel Zucker in den schwarzen Tee und sah erst Marten an, dann Sophie. Sie machte den Mund auf und verharrte kurz, als Philipp hereinkam, sich mit den Händen durch die nassen Haare fuhr und nach einem Becher für seinen Kaffee suchte, einen fand und sich einschenkte.

»Wir kennen uns alle aus der Psychiatrie!«, platzte Sophie heraus.

Philipp verschluckte sich und hielt hustend die Hand vor den Mund. Ich lehnte mich langsam zurück, kaute unmerklich auf meinem Brot weiter und sah verstohlen zu Marten. Er stockte, und ich schob mir ein Fruchtgummi aus meiner Hosentasche in den Mund, dann verzog sich sein Gesicht zu einem breiten Grinsen, bis er in Sophies Lachen einstimmte.

»Fast hätte ich dir das geglaubt! In der Psychiatrie sind doch nur Irre und Verrückte.«

Nur Verrückte und Irre, das war eines der hartnäckigsten Vorurteile, die es gegenüber der Psychiatrie gab, welches ironischerweise auf direktem Wege zum konsequentesten Charakterzug des Menschen führte. Angst und Trägheit. Mein Blick fiel auf die Fußleisten, die in der Ecke der Küche zusammenliefen. Das lateinische Stammwort normalis bedeutete ursprünglich »nach dem Winkelmaß«, damit wurden in der Antike Steine bezeichnet, die in eine eckige Form gebracht wurden. Standardisierte Teile passten überall rein. Manchmal wollte ich auch so sein. Auch wenn das hieß, niemand zu sein. Vielleicht ging es Sophie und Philipp ähnlich, letztlich spielte es für andere keine Rolle, welche Diagnose wir bekommen hatten. Wir hätten sie untereinander mischen und neu verteilen können. Wir lagen fernab vom Durchschnitt, das machte uns vor allem eins. Anders. Und das reichte.

Ich rückte noch ein paar Zentimeter weiter mit meinem Karton vom Tisch weg. Obwohl sich Philipps Blick verhärtete, blieb der Rest seines Körpers entspannt, fast hatte ich den Eindruck, er freute sich auf das Kommende. Sophie lächelte Marten gelassen an.

»Wie stellst du dir die Psychiatrie denn vor?«, fragte sie ihn.

Manchmal kam es mir auch so vor, als wären die Kranken die Gesunden. Die, die vor den Defiziten der Gesellschaft in die Knie gingen.

»Na, ich stell mir eine Psychiatrie so vor«, begann Marten. »Da rennen viele Verrückte mit wirr vom Kopf abstehenden Haaren in weißen langen Nachthemden herum, die seltsames Zeug reden. Und sie schreien!«

Während Marten weiter nachdachte, sah ich mir seine dunkel beharrten Arme an, und je länger ich das tat, desto mehr fragte mich, ob einige von uns doch näher mit den Schimpansen verwandt waren als andere. Schimpansengehirne werteten alles, was von der Norm abwich, als Risiko. Das löste unweigerlich einen defensiven Mechanismus aus, der klackte ein wie von allein. Das war evolutionär bedingt und sorgte dafür, dass der Schimpanse flüchtete oder kämpfte. Alles andere war ausgeschlossen. Denken drosselte diesen Mechanismus immens, das war der einzige Trick dagegen. Kauend sah ich unter den Tisch, auch Martens Zehen waren voll von dunklen Haaren. Ab wann nannte man Haar überhaupt Fell?

Unsicher, wie viel ich vom Gespräch verpasst hatte, tauchte ich aus meinen Gedanken auf und biss vom Brot ab. Philipp goss sich einen zweiten Becher Kaffee ein und stürzte ihn hinunter.

»Da tut sich ja auch sonst nicht viel, die werden den ganzen Tag ruhiggestellt«, sagte Marten gerade. »Und bleiben am besten da.«

Medikamente verbesserten Stimmungen, manchmal sorgten sie auch nur dafür, dass man überhaupt etwas fühlte.

»Und überall gibt es gepolsterte Räume, steril und kalt, in denen die Verrückten in den Zwangsjacken hocken.«

Philipp schüttelte den Kopf, mit der einen Hand umklammerte er die Tischkante so fest, dass seine Knöchel weiß hervortraten.

»Ist das dein Ernst?«

In der Klinik existierten weder auf den offenen noch den geschlossenen Stationen Zwangsjacken. Da waren leere Räume, um eine Auszeit zu nehmen. Der Rest hatte eher etwas von einem Kindergarten für Erwachsene. Ich erinnerte mich an den Gummiboden, der vorgaukelte, Parkett zu sein. An den Wänden der Flure hingen selbstgemalte Bilder, und jede Fensterbank war von bunt bepinselten Tontöpfen bevölkert. Einige davon waren außergewöhnlich hässlich, Kindern verzieh man sowas, Erwachsenen nicht. Dazwischen waren auch welche, die fürchterlich schön waren, so wurden Verrückte zu Genies. Letztlich blieb es ein Krankenhaus, weswegen ich wirklich froh war, dass unsere Klinik wenigstens nicht nach Krankenhaus roch.

»Ich glaube, die meisten stellen über kurz oder lang sowieso irgendeinen Scheiß an und bringen jemanden um. Da ist es ganz gut, dass die weggeschlossen werden.«

»Die sind niiiiicht kriminell, sondern krank«, betonte Philipp und dehnte das »nicht« so lang, dass ich befürchtete, es würde gar nicht enden. »Die Psychiatrie ist kein Gefängnis!«

»Ist krank und verrückt nicht dasselbe?«, fragte Marten und kratzte sich. Auch seine Finger waren behaart.

Die Klinik war ein Schutzraum, in dem jeder nach und nach begann, sein zugeschüttetes Wesen freizuscharren. Ein gebrochenes Bein oder eine Platzwunde war leichter zu verstehen. Acht Wochen Gips, Pflaster drauf, alles war sichtbar. Die Ursache, die Symptome, auch die Heilung. Psychische Störungen dagegen waren unsichtbar. Jeder hatte schon einmal Trauer, Angst und Freude erlebt, doch diese Gefühle waren nicht eins zu eins auf die Symptome einer psychischen Krankheit übertragbar. Freude glich keiner Manie, Trauer war weit von einer Depression entfernt, und Unsicherheit hatte nichts mit Autismus gemeinsam. Trotzdem dachte jeder, er könne mitreden.

Philipp ließ Martens Frage offen im Raum stehen. Stattdessen schmierte er sich ein Brot. Ich hatte keinen Schimmer, warum Zwanghaftigkeit und Hysterie eine Krankheit waren, Intoleranz dagegen nicht.

Gedanklich kehrte ich in die Klinik zurück, lief den Gang hinunter bis ins Ärztezimmer und fuhr mit dem Finger an den Buchrücken im Regal entlang, bis ich das *Diagnostische und Statistische Manual psychischer Störungen* zwischen den anderen Wälzern gefunden hatte. Ich zog es aus dem Regal und schlug es in der Mitte auf. Ich stellte mir vor, was in dem Buch stehen könnte, auch wenn es dort niemals zu finden sein würde.

Intolerantitis, umgangssprachlich Unverträglichkeitsreaktion genannt, ist eine Wahrnehmungsstörung aufgrund unzureichender Verarbeitung der Gleichheit.

Etwa dreiundsechzig Prozent der erwachsenen Weltbevölkerung weisen Intolerantitis auf, nur einige Populationen verfügen über eine Persistenz des Gleichheitsprinzips im Erwachsenenalter. Ausgelöst wird Intolerantitis oft durch eine defekte Humanität oder einen Mangel an Aufklärung, der wiederum verschiedene Ursachen haben kann.

Symptome
Intolerantitis äußert sich durch Vergiftungssymptome, sobald fremde Überzeugungen, Handlungsweisen und Sitten in an sich normaler Dosierung zugeführt werden.

Schwere Fälle von Intolerantitis zeigen sich, sobald ebenfalls starke Symptome gegenüber fremdartigen und dem Subjekt unbekannten visuellen Erscheinungen auftreten.

Bei Intolerantitis gelangen nach dem Konsum von Andersartigem (im Vergleich zu sich selbst) größere Mengen Fremdheit, die bei toleranten Menschen im limbischen System des Gehirns verarbeitet werden, lediglich in den Hirnstamm und verenden dort, ohne eine Verbindung zum limbischen System herzustellen, wodurch keine Lernerfahrung zustande kommt.

In der Folge kommt es vor allem zu Angst und Aggression, Bauchdrücken und Blähungen, Übelkeit und häufig auch zu spontanen Aussetzern im Gehirn. Es können jedoch auch unspezifische Symptome auftreten wie chronische Trägheit, depressive Verstimmungen, Gliederschmerzen, innere Unruhe, Schwindelgefühl, Schweißausbrüche, Kopfschmerzen, massive Aggressionen, Nervosität, Erschöpfungsgefühl, Schlafstörungen, Akne sowie allgemeine Konzentrationsstörungen.

Die Diagnose
Die einfachste Methode zur Feststellung ist die Selbstbeobachtung, wozu im ersten Schritt kein Arzt erforderlich ist. Nach der Selbstbeobachtung wird der eigene Verdacht vom Arzt durch weitere Verfahren bestätigt.

Krankheitsverlauf und Prognose
Die Symptome nehmen mit der Menge der konsumierten Andersartigkeit zu. Intolerantitis ist nicht angeboren und

kann Menschen erst ab einem Alter von sechs Jahren, vorwiegend durch Unwissenheit, befallen.

Andauernde schwere Symptome bedeuten eine Reizung des Neocortex sowie des Hirnstammes und können außerdem zu einer Störung der Intelligenz, der Gelassenheit sowie des Respekts führen, ggf. sogar zu vermehrten Infektionen. Längerfristig kann es zu einer Schädigung des Hirnstamms kommen (Verkümmerung der Philanthropie). Dadurch vermindert sich ebenfalls die Aufnahme von Veränderungen und allgemeinem Wandel insgesamt.

Behandlung
Intolerantitis ist grundsätzlich heilbar, jedoch geht mit der Diagnose eine hohe Dosis an Engstirnigkeit einher, wodurch Therapien von Betroffenen nur schleppend in Anspruch genommen werden. Der wichtigste Punkt bei der Behandlung ist die Verstärkung von unbekannten Einflüssen.

Karenzphase
In den ersten drei bis vier Monaten nach der Diagnose sollte vermehrt fremdes Terrain betreten werden, um das Gehirn in eine Regenerierungsphase zu versetzen (Karenzphase). Danach kann langsam mit der Interaktion zwischen Patient und Unbekanntem begonnen werden. Die Dosis ist individuell auf den Patienten abzustimmen.

Diagnosen waren menschgemacht, alle paar Jahre wurden sie verändert, gelöscht, neu aufgesetzt und noch einmal aufgeschrieben. Sie waren ein Versuch, das zu erklären, was niemand so genau verstand.

Jetzt war da nur noch das Geräusch von Martens Löffel, den er in seinem Kaffee rotieren ließ. Schweigend saßen wir uns gegenüber, wir, die Angst hatten zuzugeben, dass wir anders waren, und er, der Angst vor der Andersartigkeit hatte.

»Das merkt man doch auch sofort, wenn man so ´nem schizoiden Irren begegnet!«, stellte Marten fest. »Wie soll man die denn reparieren?«

Philipps Handknöchel wurden noch weißer, als sie bereits waren, aber er schien sich dasselbe zu fragen.

Intolerantitis stand nicht auf der Liste der psychischen Störungen des *Diagnostischen und Statistischen Manuals psychischer Störungen* und war dennoch so hartnäckig wie ein Supervirus, der sich seit Jahrhunderten über dem ganzen Planeten ausbreitete. Ich glaube, manchmal wurde sie sogar vererbt, und ansteckend war sie noch dazu.

7

»Juli!« Philipp wedelte mit seiner Hand vor meinem Gesicht herum. »Wir brechen auf, wo bist du denn schon wieder mit deinen Gedanken, hm?«

Ich stopfte mir den Rest des Brotes in den Mund, warf mir meine Tasche über die Schulter und folgte Philipp ins Treppenhaus. Zum Abschied nickte ich Marten kurz zu, während Sophie und Philipp ihn umarmten. Sie schafften das, ohne ihn dabei zu berühren. Jeder von uns wusste, dass wir ihn niemals wiedersehen würden, auch das berührte niemanden.

Während wir aus dem kühlen Flur auf die Straße traten, hing jeder seinen Gedanken nach, ich blieb stehen, schaute auf meinen Kompass und holte die anderen wieder ein.

»Da lang, da ist Norden, die nächste links.«

»Warum hast du ihm gesagt, dass wir uns aus der Klinik kennen?«, platzte es aus Philipp heraus.

Sophie verdrehte ihre Augen und warf sich einen Kaugummi in den Mund.

»Warum nicht?«, fragte sie.

»Warum? Du hast doch gehört, wie er reagiert hat«, fuhr Philipp sie an.

»Na und? Ändert das etwas an den Tatsachen? Außerdem tarne ich meine Geheimnisse immer als Witze, dann kann ich sie trotzdem jedem erzählen.«

»Das ist ein Geheimnis?«, fragte ich erstaunt.

Die beiden sahen mich ungläubig an.

»Marten hat es doch gar nicht verstanden«, beschwichtigte Sophie, »nichts davon! Was hättest du denn gesagt?«

Philipp zuckte verärgert mit den Schultern und schwieg.

Wir hatten lange geschlafen, die Sonne stand bereits im Zenit und wärmte die Luft immer weiter auf. Wenigstens das hatte gestern mit heute gemeinsam. Umgeben von Sophie und Philipp, nutzte ich die Gelegenheit, mir die Straße und vor allem die Menschen, die uns entgegenkamen, anzusehen. Wenn ich alleine unterwegs war und am Ziel ankommen wollte, war das unmöglich. Zu leicht heftete sich meine Aufmerksamkeit an Details, die mich ablenkten, so dass ich mich oft Stunden später nur wenige Meter entfernt von meiner Startposition wiederfand. Manchmal befiel mich auf langen Wegen quer durch die Stadt die Angst, niemals anzukommen und endgültig von ihr verschluckt zu werden. Ich schottete mich, so gut es ging, ab, benutzte Musik, um mich in der Spur zu halten, und auf langen Wegen unterteilte ich die Route in Etappen, an die mich mein Telefon alle paar Minuten erinnerte, damit ich nicht vom Kurs abkam. Lange dachte ich, dass sich diese ganzen fremden, merkwürdigen Dinge in etwas Vertrautes verwandeln würden, doch das hatten sie auch nach Jahren nicht getan. Jeden Tag, wenn ich auf die Straße ging, kam es mir vor, als sähe ich alles zum ersten Mal. Auch wenn ich Gesprächen nur selten etwas abgewinnen konnte, beobachtete ich Menschen fürchterlich gerne. Ich rasterte sie, blieb an Spuren hängen, die mir etwas über sie verrieten, und fragte mich, wohin sie gingen, wen sie dort trafen und was sie beschäftigte.

Eine alte Frau kam uns entgegen, die Leine ihres ebenso alten Labradors hatte sie an eine Stange ihres Rollators gebunden. Während sie vorüberlief, ließ ich meine Schultern ähnlich wie sie runterfallen, streckte mein Kinn nach vorne und beugte mich vor, dann hob ich meine Füße nur noch halb so hoch, so dass sie anfingen zu schlurfen. Ich fragte mich, was ihr in den zwei Sekunden, in denen sie mich gemustert hatte, aufgefallen war. Ich hätte mich gerne selbst einmal von außen gesehen. Immer wenn ich mich in einer Spiegelung sah, wunderte ich mich über den Ausdruck auf meinem Gesicht, der selten dazu passte, wie ich mich fühlte. Manchmal erkannte ich mich erst, wenn ich in der Luft herumgestikulierte.

Als Nächstes war da ein Junge, halb so groß wie der Mann an seiner Hand. Genau wie er fing ich an, den Weg entlangzuhüpfen. Nach zwei Straßen war ich aus der Puste und sah nur noch den durcheinanderlaufenden Füßen zu, während sich die Geräusche zu einem Brei vermengten.

»Wohin gehen wir eigentlich?«, fragte Sophie.

»Richtung Norden«, antwortete ich abwesend.

Sophie schwieg einen Moment, bevor sie mit einem breiten Lächeln wieder Luft holte. »Ich hab mal über was nachgedacht …«

»Gib nicht so an«, unterbrach Philipp sie, während er im Gehen in seinem Rucksack kramte und mehrere Bücher herausbeförderte.

»Dann kommt einfach mit!« Sophie bog ab und verschwand zwischen den Sträuchern.

Ich folgte ihr ein paar Schritte, dann schloss ich die Augen. Es dauerte einige Momente, bis sich alle Geräusche voneinander zu trennen begannen. In den Bäumen entlang der Straße summten Insekten, Musik plärrte aus den an der Ampel wartenden Autos, Kindergeschrei tönte durch die Luft. Eine Fahrradklingel hinter uns, eine Gruppe Touristen von vorne, die uns in ihren Wortschwall eintauchte, Hundegebell und Sophies Hand auf meiner Schulter. Das fühlte sich wie irgendetwas an, das ich kennen sollte, doch vergessen hatte.

Blinzelnd öffnete ich die Augen und schaute mich um. Philipp verschloss seinen Rucksack und musterte sich in der Spiegelung eines Schaufensters. Irritiert kniff er die Augen zusammen.

»Der Typ begegnet mir andauernd in den letzten Tagen, steht einfach nur da und starrt mich an«, murmelte er und ging achselzuckend weiter.

Ich verharrte und sah auch durch die Scheibe. Niemand war da.

Inzwischen hatte Sophie sich ihre großen roten Kopfhörer, die sie dabeihatte, auf die Ohren geklemmt und wirbelte ausgelassen neben mir her. Philipp blieb immer wieder hinter uns zurück, während er in einem Buch stöberte, das er offenbar aus seinem Rucksack hatte, und vor sich hin murmelte. Er schaute nicht einmal auf, um zu sehen, was wir taten. Als wir zu dem Punkt kamen, an dem die drei Ströme des Landwehrkanals aufeinandertrafen, steuerte Sophie vom Weg ab und lief eine Böschung hinunter.

Nach einem kurzen Zögern rannte ich hinter ihr her. Obwohl Sophie vor mir ging, hörte ich, wie die

Musik, die in ihre Ohren eindrang, wieder aus ihrem Mund herausströmte. Immer wieder verschwand sie im Dickicht und johlte mehr, als dass sie sang. Dabei unterstrich sie den Text durch rhythmische Bewegungen mit ihrem Po. Ich sah mich nach Philipp um, während die Äste, die Sophie im Gehen beiseitegeschoben hatte, auf mich eindroschen. Ich konnte ihn weder hinter noch neben mir entdecken, und als ich mich umdrehte, war auch Sophie nicht mehr zu sehen. Unbeirrt ging ich weiter in die Richtung, von der ich dachte, dass sie dorthin verschwunden war. Die Pflanzen wuchsen hier noch wilder durcheinander, wanderten den Boden entlang, eine zerbröckelte Mauer hinauf, zwischen den Fugen durch an den Baumstämmen entlang.

Das Licht kam stellenweise kaum bis zum Boden, und nur wenn der Wind die Äste für einen Moment verschob, blitzte es durch die grünen Blätter. Weiße Blüten drängten sich zwischen dem Gras durch und zogen sich wie ein Teppich über die Erde. Sie erinnerten mich an die Tage, an denen ich als Kind immer wieder in den Wald entwischt war. Sobald ich hatte laufen können, war ich, weitab von Wegen und Straßen, durch das Dickicht gestromert, ohne mir den Rückweg ins Gedächtnis einzuprägen. Es war viel wichtiger gewesen, weg- als wieder zurückzukommen. Je tiefer ich damals ins Unterholz gelangt war, desto spärlicher wurden die Spuren von Menschen. Manchmal hatten sich Wanderer in dem Gebiet verlaufen, ich hörte sie schon von weitem. Jedes Mal, wenn ich auf welche stieß, lief ich auf sie zu und umarmte sie. Das änderte sich, als ich acht Jahre alt wurde, von da an hielt ich mich von ihnen fern und begleitete sie ein wenig, ohne dass sie mich bemerkten. Schlugen sie den falschen Weg ein, überholte ich sie, ließ die Äste knacken und die Büsche rauschen, so dass sie mich für ein Tier hielten und die entgegengesetzte Richtung einschlugen, welche diejenige zurück zur Straße war. Jeder Windstoß, jedes Vogelgeschrei und jedes fremde Knacken im Unterholz, alle wurden sie meine Komplizen.

Auch jetzt ging ein Rauschen durch die Baumkronen, von dem in der Hitze am Boden fast nichts zu spüren war. Unweigerlich musste ich lachen, gleichzeitig durchzog mich ein Gefühl. Wie eine Erinnerung von früher, meins war es nicht mehr. Damals hatte ich mich bereit gefühlt, daran konnte ich mich noch sehr genau erinnern.

Trotz des permanenten Gewitters an Reizen war ich fürchterlich neugierig gewesen, ich hatte mein hellblaues Fahrrad den höchsten Hang hinaufgeschoben, den ich im Umkreis entdecken konnte. Die Sanitäter lösten mein Fleisch zwei Stunden später von dem Drahtzaun, der die Straße von den Weiden trennte. Ich war schnell geworden, fantastisch war das, die Narbe davon habe ich noch heute.

Das waren Tage, in denen ich mich fürchterlich nach Chaos gesehnt hatte. Stattdessen erwarteten mich Regeln, die ich nicht verstand. Dennoch zweifelte ich nicht einen Moment an ihnen, nie kam mir in den Sinn, dass sie falsch sein könnten. Das war etwas, was sich kein Erwachsener mehr vorstellen konnte, sie hatten längst vergessen, wie das war. So ganz ohne Zweifel.

Erst später verstand ich, dass ich den Erwachsenen viel zu viel zugetraut hatte. Dazu verfolgte mich ständig dieses eine Gefühl, das ich bei anderen erst viel später wahrnahm. Immer dann, wenn sie schlaflos unter einem Kater litten und jedes Geräusch anfing wehzutun. Ich hielt mir die Ohren zu, schrie, trat um mich oder schaute stundenlang meinen blauen Kreisel an, während meine Mutter täglich zu Protokoll gab, dass ich ein böses Kind war. Dann resignierte sie. Auch nach zähneknirschendem und monatelangem Nachdenken fand ich keine Lösung für unseren Konflikt und begann mich vehement innerhalb dieses arktischen Klimas abzuschotten. Irgendwann waren die Menschen in meiner Umgebung nur noch wiederkehrende Schatten, mit einer einzigen Verknüpfung zu ihrem Namen. Manchmal vergaß ich sogar den. Eine Funktion oder eine Bedeutung hatten sie für mich nicht. Welche Funktion ich für sie hatte, wusste ich ebenso wenig.

Wir schliefen und aßen in demselben Haus, lebten aber so weit voneinander entfernt, dass die Reisedauer zueinander Lichtjahre gedauert hätte. Vielleicht war die Distanz so weit wie die bis zum Stern Proxima Centauri. Der drehte sich im Nachbarsonnensystem, und es dauerte nur 4,2 Lichtjahre, um ihn zu erreichen. Vielleicht war die Entfernung zwischen uns aber auch so weit wie die zur nächsten größeren Galaxie, dem Andromedanebel. Keiner von uns hätte das überlebt, deswegen versuchte es auch niemand.

Indessen lernten meine Zellen schneller als die von anderen, vor allem, wovor ich Angst haben sollte, bis ich mich irgendwann nur noch fürchtete. Immer wieder verschwand ich in den Wäldern und wartete auf etwas, das ich nicht einmal beschreiben konnte.

Angst vor dem, was dabei auf mich zukommen könnte, hatte ich keine einzige Sekunde, da es bis dahin keinen Ort gab, an dem ich mich zu Hause gefühlt hätte. Für Kinder wie mich, dachte ich, existiert so ein Ort nicht.

Es gab noch einen anderen Ort, an dem ich Stunden verbrachte. In der miefigen Stadtbibliothek suchte ich mir alle drei Tage weitere Bücher, die ich nach Hause schleppte, bis ich die gesamte Kinderabteilung durchgelesen hatte. Für die anderen Abteilungen fehlten mir noch vier Jahre, erklärten mir die Frauen, die die aufgeklebten Codes der Bücher scannten. Die Grenze ab zwölf hatten sie aus der Erziehungsratgeberabteilung, dort war ich auch schon gewesen, doch hatte ich kein Buch für Kinder über ihre Eltern gefunden.

Ich blieb ratlos, las dennoch ein paar andere Erziehungsratgeber und war gleichzeitig Kind sowie mein eigener Elternteil. In den kommenden Wochen führte ich einen Kummerkasten für meine Stofftiere ein. Den Inhalt las ich ihnen einmal die Woche vor. Es blieb immer an mir hängen. Die darauffolgenden Gespräche moderierte ich ebenfalls, und abgesehen vom Bär ohne Arme gingen danach alle zufrieden ins Bett.

Immerhin sparte ich mir von da an das Schleppen der Bücher und las die aus den verbotenen Abteilungen direkt auf dem grauen Teppichboden zwischen den Regalen. Wenn ich wiederkam, waren sie manchmal verschwunden und tauchten erst nach ein paar Wochen wieder auf.

Ich las sie etappenweise, maximal sieben zur selben Zeit, wodurch sich ihr Inhalt immer wieder zu etwas Neuem verstrickte. Sachbücher beruhigten mich, Krimis langweilten mich, bei Sciencefiction musste ich das Buch alle paar Minuten weglegen und lange nachdenken, Erotik existierte nicht, und Romane kamen mir vor wie Fantasien. Bei Liebesgeschichten war das auch so.

Die Tage zogen so langsam vorbei, dass ich begann, alle Uhren im Haus auf ihre Intaktheit zu überprüfen, während meine Mutter jeden vergangenen Tag im Küchenkalender mit einem dicken, schwarzen Strich auslöschte. Danach atmete sie jedes Mal tief aus. Ich weiß nicht, ab wann oder ob ich die Tage, die ereignislos vorüberzogen, zu mögen begann.

Immer schneller lief ich durch das Geäst, wich Bäumen aus, ließ die Äste ungehindert in mein Gesicht klatschen und schaute in die wogenden Kronen. Ich mochte diese kleine Gestalt aus meinen Erinnerungen, die mich abbildete, doch sie machte mich auch traurig. Ich konnte mich nicht mehr erinnern, wann sie verschwunden war. Aus den Augenwinkeln sah ich eine Gestalt, die von hinten auf mich zurannte. Bevor ich mich umdrehen konnte, stürzte sich Sophie auf mich und brach in Gelächter aus.

»Du warst plötzlich weg! Wo warst du denn? Komm mit!«, sprudelte der übliche Schwall an Fragen und Befehlen aus ihr heraus, während sie sich aufrappelte und mir hochhalf.

Geduckt stakste sie ein paar Meter durch dichte Sträucher, bis wir uns auf einer Wiese mit hüfthohen Gräsern wiederfanden. Anders als die anderen lag diese nicht direkt am Ufer, vielleicht war deswegen niemand zu sehen. Überall zirpte und flatterte etwas, und die Sonne hatte die Spitzen der hohen Halme nahezu vollständig verbrannt. Übermütig stemmte Sophie ihre Hände in die Seiten und pustete über die Pflanzen hinweg, während diese sich im leichten Wind bewegten. Ich ließ sie allein, schlenderte durch die Wiese, bis ich Philipps Kopf aus den Gräsern ragen sah.

»Willst du …«, begann er und brach ab.

»Willst du wissen, was ich denke?«, wiederholte er seine Frage, ohne von dem Buch, das er las, aufzusehen.

Ich überlegte kurz.

»Nein«, antwortete ich und ließ mich neben ihn fallen. Er schlug sein Buch zu, und ich wand mich unter seinem musternden Blick. Seine Haarspitzen drehten sich nach außen. Ich hätte gerne die Zeit angehalten, um sie anzufassen, ohne dass er es mitbekam.

»Warum hast du das getan?«, fragte er.

»Was?«, erwiderte ich irritiert und kontrollierte schnell meine Hände, in der Sorge, ihn wirklich angefasst zu haben.

»Die Tabletten, warum hast du sie genommen?«, fragte Philipp. »Gestern sagtest du, du hast es aus dem gleichen Grund wie ich getan.«

»Ja, habe ich«, entgegnete ich und ließ seine Frage unberührt.

»Aus Angst?«, fragte Philipp.

»Angst war nicht dein Grund«, stellte ich fest und faltete meine Hände zu einem Knäuel. »Die war ja schon lange vorher da.«

Philipp sah mich verwundert an, für eine Sekunde wirkte sein Ausdruck asymmetrisch. »Vorher?«

Ich nickte.

»Ich hätte nicht gedacht, dass du eine Vergangenheit hast«, murmelte er.

»Wie meinst du das? Die hat doch jeder.«

»Ja, die hat jeder Mensch, das stimmt, aber … ach, unwichtig. Warum hast du es dann getan, wenn nicht aus Angst?«

Ich zögerte, doch dann begann ich zu erzählen. »Zuerst war da ein leichtes Kribbeln. Das legte sich mitten auf meine Nervenstränge und umschloss sie, bis sie summten. So wie bei Stromleitungen, da half nicht mal Zahnpasta.«

Ich riss Gras aus der Erde und zerstreute es über meine Beine.

»Ich wollte nichts mehr von den Dingen machen, die ich davor gerne getan hatte, und ich wusste nicht, warum. Alles schien langsam aus mir herauszusickern, egal, was geschah. Alles war belastend, selbst wenn Erik mich anrief, freute ich mich nicht mehr. Stattdessen starrte ich noch Minuten später, nachdem er wieder aufgelegt hatte, auf mein Telefon und dachte daran, wie fürchterlich anstrengend Gespräche waren. Gleichzeitig fand ich es lächerlich. Alles. Vor allem mich selbst, wie ich dort saß und für nichts zu gebrauchen war. Irgendwann hörten diese Gedanken auf, und ich fühlte gar nichts mehr, nicht einmal mehr Hunger.«

Jeden der Grashalme auf meinen Beinen ordnete ich parallel zum nächsten an, vom Knie bis zum Knöchel.

»Ununterbrochen schoss mir dieses Nichts in den Nacken«, fuhr ich fort. »Das ähnelt diesem Gefühl, wenn du auf dem Fahrrad durch die Stadt fährst und unerwartet wegen irgendetwas schlingerst. Sekunden bevor du fällst, weißt du schon, dass du heftig aufschlagen wirst. Gleichzeitig weißt du, dass du nichts mehr tun kannst, außer notdürftig deinen Kopf zu schützen. Diese zwei Sekunden fühlte ich ein paar Jahre lang, als wenn die Zeit jedes Mal kurz vor dem Aufprall wieder um drei Sekunden zurückgespult würde. Sie begannen immer wieder von neuem.

Irgendwann habe ich mir nur noch gewünscht, endlich auf dem Asphalt aufzuschlagen. Ich hatte keine Ahnung, was ich mit einer sich selbst zersetzenden Seele tun soll, etwas, das man kaum sieht, so ganz anders als ein gebrochener Arm. Zuletzt habe ich nur noch in meiner Wohnung gesessen und nachts stundenlang auf die rotierenden Zeiger der Wanduhr geschaut. Ihr Ticken wurde immer lauter. Tagsüber habe ich versucht zu schlafen. Irgendwann habe ich sie aber auch da ticken gehört und schlief gar nicht mehr.«

»Und wann hast du die Tabletten genommen?«, wollte Philipp wissen. Er räusperte sich und strengte sich an, die Frage so beiläufig klingen zu lassen, als wolle er nur die Uhrzeit wissen.

Ich zuckte mit den Schultern. »Es gab keinen Auslöser«, lachte ich. »Ich weiß, dass alle immer so was in der Art erwarten. Etwas, das es fürchterlich einfach macht. Aber da war nichts, kein Drama. Ich wollte einfach verschwinden.«

Philipp nickte und schluckte.

»So war es bei mir nicht.«

Verwundert sah ich auf und wartete einen Moment, ob er fortfahren würde, doch das tat er nicht.

»Und warum bist du vor die Autos gerannt?«, fragte ich ihn.

»Ich weiß nicht. Ich kann mich weder daran erinnern, wie ich im Büro losgegangen, noch wie ich an der Ampel angekommen bin.«

»Wie kann das sein?«, wollte ich von ihm wissen.

Philipp schüttelte den Kopf.

»Ich weiß es nicht, die Ärzte denken, es war eine Psychose. Sie halten mich für schizophren.«

»Ich weiß.«

Philipp runzelte die Stirn.

»Sophie hat es mir erzählt«, fuhr ich fort. »Direkt am ersten Tag.«

»Was hat sie dir noch erzählt?«

»Klug und kauzig«, fasste ich Sophies Bericht zusammen.

»Schon ein wenig seltsam, wenn ausgerechnet du das sagst, findest du nicht?«, entgegnete er lachend, und ich bemerkte, dass ich ihm gefallen wollte. Ich schob den Gedanken irgendwohin, wo ich ihn nicht mehr sehen konnte.

»Und?«, hakte ich nach, »war es eine Psychose?«

Philipp zuckte ratlos mit den Schultern. »Und wie fühlst du dich heute?«, fragte er stattdessen.

Ich legte den Kopf in den Nacken und runzelte die Stirn, meine Gefühle stellten sich zum raschen Durchzählen nebeneinander auf.

»Ich weiß nicht, ob ich zersplittere oder mich nur verändere.«

»Fürchtest du dich, oder hast du Angst?«

»Wo ist da der Unterschied?«, wunderte ich mich.

»Na, Furcht hast du vor etwas ganz Bestimmtem wie Bienen, Menschen in karierten Hemden, roten Autos oder großen Steinen. Angst braucht kein Wovor, sie ist einfach nur da.«

Ich kniff meine Augen zusammen und sah in die Sonne. »Trotzdem ist es, als wenn jemand sie mit einem Trichter literweise durch meine Ohren gießt und mein Körper immer weiter überläuft. Ich habe vor allem Angst.«

»Vor allem?!«, fragte Philipp.

Ich schämte mich.

»Überleg doch mal …«, sagte er und setzte sich gerade hin.

»Tue ich doch!«, fuhr ich ihn an. »Ich denke die ganze Zeit. Ich schlage morgens die Augen auf und denke so viel, dass ich erst abends zum Frühstücken komme.«

»Wovor hast du denn Angst? Du kannst doch machen, was du willst«, stellte Philipp fest.

»Auch ein Gebäude in die Luft jagen? Alle Farben außer Blau ausrotten? Menschen, die ich nicht mag, aus meiner Wahrnehmung streichen?«

»Theoretisch schon«, fasste Philipp schlicht zusammen.

Vielleicht konnte er seinen eigenen Gedanken auch nicht mehr folgen.

»Keinen Schimmer, ich habe immer Angst. Als ob ich mich davor fürchtete, in dieser Welt zu sein.«

»Woher kommt das?«, fragte Philipp.

»Vitamin-C-Mangel. Das ist die Ursache für alle Probleme«, lachte Sophie und setzte sich zu uns.

Schweiß stand ihr auf der Stirn, und Blüten hatten sich in ihrem Haar verheddert.

»Worüber redet ihr?«, fragte sie.

»Nichts und alles«, informierte ich sie, woraufhin sie sich stöhnend nach hinten ins Gras fallen ließ und ihre Augen schloss.

»Gibt es einen Ort, an dem du dich nicht fürchtest?«, fragte Philipp.

»Auf diesem Planeten?«, lachte ich. »Mir kommt hier alles surreal vor.«

»Als wäre alles möglich?«, fragte Philipp.

Ich verzog mein Gesicht zu einer Grimasse.

»Nein, als sei alles belanglos«, entgegnete ich. »Dieser Gedanke wirbelt ständig in meinem Kopf umher. Dann muss ich die gesamte Straße auf den Dächern der parkenden Autos entlanggehen und fange an, im Supermarkt zu singen. Ich höre auf zu arbeiten und bleibe an der nächsten Brücke sitzen, bis die Sonne untergeht. Ich mache mir Gedanken darüber, ob die Menschen um mich herum echt sind oder ob sie wie Roboter mitten in ihrer Bewegung erstarren, sobald ich den Raum verlasse, und erst wieder beginnen zu agieren, wenn ich wieder hereinkomme. Oft muss ich dringend eine Tasse gegen eine Wand werfen, um zu sehen, wie sie zersplittert. Es würde mich nicht einmal wundern, wenn sie nicht zerbrechen würde und stattdessen wenige Millimeter vor der Wand zum Stillstand käme und in der Luft schweben bliebe.«

Philipp hörte mir zu, dann schwieg er ein paar Minuten, was mir sehr gefiel. Er antwortete nie, nur weil das imaginäre Skript eines Gesprächs es vorsah, sondern ließ sich alles so lange durch den Kopf gehen, wie er wollte. Manchmal ließ er Fragen ein paar Stunden in der Luft stehen.

»Wisst ihr, wie ich mich fühle?«, fragte Sophie mit geschlossenen Augen und kaute auf einem langen Grashalm. »Wie die Tasse!«

Sie ballte ihre Fäuste leicht zusammen, während sie sich umdrehte und einschlief.

»Immerhin wisst ihr, wer ihr in diesem Bild seid«, murmelte Philipp. »Bei mir geraten die Dinge nur durcheinander, verschwimmen und bilden etwas so Absurdes, dass alles, was übrig bleibt, ein tiefer Rausch ist.«

»Fürchtest du dich dann?«, fragte ich ihn.

»Nein. Ich denke nur, dass ich vielleicht meinen Verstand verliere.«

»Und das macht dir keine Angst?«

»Angst regt einen auf, und ich will mich nicht aufregen, das ist viel zu anstrengend.« Er zuckte mit den Schultern

»Und was tust du dann?«

»Leben«, entgegnete Philipp schlicht.

Ich schluckte und sah beschämt weg. Das hörte sich so an, als gehörte ich schon zu den Toten oder immerhin zu der Kategorie Zombie.

Während ich das dachte, entstand ein Bild in meinem Kopf. Matt und genervt kniff ich die Augen zusammen, um es wieder dahin zurückzuschubsen, wo es hergekommen war, doch es drängelte sich immer weiter nach vorne zu mir durch. Ein schwarzweißes Foto wühlte sich aus meinem Gedächtnis heraus, ein Mann war auf ihm zu sehen. Er schaute mit entschlossenem Blick direkt in die Kamera. Ein eindringlicher Blick, doch sanft war er auch. Er trug einen fürchterlichen karierten Anzug mit einer Krawatte, auf der sich dasselbe Muster mit kleineren Karos befand. Sein kurzes Haar war ordentlich zur Seite gescheitelt. Es war Michel Leiris, der in den dreißiger Jahren als einer der ersten Ethnologen den Mythos der Zombies untersucht hatte.

Für ihn waren sie Menschen, die mit Tetrodotoxin, einem Gift aus den Eierstöcken des Kugelfisches, in einen Scheintod versetzt und beerdigt worden waren. Zehn Milligramm töteten einen Menschen, mehr brauchte man nicht, und niedriger dosiert brachte es das Herz zum Stillstand. Dann lähmte es die Muskulatur und senkte den Stoffwechsel auf ein Minimum. Hatte einer es intus, wurde er, kurz nachdem er beerdigt worden war, wieder ausgegraben und aufgeweckt. Dann wurde er in dem Glauben gelassen, immer noch tot zu sein, und durfte als Sklave arbeiten, einer, der dem Willen anderer uneingeschränkt und unterwürfig folgte.

Das Foto von ihm wurde von einer Szene aus irgendeinem Zombiefilm, den ich irgendwann gesehen hatte, verdrängt. Grunzend liefen sie in schleppenden Schritten und mit nach vorne gestreckten Armen lahm eine Straße entlang. Außer ihrem Stöhnen drang kein Wort aus ihnen heraus.

»Glaubst du, ich bin ein Zombie?«, platzte es aus mir heraus.

Philipp sah mich verwundert an und fing an zu lachen, während Sophie ihn schnarchend unterbrach. Sie hatte sich wieder auf die andere Seite gerollt, und ihr Mund stand offen. Kurz überlegte ich, ob ich ihn schließen sollte, damit nichts reinkrabbelte.

»Ja«, stellte Philipp fest. »Manchmal.«

Seine Bemerkung drang durch meinen Oberkörper und hinterließ ein Loch. Danach knallte sie in einen der Baumstämme. Irritiert schüttelte ich den Kopf und nickte, ohne zu wissen, ob ich ihm damit recht geben oder ihn abwehren wollte. Ungeachtet dessen fuhr Philipp fort.

»Akzeptier deine Angst doch einfach.«

Hitze stieg in mir auf, den Nacken entlang, legte sich brennend um meinen Hals und umklammerte ihn, ohne einen Millimeter nachzugeben.

»Machst du das so?«, brachte ich mühsam raus.

»Angst macht mir keine Angst«, entgegnete Philipp. »Gehört eben dazu, auch wenn Angst haben das ist, was alle irgendwie am besten können.«

»Und was noch?«, fragte ich.

»Träge rumtaumeln«, entgegnete er, und der nächste Zombie lief auf mich zu.

Ein Schauer jagte meinen Rücken rauf und wieder herunter.

»Du meinst also …«, wollte ich meine Gedanken ordnen. »Aber …«

Philipp schmunzelte. »Es ist in Ordnung.«

»Was?«, sortierte ich das, was er gesagt hatte, immer noch.

»… dass du nicht weißt, wo du hingehörst. Auch, dass du so verdammt viel Angst hast«, betonte Philipp. »Mach doch, was du willst.«

»Das ist paradox.«

»Du machst dir Gedanken über Gedanken, und das gibt dir kurz die Illusion von Kontrolle. Und dabei vergisst du, dass deine Probleme noch gar nicht real sind. Alles nur Seifenblasen, die können dir gar nichts. Solange du das begreifst.«

Unentschlossen, ob ich aufgeregt oder aufgebracht war, presste ich meine Lippen aufeinander und wich seinem Blick aus.

»Und wenn ich vor Angst ohnmächtig werde?« Ich runzelte die Stirn.

»Dann überlegst du dir, wohin du gerne fallen möchtest«, lachte Philipp.

Nichtsdestotrotz fühlte ich mich nicht wie ein Mensch. Auch nicht mehr wie ein Zombie, eher wie ein Roboter, der bis unter das Chassis mit Datenbergen vollgestopft war. Einer, der alles wusste, was es zu wissen gab, aber nichts davon spüren konnte.

Ein Bild schoss aus meinem Gedächtnis hoch und knallte von innen gegen meine Stirn. Auf ihm war eine Frau zu sehen, die in einem Raum vor verschiedenen Monitoren saß. Sie trug einen weißen Laborkittel, an dem ein Namensschild klemmte. Ohne draufzuschauen wusste ich bereits, dass sie Mary hieß. Sie war ein Gedankenexperiment des australischen Philosophen und Mathematikers Frank Jackson. Eine Wissenschaftlerin, die in einem schwarzweißen Raum lebte, den sie noch nie verlassen hatte. Durch die monotonen Bildschirme beobachtete sie die Welt und sammelte jede Information über die Neurophysiologie des Sehens. Sie wusste alles über Farben. Sie untersuchte, wie Farben zum Sehnerv gelangten und was sie im Gehirn auslösten. Selbst hatte sie in ihrem Leben noch keine Farbe gesehen, nicht einmal Blau.

Frank Jackson fragte sich, was passieren würde, sobald Mary den schwarzweißen Raum verlassen würde. Er glaubte daran, dass ihr Wissen unvollständig blieb, solange sie nicht wisse, wie es sich anfühlte, Farben zu sehen. Draußen war sie ein Mensch und drinnen eine Rechenmaschine. Skeptisch sah ich an meinem Körper hinunter, meine Fingernägel gruben sich angespannt in meine Handinnenflächen. Ich hatte es nicht einmal bemerkt. Das war die Angst, dass sich nichts verändert.

8

»Wie entspannst du dich?«, wollte ich von Philipp wissen.

»Indem ich aufhöre zu denken«, entgegnete er, und meine Gedanken wirbelten wild. »Beim Tauchen kann ich mich am besten entspannen. Sobald ich durch die harte Meeresoberfläche gefallen bin, werde ich leicht. Da sind nur meine Atmung und die Blasen, die ohne mich wieder nach oben steigen. Am Anfang war es beklemmend, unter Wasser zu atmen, das legt sich aber irgendwann.«

»Hast du das schon oft gemacht?«

»Ja, ich habe vor …«, er überlegte kurz, »… vor etwa fünf Jahren angefangen. Letztes Jahr habe ich mir dann eine komplette Ausrüstung zugelegt. Die liegt jetzt bei mir im Keller.«

»Hattest du keine Angst?«, fragte ich und dachte an diesen luftlosen Raum.

Philipp schüttelte den Kopf.

»Und wenn doch?«

»Wenn wenn wenn …«, lachte er. »Dann lass ich sie verschwinden.«

Ich runzelte die Stirn und atmete tief ein.

»Und … also … wie machst du das?«, fragte ich so beiläufig wie möglich und bohrte meine Finger in die Wiese.

»Ich falle ihr ins Wort.«

Ich nickte, ohne irgendwas davon zu verstehen. Mir wäre es lieber gewesen, er hätte mir eine Gebrauchsanweisung in die Hand gedrückt, in der dieser Prozess in vierzehn Schritten detailliert erläutert wurde. Für viele Dinge entwickelte ich Formeln, so hatte ich mir auch Ironie beigebracht, sie war eine schlichte Umkehrformel, die zugegebenermaßen noch Lücken aufwies. Auch Lügen hatte ich mir versucht so beizubringen, da es für alle anderen ein gängiges Alltagswerkzeug war. Ich scheiterte maßlos.

Entspannung war mir ebenso fremd. Ich ging nicht, sondern ich eilte, und ich suchte auch nicht, ich jagte. Aufhören zu denken war keine Option für mich, das passierte mir nur, wenn Bilder wie Hagel aus diversen Schubladen auf mich einprasselten, so dass ich sie nicht einmal mehr erkennen konnte.

»Du fällst ihr also ins Wort. Und dann verschwindet sie und …« Aufgeregt riss ich ein Bündel Gras nach dem anderen aus der Erde. »Aber wie machst du das?«, platzte ich heraus.

»Also, wenn du willst, kann ich dir zeigen, wie.«

Ich nickte vehement. Philipp richtete sich auf und setzte sich mit gefalteten Beinen vor mich hin. Er legte seine Hände auf meine Schultern und sah mich an.

»Angenommen, du hättest jetzt Angst …«

Dass er mich berührte, reichte völlig aus, um mich in Angst zu versetzen.

»… dann schaust du sie direkt an, das ist ganz wichtig. Versuch es mal.«

Ich kniff meine Augen zusammen und sah seine Nase an.

»Nicht dran vorbei«, lachte Philipp. »Auch nicht schielen.«

»So?« Ich ballte meine Fäuste und fixierte seine Pupillen. Sie bewegten sich, er blinzelte, und ich wendete mich ab.

»Vergessen wir das, ich zeig dir was anderes.«

Erleichtert ließ ich das Gras los, Philipp dehnte seinen Hals und blickte mich herausfordernd an.

»Und wenn du das auch nicht kannst?« Ohne Vorwarnung war seine Stimme plötzlich aggressiv geworden. »Was ist, wenn du Angst bekommst? Wenn du mir weder in die Augen sehen noch mich unterbrechen kannst? Wenn du dich überhaupt nicht wehren kannst?«

Entsetzt starrte ich ihn an, in derselben Sekunde war da eine Schnauze an meiner Hand, und ich kniff meine Augen zu. Es war die Angst, die mich wiedergefunden hatte.

»Was ist, wenn du nichts von dem, was du dir vorgenommen hast, erreichst? Nicht gut genug bist? Na?«

Auch wenn ich nicht sehen konnte, was er tat, spürte ich den Luftzug seiner Bewegungen vor meinem Gesicht und wusste, dass er gestikulierte.

Die Schnauze nagte an meinem Handrücken, und ich ignorierte sie.

»Los, unterbrich mich! Mach die verdammten Augen auf!«

»Ich möchte, dass du still bist«, murmelte ich und presste meine Augen noch fester zusammen.

Er fuhr fort und stieß mich in die Seite.

»Sei ruhig«, sagte ich.

»Lauter!«, brüllte Philipp zurück.

»Ruhe!«, rief ich.

»Was?«

»Sei still!«, schnauzte ich ihn an und wedelte blind mit den Armen. Mit einem Satz verschwand die fellüberzogene Schnauze im hohen Gras.

Philipp stockte und lächelte mich an.

»So, und wenn du das geschafft hast, dann wiederholst du es so lange, bis sie wirklich still ist«, sagte er mit völlig ruhiger Stimme und legte sich wieder hin, während mein Puls raste. »Nur fuchtel dabei nicht so mit den Armen rum.«

»Aber du machst das doch auch«, sagte ich.

»Ja, das ist meine Art.«

»Meine Art ist es auch.«

»Mach es einfach nicht wie ich, such dir was Eigenes.«

»Sei still!«, wiederholte ich meinen Text, schob mein Kinn nach vorne und ließ es in einer kurzen Bewegung um meinen Hals kreisen.

»Das sieht aus wie ein Huhn.«

»Du hast gesagt, nicht so wie du.«

»Allein für diese Bewegung brauchst du schon ganz schön viel Mut«, lachte Philipp. »So feige, wie du denkst, bist du gar nicht.«

»Ich bin viel zu sanft.«

»Um in dieser Welt sanft zu bleiben, brauchst du genauso viel Mut«, stellte Philipp fest.

Er vertiefte sich wieder in eins seiner Bücher. Mittlerweile warfen die Bäume wieder Schatten und verschafften uns Abkühlung. Gemeinsam lagen wir in der Nachmittagshitze und hörten den Motorenlärm, die Sirenen und das Summen aus tausend Plaudereien, die aus den Straßen der Stadt zu uns rüberschwappten. Zur Sicherheit rechnete ich noch mal die Distanz aus, die ich von zu Hause entfernt war. Es waren siebentausendeinhundertdreiundvierzig Schritte, ein Katzensprung und kein Grund zur Besorgnis, redete ich mir ein paarmal hintereinander ein.

Nach einem letzten prüfenden Blick auf Sophie, Philipp und die Lichtung ließ ich mich nach hinten ins Gras fallen. Es umschloss meinen Körper, während ich in meinen Gedanken aufstieg. Erst ein paar Zentimeter über den Boden, dann über die dichten Bäume hinweg. Ich kramte eine Landkarte des Viertels, in dem wir lagen, aus meinem Gedächtnis und füllte die generalisierten Linien und Rechtecke mit Dächern, Baumgruppen, Asphalt, Bahnschienen und Booten aus dem Wasser auf. Ich trieb über sie hinweg und stieg immer höher, bis sich das Gelände wieder in ein geometrisches Muster mit vereinzelten grünen Flecken verwandelte. Ich stieg weiter, bis die Flächen zunahmen, unterbrochen von grauen Spritzern, dann sah ich das Meer.

Ich blieb in der Luft stehen und atmete aus. Über dem Wasser angekommen, zog es mich wieder zu den Koordinaten 84°3′N, 174°51′W. Es war der küstenfernste Punkt auf diesem Planeten. Dreitausend Meter tief, lag er siebenhundertundzweiundsiebzig Kilometer vom geographischen Nordpol entfernt und wurde der Pol der Unzulänglichkeiten genannt. Ich bahnte mir einen Weg durch die Wolken und navigierte blind weiter. Wie viele Male zuvor tauchte ich viel zu weit westlich aus den Schwaden auf. Ohne Orientierungshilfe konnte der Mensch maximal zwanzig Meter weit geradeaus gehen, das galt auch fürs Fliegen. Ich kehrte ein Stück in die östliche Richtung zurück, während sich die weißen Tupfer unter mir in Eisberge verwandelten, die träge im Ozean drifteten.

Über einem von ihnen stoppte ich und ließ mich abrupt auf das Eis fallen. Selbst imaginäre Landungen wollten gelernt sein. Manchmal zogen Wale ihre Runden um diesen Block, sanken bis zu dreihundert Meter in die Tiefe, bis sie auftauchten und ihre verbrauchte Luft explosionsartig ausstießen. Ich vergrub meine Hände in den ersten Zentimetern des Schnees, der die gefrorene Eisschicht darunter bedeckte.

»Wo bist du mit deinen Gedanken?«, wollte Philipp wissen.

Ich brauchte ein paar Minuten, bis ich wieder in der Realität angekommen war.

»Im arktischen Meer.«

»Nicht schlecht bei diesem Wetter. Machst du das oft, deine Tagträume? Was magst du daran?«

»Dasselbe wie an Geschichten«, entgegnete ich.

Darüber hatte ich noch nie nachgedacht, sie waren einfach da.

»Und was magst du an Geschichten?«

Ich dachte ein paar Minuten nach, bevor ich antwortete.

»Ich kann die ganze Welt entdecken, ohne sie anfassen zu müssen. Wenn ich mir Geschichten ansehe, ist das, als wenn jemand anders meine Gedanken nimmt und sie irgendwohin führt.«

»Was du dabei lernst, ist, dass es immer ein Happy End gibt«, meinte Philipp. »Jemand, der gut ist, kann nicht böse sein, und alle haben ausschließlich in Swimmingpools, Duschkabinen und im Meer Sex. Schwachsinn.«

Fast hätte ich ihn beschimpft, ich rutschte ein wenig von ihm weg, als wenn er mir meine Gedanken wegnehmen könnte. Wenn ich mir vorstellte, dass sie verschwinden würden, bekam ich immer dasselbe Bild, das aussah wie das schwarzweiße Krisseln, das auf Mattscheiben entstand, sobald kein Signal mehr empfangen wurde. Ich sah es nicht nur, ich fühlte es auch. Es war überall um mich herum, diese schwarzen und weißen Punkte setzten sich auf meiner Haut ab, umwickelten meine Haare und zogen mich langsam in alle Richtungen auseinander. Manchmal ließen sie abrupt los, so dass ich verdattert in meine ursprüngliche Form zurückschnappte.

»Jeder erzählt sich irgendwelche Geschichten, um sich besser zu fühlen, und lässt sich von anderen täuschen«, zerpflückte Philipp die Fiktion. »Dass ausgerechnet du die magst, wundert mich.«

»Warum?«

»Du kannst doch sowieso nicht lügen«, bemerkte Philipp.

Ich sah auf seinen Körper und beobachtete, wie er sich unter seinen Atemzügen auf und ab bewegte.

»Da irrst du dich«, widersprach ich ihm.

»Ich dachte, Autisten …«

»Kennst du einen Autisten, kennst du genau einen Autisten«, wandte ich ein.

Statistisch gesehen, lügt jeder Erwachsene bis zu zweihundert Mal pro Tag. Das hatte ich irgendwo gelesen. Das konnte alles sein: zu übertreiben, etwas zu verschweigen oder zu täuschen. Ein Teil davon verschwand im Unterbewusstsein, der andere Teil war Umgangsform. Das war so etwas wie Psychohygiene, um Beziehungen beizubehalten, so dass es normal war, dass ständig alle aus Unsicherheit, Höflichkeit oder irgendeinem anderen Grund schwindelten.

Ich brauchte fürchterlich lange, um zu verstehen, wie Lügen funktionieren. So richtig hatte ich es immer noch nicht gelernt. Was ich sah, waren Köpfe, die etwas anderes sagten als der Körper darunter. Oft drückten beide etwas so Gegensätzliches aus, dass ich mich nicht entscheiden konnte, worauf ich reagieren sollte.

»Ich habe mir das Lügen von Tieren abgeguckt«, fuhr ich fort und betrachtete Philipps Nacken.

Ich sah mir auch seine Hände an und bemerkte schon wieder, dass ich ihm gefallen wollte.

»Von Tieren?!«, fragte Philipp ungläubig.

»Na ja, da gibt es einige Tiere, die lügen. Wie Schwalben, die lügen aus Eifersucht. Wenn sie ins Nest zurückkehren, und der Partner ist ausgeflogen, stoßen sie einen Alarmruf aus. Dann kehrt der andere ins Nest zurück«, erklärte ich.

»So halten sie sich vom Seitensprung ab?«, lachte Philipp.

»Ja, und Schimpansen machen etwas Ähnliches. Wenn sie Futter finden, ist es manchmal so, dass sie das den anderen aus ihrer Sippe verschweigen wollen. Dann kreischen sie ebenfalls Alarm, so dass die anderen sich auf die sicheren Bäumen zurückziehen. Murmeltiere tun das auch, die stoßen dann einen Pfiff aus, so dass der Rest des Klans in den Höhlen verschwindet, und sobald sie draußen alleine sind, futtern sie ihre Beute ungestört auf. Sie lügen, um etwas zu bekommen, das sie wollen, oder um etwas zurückzubekommen, das sie vermissen. Geschichten sind anders. Sie behaupten nicht, dass das, was sie erzählen, real ist.«

Philipp schwieg und sah mich an, als hätte ich ihm Schimmel angeboten.

»Manchmal denke ich, dass nicht einmal das hier real ist«, murmelte er.

»Was?«

»Das alles.« Er zeigte auf die Wiese und auf uns.

»Was soll es sonst sein?«, wollte ich von ihm wissen. »Ein paar Sätze aus einem Buch?«

Ich nahm einen imaginären Stift in die Hand und schrieb etwas in die Luft, bis meine Arme begannen, schwer zu werden.

»Was steht da?«, wollte er wissen.

»Skeptisch schaute Philipp zu, während Juli mit weiten Bewegungen in den Wind schrieb. Ihr verschwitztes Haar fiel ihr immer wieder ins Gesicht, und je länger er schwieg …«

»Können wir bitte keine Zeilen mehr sein?«, stöhnte Philipp und zog die Schultern hoch. Ich schüttelte den Kopf und ließ mich ins Gras fallen.

»Sind wir immer noch welche?«, hakte er nach ein paar Minuten nach.

»Immer noch«, sagte ich und konnte nicht anders, als mir vorzustellen, wie er mich berührte. Keine dieser zögerlichen Berührungen, die zufällig wirkten, sondern inniges Antatschen. Philipp wandte sich ab und schaute in sein Buch, während ich seine Hände zielgerichtet über meinen Körper wandern ließ. Seine Hände bewegten sich über meine Haut und packten mich. Ich sprang auf und verließ mit schnellen Schritten die Lichtung. Angelehnt an einen der Stämme, tauchte ich in den Schatten der Bäume und entschied mich für einen massigen Penis. Ich wusste nicht, wie Philipps aussah, und stellte mir vor, wie er sich anfühlte. Dann drang er mit schnellen Stößen ein, bis ich stöhnend auf die Wurzeln rutschte und mit weit ausgebreiteten Armen und Beinen abkühlte. Ein Rauschen ging durch die Bäume und löste die Hitze ab.

Anstatt direkt zurück zur Lichtung zu gehen, strich ich zwischen den Bäumen entlang. Wenn Menschen sich mochten, erfanden sie oft Spitznamen füreinander. Sowas wie Schatz. Das klang, als sei er eine Kiste randvoll mit Rohmetallen. Sie gaben sich auch Tiernamen. Tiger oder Hengst, Frauen dagegen waren Hasen oder Mäuschen. Manchmal auch Lebensmittel wie Honig.

»Philipp, Lip, Ili«, ging ich die Konstellationen durch, zu denen ich Philipps Namen verarbeiten könnte. »Phil, Phi, Pi.«

Pi war perfekt, ein konstantes Verhältnis, das sich nicht veränderte, egal wie groß der Kreis wurde.

Philipp sah auf, als ich zurückkam. »Ist es jetzt vorbei?«

»Ich weiß nicht … ist es das?«, antwortete ich und wusste nicht, was er meinte.

Ich fühlte mich, als hätte ich ihn benutzt. Er raffte sich auf und verschwand auf der anderen Seite der Lichtung. Ich sah ihm nach, brach aber den Impuls ab, mir vorzustellen, was er dort tat. Stattdessen überlegte ich, was ich zu ihm sagen könnte. Nicht wenn er zurückkam, sondern irgendwann. Ich kannte eine Menge Wörter, aber ich hatte keinen Schimmer, welche ich zum Flirten benutzen sollte. Aber unsere Pheromone passten fürchterlich gut zu unseren olfaktorischen Rezeptoren.

Während ich mich auf die Seite rollte, fiel mein Blick auf seine Bücher. Jedes von ihnen war ein Sachbuch von Menschen, die ich nicht kannte, und über Theorien, deren Namen ich noch nie gehört hatte. Wahllos schlug ich es auf, überflog die Zeilen und blätterte ein paar Seiten zurück. Unter dem Geschriebenen fand ich einige meiner Lieblingswörter, wie ›Utopie‹, ›Fauna‹ und ›Epizentrum‹. Auch ›Nukleotid‹, ›Fluke‹ und ›Supernova‹ mochte ich gerne. Wenn ich sie selbst aussprach, verursachte ich damit immer gleich das Ende eines Gesprächs.

Ich blätterte weiter und stutzte. Die leeren Räume an den Seitenrändern sowie zwischen den Absätzen waren dicht mit Nummern und einzelnen Buchstaben beschrieben. Ich blätterte noch weiter zurück. Auch hier hatte Philipp die Zwischenräume akribisch mit Zahlen und Buchstaben versehen, die zusammenhangslos schienen. Ich verglich die Seiten miteinander, alle waren unterschiedlich bekritzelt, nur eine Abfolge kam immer wieder vor. 0xF EE1D EAD. Sie stand auf allen Seiten.

Ich schlug die anderen Bücher auf, und auch da waren die Seiten mit demselben Chaos aus Nummern und Zahlen versehen. Sie erinnerten an Hieroglyphen, so wie jene, die auf ägyptischen Tempelwänden in Stein geritzt wurden und schwer zu entziffern waren. Allerdings malten die Schreiber damals immer Szenen dazu, damit der Inhalt wenigstens erahnt werden konnte.

Hieroglyphen konnten von links nach rechts, von rechts nach links und von oben nach unten gelesen werden, je nachdem in welche Richtung die Menschen und Tiere sahen. Schauten sie nach rechts, wurde die Zeile von rechts nach links gelesen, und Spalten wurden von oben nach unten gelesen.

In Philipps Abfolgen waren keine Tiere, und die Zeilen waren so eng beschrieben, dass die Leserichtung auch von unten nach oben oder quer sein konnte. Was es auch war, jedem System lagen Regeln zugrunde, die wiederum den Code ausmachten. Alles konnte zu einer Regel als auch einem Schlüssel werden. Andere Regeln verschoben das gesamte Alphabet um eine bestimmte Anzahl von Stellen in die eine oder andere Richtung. Etwas schwieriger wurde es bei polyalphabetischen Codes, bei denen mehrere Alphabete innerhalb eines Systems verwendet wurden.

Um sie zu erstellen sowie zu knacken, gab es die Trimethius-Tafel, ein Raster von sechsundzwanzig mal sechsundzwanzig Feldern. Eine Methode war, die erste Reihe zu benutzen, um den ersten Buchstaben der Nachricht zu codieren, die zweite Reihe verschlüsselte den zweiten Buchstaben, und so weiter. Dieser Reihenfolge konnte zusätzlich ein Codewort hinzugefügt werden, welches eine andere Reihenfolge festlegte. War dieses Wort ›Fluke‹, wurde die Reihe des Buchstaben F mit dem ersten Buchstaben des verschlüsselten Textes kombiniert. Das war wie ein zusätzlicher Schlüssel.

Ich drehte mich zurück auf den Rücken und sah in

den Himmel, während es um mich herum summte. Das Knacken eines Codes war nichts anderes als eine Tüftelei, die darauf basierte, die Regeln eines Systems so gut zu verstehen, um die Lücke zu finden. Und Lücken gab es immer.

Alles war irgendwann von irgendwem erfunden worden, was jede Regel gleichzeitig irreal machte, da nichts von dem, was uns umgab, aus sich entstanden war. Alles, was wir sahen, war da, weil wir es schluckten. Lücken zu finden, war nicht schwer, sobald die Regeln klar waren.

Es war nicht einmal notwendig, Regeln perfekt zu verstehen, es genügte, sie ein bisschen besser zu durchschauen als der Rest. Das war alles. Wenn ich herausfinden wollte, welche von zwei Batterien voll war, genügte es, beide fallen zu lassen und auf die Federung zu achten. Die, die plump zur Seite kippte, war geladen.

Sophie drehte sich schnaufend um und gab einen knurrenden Laut von sich. Ich hörte Philipps Schritte näher kommen und schlug schnell seine Bücher zu, so hastig, dass Sophie davon aufwachte. Wir brachen auf und stolperten durch das Dickicht zurück zum Weg.

»Gehen wir immer noch Richtung Norden?«, fragte Sophie, während sie mit einem Stock die Baumstämme entlangratterte.

Ich nickte und sah mich zu Philipp um, der hinter uns zurückgeblieben war. Während wir warteten, holte er uns langsam ein und lief murmelnd vorbei. Er war so leise, dass ich nicht verstehen konnte, was er sagte.

»Was gibt es da für uns?«, lenkte Sophie mich ab.

»Wo?«, fragte ich sie irritiert.

»Na, im Norden!«, wiederholte sie.

Ohne mich zu konzentrieren, gab ich alle Daten wieder, die ich auf die Schnelle packen konnte, und hoffte, dass irgendetwas davon zu ihrer Frage passen würde.

»Am Nordpol gibt es theoretisch gesehen keine Zeit, alle Dinge sind 0,3 Prozent leichter als anderswo, und die Welt dreht sich nur um dich. Manchmal dringen Sonnenwindteilchen an den Polen in die Erdatmosphäre ein und flackern blau und grün durch die Luft«, ratterte ich Punkt für Punkt monoton herunter und betrachtete Sophie.

»Wo kommen die her?«

»Aus Sonnenstürmen.«

»Und wie sieht das aus?«, hakte sie nach.

»Wie ein ausgefranster Regenbogen bei Nacht«, entgegnete ich abwesend und wartete.

Es folgte keine weitere Frage. In Wirklichkeit hatte ich keinen Schimmer, was es im Norden für uns gab. Etwas Wissen plus eine Spur Vertrauen waren wie ein Konvoi, der ein wenig gegen Angst ankam. Ohne Wissen war es nur noch ein Desaster.

Die Sonne stand immer noch am Himmel, und wie sich Haut unter Wärme ausdehnte, breiteten sich die Menschen dieser Stadt pulsierend in den Straßen aus. Sophie hatte sich ihren Pullover um die Hüfte gebunden, und ihre Augen waren hinter verspiegelten Gläsern verschwunden. Ich klammerte mich mehr an unseren Kompass, als dass ich ihn vor mir hertrug, wich den Menschen, die uns entgegenkamen, aus und heftete meinen Blick auf den Boden. Obwohl mein üblicher Tagesablauf in meinem Hinterkopf vor sich hin ratterte, sich sträubte und mich immer wieder alarmierte, begann ich mich unbedenklicher zu fühlen, je weiter wir liefen.

Üblicherweise stand ich um diese Zeit in der Küche und kochte Nudeln, die gab es jeden Samstag. Oft schnippelte ich irgendein gesundes Zeug, dämpfte es und ertränkte es mit der Brühe, die ich einem der asiatischen Imbisse abgekauft hatte. Meine restliche Ernährung bestand aus Zucker in jeder erdenklichen Farbe und Form. Mein Verhältnis zu Süßigkeiten war dreckiger als jeder Porno unter den Stichwörtern Arsch, Flinte, geil, Schwanz. In jeder meiner Jackentaschen befand sich irgendwas, das in knisternde Folie verpackt war. Ich war nicht in der Lage, sie in Ruhe auszupacken, ich musste sie mir, so schnell es ging, in den Mund stopfen.

Ich sah an mir runter, zuerst auf meine Arme, deren Venen hervortraten. Schweiß schimmerte in meinen Armbeugen, und ein Schleier Erde klebte an meinen Knöcheln. Normalerweise fühlte sich mein Körper wie Zubehör an, das irgendwelche Navigationen entgegennahm, die nicht von mir stammten. Nicht einmal meine Augen fühlten sich wie ein Teil von mir an, sie waren wie Löcher, die in eine Kiste reingebohrt worden waren, in der ich saß und aus der ich heraussah. Ständig blieb diese Kiste an Türklinken hängen, wenn sie nicht schon in der Tür stecken geblieben war. Viel zu oft taumelte sie und riss im Vorbeigehen alles andere mit zu Boden.

Nur jetzt fühlte sie sich anders an, die Kiste war

keine Kiste mehr, stattdessen spürte ich meinen Puls, Adern, Blut, Herzschlag und eine Wärme, von der ich nicht wusste, ob sie von innen oder außen kam. Suchend sah ich mich nach Philipp um, der hinter uns her schlenderte.

Sophie steuerte auf einen Imbiss zu, drinnen schwitzte ein Mann über den warmen Platten und nahm müde ihre Bestellung entgegen.

»Was nimmst du, Juli?«, wollte sie wissen und streckte den Kopf aus der Tür.

»Das kann ich dir nicht sagen.«

»Dann komm gefälligst rein. Und wo bleibst du?«, brüllte sie Philipp zu.

»Ich habe wirklich keine Zeit, mich zu beeilen«, entgegnete er und betrat mit mir den Imbiss.

Ich ließ ihn bestellen und wartete, bis die beiden wieder nach draußen gegangen waren, bevor ich etwas orderte.

Es fühlte sich seltsam an, dem fremden Mann hinter dem Tresen zu verraten, was ich essen wollte. Ausdruckslos nahm er meine Bestellung entgegen, tauchte Bälle aus pürierten Bohnen und Kichererbsen ins Fett, und es begann zu knistern.

Ich hatte schon lange nicht mehr auf einer Mauer gesessen und aus einem Karton gegessen. Unruhig erfasste ich alles um mich herum. Auf dem Rasen in der Mitte des Platzes, auf dem wir uns niedergelassen hatten, reihten sich die Menschen aneinander, und Rauchschwaden von glühenden Kohlen zogen durch die Luft. Neben uns richteten sich ein paar Obdachlose ein, deponierten das Wenige, das sie mit sich umhertrugen, hinter der hüfthohen Mauer und stießen an.

Irgendwo kläffte ein Hund, auch nach einigen Minuten hörte er nicht damit auf. Ich sah mich um und entdeckte ihn angeleint an einem Fahrradständer. Er zerrte und jaulte, und als ich mich wieder abwenden wollte, steuerte eine alte Frau auf ihn zu, wühlte in ihrer Handtasche, holte eine Schere heraus und schnitt die Leine durch, die flatternd hinter ihm her wehte. Irritiert nahm ich Sophies Stimme wahr und drehte mich zu ihr um.

»Gestern habe ich mir einen dieser Stadtpläne angeschaut, die an den Haltestellen kleben. So einen mit einem roten Punkt, der dir sagt, wo du stehst. Den habe ich mir angeschaut, so richtig mit Denken, weißt du?«, erzählte sie.

Ich wusste, dass sie so oder so weiterreden würde, und blieb reglos sitzen.

»Da war auch Norden eingezeichnet, ich hab mit meinem Finger unsere Route auf der dreckigen Scheibe nachgeschmiert und mir vorgestellt, wir würden immer weiterlaufen, bis der Schnee kommt.«

Entsetzt sah ich sie an und stellte mir vor, wie wir weiterliefen, bis der Schnee kam.

»Wie lange würde es dauern, bis wir einmal um den Planeten herumgelaufen sind? Was denkst du?«, wollte Sophie wissen.

Sie zog ihren Pullover aus und prustete. Ihr schwarzer BH zeichnete sich unter ihrem T-Shirt ab, und ihre Brüste pressten sich gegen den Stoff, gerne hätte ich sie angefasst, von mir kannte ich Brüste dieser Art nicht. Das letzte Mal, als ich einen Laden voller Dessous betrat, hatte die Verkäuferin mich nur zweifelnd gemustert, als sei sie sich nicht sicher, ob ich dort hingehörte.

»Hmm …«, ruderte ich aus meinen Gedanken zurück zu Sophie. »Ich weiß nicht genau, wie breit der Umfang der Erde ist. Die ist ja gar nicht richtig rund, sieht eher wie eine eingequetschte Orange aus. Durchschnittlich geht jemand sechs Kilometer pro Stunde, und der Erdumfang … das sind ungefähr 40074 Kilometer oder so …« Soße tropfte auf mein Knie und rann bis auf den Boden runter. »… wenn wir acht Stunden am Tag und konstant sechs Kilometer pro Stunde laufen, schaffen wir täglich achtundvierzig Kilometer und sind bei einer Route von 40074 Kilometern … achthundertfünfunddreißig Tage unterwegs. 2,28 Jahre dauert es also, bis wir einmal um die Erde gelaufen sind«, stellte ich fest und staunte ebenso wie Sophie.

»Hätte gedacht, das dauert länger«, bemerkte sie.

»Es gibt auch noch eine Variante, theoretisch jedenfalls. Bei der müsstest du so hoch springen, dass du zwölf Stunden nach oben steigst und zwölf wieder herunterfällst. In der Zwischenzeit hätte sich die Erde einmal um sich selbst gedreht«, grübelte ich und stellte mir vor, wie Sophie durch die Wolkendecke schoss.

»Und wenn ich durch die Erde durchfalle, wie lange dauert das?«, wollte sie wissen.

»Schlechte Idee«, kommentierte Philipp.

»Durch die Erde?«, lachte ich. Der Gedanke gefiel mir sehr.

Ich ließ den leeren Falafel-Karton auf die Erde fallen und sah ihm zu. Alles fiel mit der Gravitation und wirkte nach innen direkt zum Erdmittelpunkt.

»Fällst du durch einen Tunnel durch?«, fragte ich, und Sophie zuckte mit den Schultern.

»Ja, warum nicht.«

»Angenommen, es gibt einen Tunnel, der quer durch den Planeten führt, dann zieht die Gravitation dich zum Mittelpunkt. Du fällst immer schneller runter, und je näher du dem Mittelpunkt kommst, desto mehr lässt die Gravitation nach. Über dir türmen sich dann Steine aus zig Erdschichten, und es muss irgendetwas geben, das dich davor schützt, gegen die Tunnelwände zu schlagen. Sonst wirst du voll aufgerissen.«

»Und am Mittelpunkt?«, wollte Sophie wissen.

»Da heben sich die Kräfte auf.«

»Wie sieht das aus?«

»Du schwebst ... also du würdest schweben, wenn du nicht schon fallen würdest. Genau genommen fällst du auch nicht, sondern schießt durch den Erdkern, und ab da arbeitet die Gravitation gegen dich. Je weiter du dich dann vom Kern entfernst, desto stärker wirst du aufgehalten, bis du am Ende des Tunnels zum Stillstand kommst und mühsam aus dem Tunnel kletterst.«

»Schlechte Idee, das ist ja ...« Philipp brach seinen Satz wieder ab.

Den ganzen Tag schon überschlug er sich beim Reden oder ließ immer wieder Silben aus, wenn sein Gedanke nicht vorher schon abriss.

»Da müsste ich mich ganz schön festhalten, um nicht direkt wieder nach unten zu schießen. Und wie lange dauert das?«, fragte Sophie ungeduldig.

»Neunundvierzig Minuten dauert das, denke ich.«

»So kurz nur?«

»Genauso lang dauert es, bis du auf der Erde ankommst, wenn du aus einem Flugzeug fällst.« Ich zuckte mit den Schultern. »Und Gravitation ist überall gleich.«

»Außer am Kern«, widersprach sie. »Und wie lange dauert es, wenn wir zur Sonne laufen?«, löste Sophie plötzlich ein neues Bild bei mir aus.

»Weiß nicht. Die Route ist 384400 Kilometer lang.«

»Ja, und wie lange dauert das?«, stöhnte sie.

Angestrengt setzte ich meinen Kopf in Gang und wühlte mich durch das Chaos von Kilometern, Stunden und Jahren.

»Du läufst … zweiund …zwanzig Jahre.«

»Wieder acht Stunden pro Tag?«

Ich nickte.

»Da wäre ich dieses Jahr angekommen, wenn ich direkt nach meiner Geburt losmarschiert wäre!«, lachte Sophie. »Krasser Scheiß! Was meinst du, wen ich da getroffen hätte? Hmm? Vielleicht Gott?«

»Wieso denn Gott?«

»Na, wenn es Gott geben würde, wäre er auf jeden Fall ein Astronaut, oder nicht?«

»Ich würde lieber zum Uranus laufen«, bemerkte ich und sah Philipp an, der abwesend auf die wabernden Rauchwolken im Park starrte.

Unruhig sah ich wieder weg, er schien gedanklich selbst auf dem Uranus zu sein.

»Und wie lange dauert das?«, fragte Sophie.

»Keinen Schimmer, ich denke, ich wär tot, bis ich da bin.«

»Warum willst du dann hinlaufen?«

»Der hat vierundzwanzig Monde, und ein Jahr dauert achtundvierzig Jahre und vier Tage in unserer Zeit. Und er ist blau.«

»Da werden manche nur ein Jahr alt«, meinte Sophie.

»Andere nicht mal eins«, fügte ich hinzu, und das Bild von Oskars aufgehängtem Körper drängte sich wieder in meine Gedanken hinein. Ein wenig sah es aus, als hätte er sich selbst wie eine Jacke ausgezogen und seine Hülle an einen Haken gehängt. So wie etwas, das nicht mehr gebraucht wird. Wer weiß, vielleicht hatte er das auch.

9

Es dämmerte, und meine Knochen entspannten sich. Dunkelgraue Wolken bildeten sich im Süden der Stadt, während der Norden im Blauen lag. Ein Grollen fuhr durch den Himmel, es war nicht eines der Gewitter, die sich aufbrausend entluden, stattdessen rumorte es unentschlossen über der Stadt. Ein paarmal setzte ich an, die Entfernung von hier bis zu meiner Wohnung auszurechnen, nur um die Zahlen wieder fallen zu lassen. Es war der zweite Abend, an dem ich mich um kurz nach neun noch draußen befand anstatt in meiner Wohnung.

Der Park leerte sich, und auch wir zogen weiter durch die Straßen, einige Menschen eilten hastig vorüber, andere blieben stehen und schauten erwartungsvoll in den Himmel. Dahin, wo jeder viel zu wenig hinsah, während er durch den Tag jagte und sich fortwährend so ernst nahm, als spiele er tatsächlich irgendeine Rolle.

»Wusstest du, dass Krokodile bei Donner am meisten Sex haben?«, fragte ich Sophie, die ein paar Schritte vor Philipp und mir lief.

»Nö, ich kenne keine Krokodile. Und wie ist das bei Regen?« Sie drehte sich lachend zu mir um.

Philipp sah sie verwundert an und schüttelte den Kopf.

»Jetzt hörst du sie auch schon«, stellte er murmelnd fest und tippte mich an.

»Wen hör ich?«, fragte Sophie.

Sie drehte sich wieder nach vorne und stieß im selben Moment mit jemandem zusammen. Da war das Geräusch von einem Plastikdeckel, der von einem Kaffeebecher klappte, sein Inhalt ergoss sich über Sophies Oberteil und hinterließ einen hellbraunen Fleck in der Form von Italien. Zu dem Becher gehörte ein Mann in schwarzen Lederschuhen, er war kaum älter als wir und trug ein dunkles Jackett, dabei stand ihm der Schweiß auf der Stirn. Nur das Hemd darunter hatte er ein wenig aufgeknöpft.

»Bin ich etwa aus Glas, oder wie?!«, brüllte Sophie ihn an und rieb sich bei dem Versuch, sich zu säubern, den Kaffee immer tiefer in den Stoff.

Unwillkürlich musste ich lachen, sie war so wunderbar, wie ich niemals sein konnte.

»Wie soll ich das denn jetzt wieder rausbekommen, hm?«, positionierte sie sich breitbeinig vor ihm und klemmte ihre Arme in die Hüften.

Der Mann wischte sich mit einem Taschentuch hastig den Kaffee von den Schuhen, die auch etwas abbekommen hatten, rieb sich den Dreitagebart und reichte Sophie ebenfalls ein Taschentuch, das sie ihm aus der Hand riss.

»Wenn ich mich nicht irre, hast du mich …«, setzte er an.

»Ist das benutzt?«, fuhr sie ihn an.

»Ehm … nein. Natürlich nicht … ich …«

Sophie spuckte auf das Taschentuch, zog mit einer schnellen Bewegung ihr Shirt aus und rieb weiter darauf ein. Jetzt stand sie nur noch in ihrem BH da, der in ihre helle Haut einschnitt.

»Das … das tut mir leid, ich wollte nicht …«

»Ja, was denn?«, unterbrach Sophie sein Stottern. »Willst du mir jetzt noch erzählen, dass ich dran schuld bin?«

»Nein, das …«

»Das weiß ich doch selbst!«, stellte sie laut fest. »Ich habe ja schließlich nicht aufgepasst.«

»Tut mir leid.« Er blickte sie irritiert an, obwohl er keinen Grund dazu hatte. »Kann ich dir was ausgeben?«

»Nee, ich will nichts von dir!«, lehnte Sophie ab und streckte ihre Nase in die Luft.

»Ich dachte ja nur …«

»Lass stecken!«

»… ich wollte sowieso zum Kiosk dahinten«, beendete er hastig seinen Satz.

Er lernte schnell und hatte verstanden, dass er bei Sophie nicht warten durfte, bis er sich sicher war, was er sagen wollte.

Sophie kniff die Augen zusammen und musterte ihn.

»Wie du meinst. Auf ein Bier lass ich mich ein.« Sie zuckte mit den Schultern, woraufhin er an uns vorbei und ein paar Meter weiter auf einen Laden zusteuerte.

»Ach, und noch eine Tüte Chips und eine Packung Blättchen. Die blauen!«, brüllte sie ihm nach und drehte sich mit einem zufriedenen Lächeln zu uns um. »Brauchen wir noch was?«

Nach ein paar Minuten kam er mit schnellen Schritten wieder zu uns zurück und manövrierte die Chips als auch die Flasche von seinen Armen rüber in Sophies Hände. »Ich bin Stefan.«

Ungelenk machte er sich am Verschluss seiner Flasche zu schaffen.

»Ich bin auf dem Weg zu einer Party. Dahinten in dem Büro«, erzählte er uns, nachdem Sophie sich und uns vorgestellt hatte. »Da arbeite ich auch, und … begleitet mich doch.«

Sophies Ausdruck hellte sich auf, der von Philipp verdunkelte sich.

»Das müssen wir beraten«, erklärte er mehr uns als Stefan und schob uns den Bürgersteig entlang ein paar Schritte die Straße herunter.

»Willst du da etwa hin?«, fragte er Sophie.

Sophie brauchte gar keine Antwort zu geben, allein ihre in die Seiten geklemmten Arme zeigten, dass sie bereits dort war. Immerhin klatschte sie nicht vor Vorfreude in die Hände.

»Und du, Juli?«, sprach Philipp mich leise an, ohne Sophie aus den Augen zu lassen.

»Na ja … Spontaneität muss sorgfältig geplant werden«, antwortete ich und dehnte jedes einzelne Wort, als würde die Zeit dadurch langsamer vergehen.

»Das mit der Spontaneität muss ich dir noch mal erklären«, stellte Sophie lachend fest.

Philipps Blick wechselte entsetzt zwischen uns hin und her, mit den Händen verdeckte er kurz sein Gesicht und atmete tief ein. Als er sie wieder wegnahm, schien er überrascht zu sein, uns immer noch zu sehen.

»Das kann doch alles nicht wahr sein«, flüsterte er.

»Was zeigt denn der Kompass?«, wollte Sophie

wissen. »In welcher Himmelsrichtung liegt denn das Büro? Guck doch mal nach!«

Ich wühlte in meiner Tasche und stellte mir dabei alle Schreckensszenarien vor, die auf einer Party geschehen konnten. Allerdings hatte ich so wenig Ahnung vom Feiern, dass ich bereits bei den Parametern zur Risikobestimmung steckenblieb. Mit dem Finger auf der App aktivierte ich den Kompass und ahnte schon, bevor er aufleuchtete, dass das Büro im Norden lag.

Neben einer schmalen Treppe gab es einen breiten Aufzug, auf den wir einige Sekunden warteten. Als wir drinstanden, drückte Stefan den Knopf für den elften Stock. Der Aufzug fuhr nach oben und schob lautlos seine Türen beiseite, Stimmen drangen augenblicklich in die silberne Kammer und verdichteten sich zu einer Wand, die es mir schwermachte auszusteigen. An der Bürotür hing ein goldenes Schild, in das der Name »Agentur Clemens Junck« eingraviert war. Jeder Name sah auf Gold gut aus.

»Kommst du, Juli?« Philipp streckte mir seinen Gipsarm zum Festklammern entgegen, während wir uns von den anderen Gästen mustern ließen.

Der Raum war hoch, weitläufig und spärlich beleuchtet, da war ein Steinboden und eine Glasfront am Ende des Raumes. Messingfarbene Propeller, die aussahen, als hätte sie jemand von kleinen Passagiermaschinen abgeschraubt, reihten sich unter der Decke aneinander, jeder von ihnen mit dem Durchmesser einer Armlänge. Sie verteilten sich symmetrisch über die gesamte Fläche und rotierten langsam. Links in der Ecke wippte ein DJ hinter seinem Pult auf und ab, rechts in der anderen befand sich eine improvisierte Bar. Dahinter war ein Gang, der zu einem weiteren großen Raum führte. Dieser lag im Dunkeln, und durch das Licht des Eingangsbereichs, in dem wir standen, waren darin lediglich die ersten paar Schreibtischreihen eines Großraumbüros zu erkennen.

Der ruhigste Fleck im Raum war in der Mitte zwischen Eingang und Großraumbüro, ich ließ Philipp stehen und wich auf dem Weg dorthin jeder Bewegung aus, um niemanden zu berühren. Dann schaute ich in die gewaltige Fensterfront, in der sich die Gäste spiegelten.

Ich sah sie, und mir wurde schlecht. Sie ordneten sich wie in einer Herde an. Tiere taten das, um besser geschützt zu sein, Flamingos zum Beispiel. Dann war die Chance höher, Feinde zu erkennen. Feinde, das waren stärkere Tiere, hier waren sie etwas ganz anderes. Auch Fliehen war innerhalb einer Herde einfacher. Flamingos flohen im Kollektiv, indem sie sich wie ein einzelner großer Vogel bewegten. Auch die Gäste bewegten sich so, jeder folgte dem vor sich und hielt die Geschwindigkeit desjenigen neben sich.

Wörter füllten den Raum immer weiter und vermengten sich, bis wir hüfthoch drinstanden. Ich war weder sicher, was die Leute sagen wollten, noch ob sie überhaupt miteinander redeten. Sie bewegten sich durch geklaute Phrasen und rannten durch Begriffsruinen.

Eine der unausgesprochenen Regeln war anscheinend, mit möglichst vielen Worten möglichst wenig zu sagen und dieses Verhältnis über Stunden aufrechtzuerhalten. Im Knigge hatte ich gelesen, dass aufmerksames Zuhören als auch Fragenstellen zum guten Ton gehörten. Allerdings durften sich die Fragen weder auf persönlichem, politischem oder beruflichem Terrain bewegen. Übrig blieb ein Spektrum aus Belanglosigkeiten, und während Diskussionen einen Inhalt hatten, war das hier ein verbales Flanieren ins Nirgendwo.

Auf einer anderen Seite des Knigge wurden die gesellschaftlichen Mechanismen beschrieben, mit denen man sich seines Gesprächspartners gnadenlos elegant entledigte. Der Klassiker war der Weg zur Toilette, eine andere Variante war das Verwickeln einer dritten Person ins Gespräch, um sie gegen sich selbst einzutauschen und rücksichtslos zurückzulassen.

Ich sah zu Philipp, er stand immer noch am Eingang. Dann drehte er sich mehrmals ein Viertel um seine eigene Achse und wandte sich abrupt ab. Ein irritierter Ausdruck blieb in seinem Gesicht hängen, der auch nicht verschwand, als sich unsere Blicke trafen und er mich zu sich heranwinkte. Ich war noch nicht bereit, meinen Posten aufzugeben, noch lieber hätte ich im Fahrstuhl gewartet, bis alle fertig waren mit dem, was sie hier taten.

»Ich muss dich das einfach fragen … woher hast du diesen Pullover?«, trat jemand unbefugt in meinen Bereich. Sie trug ein bunt schillerndes Top, an jedem ihrer Finger steckte ein Ring, und sie betrat mein Terrain nicht nur, sie fasste mich an und strich mit ihrer Hand über meinen Arm.

Mit einer schnellen Bewegung zog ich ihn von ihr weg und ging zwei Schritte zurück. »Aus der Pyjamaabteilung.«

Sie lachte.

»Das ist kein Witz«, erklärte ich, und ihr Lachen blieb einen Moment stumm im Gesicht hängen, bevor es verschwand.

»Wieso das denn?«, fragte sie irritiert.

»Ist weicher.«

»Ja, aber das ist doch die falsche Abteilung«, entgegnete sie. »Das geht doch nicht am Tag. Draußen. Warum nicht aus der anderen?«

»So fühlt es sich an, als würde ich nur schlafwandeln«, antwortete ich.

Während sie wieder Luft holte, atmete ich ebenfalls tief ein und verließ meinen Posten. Philipp stand breitbeinig da und hielt beide Arme balancierend von seinem Körper weg.

»Alles in Ordnung? Willst du was trinken?«, fragte ich ihn.

»Ja, ich trinke dasselbe, was du trinkst. Nur keinen Salat«, sagte er.

Irritiert holte ich ihm ein Glas Wasser und hielt es ihm hin. Er stürzte es runter. Seine Augen schienen zu schwimmen und blieben keine zwei Sekunden auf einem Fleck.

Später entdeckte ich Sophie in derselben Herde, in der wir standen, eine der anderen Frauen lachte. Kein richtiges Lachen, sondern eins, das immer gequälter klang, bis es abrupt endete. Als Einzige der Gruppe saß sie auf einem Barhocker und spuckte im Hundertachtzig-Grad-Winkel Bemerkungen aus. Sie redete nur, um die Stille zu stören.

Auch wenn ich wenig von Menschen verstand,

passierte es oft, dass mich ein Blick oder ein Lachen berührte und lange nachhallte, dieses Lachen gehörte nicht dazu. Mit dem Daumen wischte sie ein Bild nach dem anderen auf ihrem Telefon von rechts nach links. Sie am Strand, sie in einer Umkleidekabine, sie vor einem Auto, sie vor etwas, das wie das Kolosseum in Rom aussah. Zufrieden blickte sie auf die Welt, vor der sie sich ständig selbst im Weg stand, und sobald niemand hinsah und keine Kameras auf sie gerichtet waren, erschlafften ihre Gesichtszüge müde.

Ebenso wie einige andere in diesem Raum wirkte sie wie ein Mutant. Zusammengesteckt aus Schuhen, Klamotten und Accessoires, von denen jedes einzelne ihr eine andere Identität versprochen hatte. Sie war wie hysterisch mit Dingen ausgerüstet. Das sah aus wie Raffgier, war aber keine. Nichts war emotionaler als eine Bestellung per Expressversand, um jemand anderem zu gefallen.

Kaum jemand wollte hier normal sein, auch nicht irre, sondern individuell, doch je vielfältiger die Welt wurde, desto schneller schlichen sie geduckt zum gefälligen Durchschnitt zurück. Auf der Suche nach ihrer Individualität machten sie sich gleich und waren kaum voneinander zu unterscheiden, jeglicher Eigensinn war übermalt, kaschiert und versteckt. Toll war, was alle toll fanden, für mehr reichte es nicht, und was übrig blieb, war ein bestückter Körper, der mit nervösem Blick und Händen, die kontinuierlich Uhr, Haare und Kleid geraderückten, ablenken wollte. Dabei hörte man einiges, sobald man nicht mehr auf andere hörte.

»Weißt du, ich liebe diese Uhr einfach«, sagte sie, steckte ihr Handy in den glitzernden Brustbeutel, der um ihren Hals hing, und wandte sich ihrer Freundin zu, die dasselbe Outfit wie sie trug.

Beide strichen sanft über das goldene Gehäuse. Liebe war fürchterlich schwer zu verstehen, ich liebte Apfelkuchen, doch er liebte mich nicht. Er lehnte mich auch nicht ab, er tat gar nichts, weil er ein Apfelkuchen war. Bei Menschen war das ganz anders, sie konnten etwas zurückgeben, gleichzeitig machte sie das auch gefährlich. Jeder durfte beurteilen, was gleichzeitig bedeutete, dass auch jeder beurteilt wurde. Das war die Angst, bewertet zu werden, und das war das Blöde an der Freiheit.

»Na, was geht?«, fragte mich ein Schöner mit markanten Zügen. Mit diesen blauen Augen musste das Leben leichter sein, schoss es mir durch den Kopf. Statt ihm ins Gesicht zu sehen, sah ich ihn mir in der Spiegelung der Scheibe an und wollte über das Meer reden, die Lügen, die wir uns erzählen, und über das, was ihn nachts wachhielt. Ich wollte wissen, wann es gut war, schlecht zu sein, und was ihn erschütterte. Es interessierte mich nicht im Geringsten, was ging, also schwieg ich.

»Es ist ganz schön warm heute«, setzte er erneut an.

Ich musterte ihn weiter, unschlüssig, ob ich die Knigge-Toiletten-Regel anwenden und ihn stehen lassen oder ob ich doch etwas fragen sollte.

»Und wie geht es dir damit?«, sagte ich schließlich. Das fragte Herr Seininger immer. Nicht nur mich, sondern auch die anderen Patienten, während sie in der Küche standen und Gemüse für das Mittagessen schnitten. Vielleicht funktionierte das auch bei anderen Menschen an anderen Orten.

»Eigentlich ganz gut«, lachte er und griff sich zum dritten Mal an die Nase.

»Eigentlich« war ein Wort, das alles, was neben ihm stand, über den Haufen schmiss.

»Und welche Lügen erzählst du dir noch?«, wollte ich von ihm wissen und lächelte ihn an.

Irritation fuhr wie eine Fehlschaltung durch sein Gesicht, zuckte und verklebte seinen Ausdruck, als hätte sein System für einen Moment sein Programm verloren.

»Das … ehm … was?«

»Arbeitest du hier?«, verwischte ich meine erste Frage. Die Spannung wich aus seinen Schultern, die zweite Frage schien in sein Spektrum zu fallen, dennoch benutzte er lediglich das Mindestmaß an Wörtern, die ein Satz benötigte.

»Ja, seit einem Jahr.«

Ich sah, dass ihn meine erste Frage immer noch durcheinanderbrachte, und fragte mich, ob seine blauen Augen etwas Besonderes konnten. Ich stellte mir gerne vor, dass jeder so etwas wie seine eigene Superkraft besaß. Seine Gesichtszüge ähnelten Superman, dem Außerirdischen, der 1938 in die Vereinigten Staaten eingewandert war. Er konnte eine Menge und hatte ebenfalls blaue Augen. Er war schnell, konnte Felsen durch die Gegend werfen, hatte einen Röntgenblick, flog, und solange ihm niemand mit Kryptonit begegnete, besiegte er jeden. Weltweit und auch intergalaktisch. Wenn ich mir eine übermenschliche Fähigkeit hätte aussuchen dürfen, wäre es Fliegen gewesen, dafür hätte ich mir sogar einen Sturzhelm gekauft. Einen blauen mit jeweils einem silbernen Blitz auf den

Seiten. Trotzdem lief es auch bei Superman immer auf dasselbe hinaus. Unverwundbare Helden droschen auf ihre Gegner ein, bis sie dem Erdboden gleichgemacht waren. Es war einfach und unbeschwert, es gab die Guten und die Bösen.

In der Realität war das anders, manchmal wurden Gegner zu Opfern und Helden zu Widersachern. Manchmal war es so vertrackt, dass kaum einer wusste, wer gut und böse war. Der ideale Held, so wie ich ihn mir vorstellte, konnte niemanden einfrieren, er konnte auch nicht durch Wände gehen. In seiner Gewöhnlichkeit nahm mein Held es mit dem schwierigsten Gegner auf, den es gab. Mit sich selbst.

Was meine eigene Superkraft war, wusste ich nicht, manchmal fühlte Dranbleiben sich schon gut an.

»Ich habe mir den Job eigentlich anders vorgestellt«, hörte ich den Schönen sagen.

Ich nickte und wusste nicht, wie lange ich abgedriftet war und wann er wieder zu reden begonnen hatte.

»Anstatt meine Arbeit machen zu können, schreibe ich täglich mindestens sechsundzwanzig Mails. Ich beginne jede davon mit ›Lieber Herr Junck‹, dabei müsste da etwas ganz anderes stehen. Seit vier Monaten erstelle ich nur noch Power-Point- Präsentationen.«

Er hatte einen Job, der beschädigte, anstatt zu beschäftigen.

»Aber der Job wird schon noch gut und …«

»Hallo!«

Ein Typ im weißen Hemd tätschelte seine Schulter, er war kein Teil des Schwarms, auch nicht ihr Futter. Für die Abweichungen hatte ich schon immer einen Sensor.

»Wie geht es euch?«, fragte er, ohne eine Antwort hören zu wollen. »Wir kennen uns noch nicht, richtig? Ich bin Clemens«, stellte er sich vor und gab mir seine Hand.

Sie legte sich geschmeidig in meine, behielt sie fest im Griff und verharrte einen Moment zu lang, während er mich ebenso genau musterte wie ich ihn.

»Ich bin Juli.«

Er gab sich keine große Mühe zu gefallen, er wusste längst, dass er es tat.

»Du hast schon von mir gehört …«, stellte er zufrieden fest.

»Nein, dein Name steht unten auf dem kleinen Schild, und …«

»Hast du das schon probiert?«, fiel mir Sophie ins Wort und hielt mir ihren Teller unter die Nase.

»Noch nicht, nein.«

»Der ist ja 'n richtig großes Tier!«, flüsterte Sophie und warf sich zwei ihrer Irrenpillen in den Mund.

»Hoch. Ein hohes Tier«, tauchte Philipp hinter ihr auf, und als Clemens ihn stirnrunzelnd musterte, fügte er noch lauter hinzu: »Niemand ist ein hohes Tier, weil er einen Haufen Menschen um sich versammelt.«

»Nicht?«, fragte Sophie.

»Um Scheiße schwirren auch eine Menge Fliegen«, bemerkte er schlicht, um sich abzuwenden und zu verschwinden.

»Und ich …«, fuhr Clemens fort, was Sophie wiederholt ignorierte, um ihre Begeisterung für das Essen kundzutun.

Es musste Jahre her sein, dass ihn jemand unterbrochen hatte. Mit zerknirschtem Ausdruck musterte er seine anderen Gäste.

»Wie gefällt dir meine Party?«, nutzte er später eine stille Sekunde, in der sich Sophie den Mund vollstopfte.

»Die Bar ist farblich komplementär organisiert, die Pflanzen dahinten gefallen mir, und auf der Toilette gibt es dieselbe Seife, die ich in meinem Bad stehen habe. Das Licht hier im Raum ist gelungen, besonders gefallen mir auch die Gläser und die Aussicht auf den Himmel«, antwortete ich.

»Ich meine die Menschen«, sagte Clemens.

»Ach die … hmm …«

»Wofür interessierst du dich?«, wollte er wissen, während er Sophie zusah, die mittlerweile am anderen Ende des Raumes ausgelassen mit ihrem Teller in der Hand zur Musik umherwirbelte.

»Für Dinge.«

»Du meinst Kunst?«, wollte Clemens wissen.

»Nein, also ja. Auch. Dinge eben.«

Wir durchquerten die Eingangshalle, und ich war damit beschäftigt, nach Philipp zu suchen, er stand bei einer Mutantin. Vielleicht war es die mit dem Brustbeutel, vielleicht auch eine andere. Seine Haltung hatte sich verändert, doch ich konnte es immer noch nicht einordnen. Das war nicht das Einzige, was mich irritierte. Während Clemens und ich einen Zwischenstopp an der Bar einlegten, stellte ich mir die beiden vor. Philipp stand vor ihr, schob ihr Kleid hoch und küsste sie. Stirnrunzelnd konzentrierte ich mich auf die glatte Oberfläche der Bar und wollte diese Gedanken vehement zur Seite schieben. Ich sah nur noch einmal hin, um sicherzugehen, dass sie immer noch angezogen voreinander standen. Das taten sie.

»Komm, ich zeig dir was«, unterbrach Clemens meine Gedanken.

Ich knallte mein leeres Glas auf die Bar und folgte ihm durch den Gang, der hinter der Bar in das Großraumbüro führte. Im Vorbeigehen knipste er einige der Schreibtischlampen an, anstatt das Deckenlicht anzuschalten. Weiße Post-its standen wohl für Produktivität und hafteten wie Wellen an den weißen Backsteinwänden. Zwischen Zeitplänen und Kunstdrucken standen Pflanzen, die gemäß des Trend-Radars vertikal statt horizontal wachsen mussten. Ich bohrte meinen Finger zwischen einige ihrer Blätter, eine dünne Schimmelschicht hatte sich auf der Erde neben den Wurzeln gebildet. Auch sie war weiß.

Clemens lief auf einen Tisch am Ende des Raumes zu. Anders als die anderen Arbeitsplätze hatte dieser keine Nachbarn und war durch zwei Glaspaneele von den anderen abgetrennt. Die dritte Wand bildete die Fensterfront und die vierte eine Steinmauer, an der drei überdimensionale Fotografien hinter dem Schreibtisch hingen. Die Tischbeine waren aus Chrom und hielten eine Glasplatte, auf der ein Laptop sowie ein Stift lagen. Im akkuraten Winkel parallel zueinander. Mit dem ersten Schritt hinein schaltete sich das Licht ein und zeichnete uns deutlich in der Glasscheibe ab, während die Stadt dahinter erlosch.

Clemens lehnte sich gegen eins der Bilder. Sie waren alle eine Fläche tiefen Blaus. Dieses eine war mit einem trüben Himmel ausgefüllt, der in ein flimmernd schäumendes Meer überging. Fast konnte ich das Geräusch der Brandung hören. Das klang wie auseinanderberstendes Holz. Tausende Sturmtaucher und Beringmöwen trieben im Wind als auch auf der Wasseroberfläche, die böig in Wellen lag. Zwischen ihnen waren Schnauzen und Finnen von Buckelwalen zu sehen, die teilweise aus dem Ozean ragten und Wellen warfen. Diese schäumten weiß, gleichzeitig brachten meine Gedanken sie in Bewegung, so dass sie rauschend ineinanderwogen. Ich wusste, was das war. Das Bild war einige Kilometer vor Akutan Island, Teil einer Inselkette zwischen Asien und Amerika, geschossen worden. Jedes Jahr fanden sich dort innerhalb eines Tages mehr als fünfhundert Buckelwale sowie tausende Vögel ein und verschwanden nach wenigen Stunden wieder, als sei nichts geschehen. Keiner von ihnen traf sich zufällig, sie jagten einen Schwarm, der unter Wasser war und auch nur einmal im Jahr zusammenkam.

»Fressen oder gefressen werden«, fasste Clemens das Bild zusammen und setzte sich auf den Schreibtisch.

»Und du frisst, nehme ich an?«, fragte ich ihn und nahm das Glas, das er mir reichte. Er musste es an der Bar mitgenommen haben.

»Ich habe schnell verstanden, dass ich nur bestehen kann, wenn ich mir nehme, was ich will, und seitdem bekomme ich es auch.«

Ich sah das Bild noch mal an, und mir wurde kalt. Clemens zuckte mit den Schultern und nahm einen Schluck aus seinem eigenen Glas.

»Und wenn es mal nicht klappt?«, fragte ich.

»Dann ändere ich die Spielregeln. Ich richte mich

doch nicht nach irgendwelchen unsinnigen Regeln und Gesetzen«, sagte er.

»Einfach so?«, fragte ich.

»Mit jedem Mal merkst du, wie einfach es ist. Und weißt du, warum?«, fragte er und redete direkt weiter. »Weil niemand nachdenkt. Die Leute folgen den Abläufen, die sie gelernt haben, und weil sie die gelernt haben, vertrauen sie darauf, dass diese schon richtig sind. Sie richten sich darin ein, machen es sich gemütlich.« Clemens schlang seine Arme um seinen Oberkörper, als würde er sich in eine Decke wickeln. »Bis sie nicht einmal mehr nachfragen, und wenn du das erst einmal verstanden hast, gehört dir die Welt.«

Er stürzte den Rest seines Drinks herunter und holte aus der Schreibtischschublade eine weitere Flasche heraus, während ich mich fragte, wann er mir die rote oder die blaue Pille anbieten würde.

»Weißt du, es gibt nur eins, was die Leute wollen.« Er schmiss den Deckel der Flasche weg und nahm direkt einen Schluck, bevor er sich sein Glas wieder auffüllte. »Illusionen. Das ist das, was sie wollen. Vielleicht auch das Einzige, wodurch sie sich besser fühlen.«

»Du tust das also für andere«, fragte ich mehr als festzustellen und probierte von der hellbraun schimmernden Flüssigkeit in meinem Glas. Es war Whiskey, ich mochte keinen Whiskey und begann mich zu langweilen.

»Vielleicht. Das kann passieren.«

»Und wenn dich jemand hindert?«

»Dann bringe ich ihn um«, entgegnete Clemens schlicht. Er zuckte mit den Schultern und ließ seinen Whiskey kreisen.

»Womit?«, fragte ich zögernd, um keine Stille entstehen zu lassen, und genauso gelassen, wie er die Frage zuvor beantwortet hatte, sagte er: »Gift. Ich bin ja kein Monster.«

Ironie war etwas, das ich noch nie so richtig verstanden hatte, deswegen merkte ich mir andere Dinge dazu. Der Tonfall änderte sich von einer konstanten Linie zu einem flatterhaften Streifen, der Körper knickte für einen Moment ein, bevor er sich wieder anspannte, und die Augen blickten kurz nach oben. Die von Clemens taten das nicht, er saß genauso unverändert auf der Schreibtischkante wie vor wenigen Sekunden, und auch sein Tonfall schlug keine Wellen.

»Fühlst du überhaupt was?«, platzte es aus mir heraus, nachdem ich beschlossen hatte, das Thema zu wechseln.

»Du meinst so etwas wie Freude, Liebe und Kontrolle?«

Ich nickte und fragte mich, in welchen Maßen ich das überhaupt tat. Clemens antwortete, bevor ich selbst eine Antwort darauf hatte.

»Emotionen machen schwach, guck dir die Leute doch an. Jedes Gefühl macht sie zu Schwachstellen, wodurch sie noch einfacher zu lenken sind. Sie sind Feiglinge. Warum sollte ich mich damit beschäftigen?«

Ich entschuldigte mich und verschwand auf die Toilette, lehnte mich gegen die Fliesen und atmete tief ein. Ich wusste manchmal selbst nicht, warum ich mich mit diesen ganzen Gefühlen beschäftigen sollte.

Die zwei Kabinen vor mir waren leer, auch an den Waschbecken, die durch eine lange Marmorplatte verbunden waren, stand niemand. Ich setzte mich auf den Marmor und wühlte nach dem Roboter in meiner Tasche. Der Brief von meiner Mutter fiel heraus und rutschte unter eine der Toiletten. Eine Sekunde lang wollte ich ihn dort liegen lassen, sollte ihn doch ein anderer lesen.

Während der Roboter aus meiner Tasche zum Spiegel lief, öffnete ich ihn doch. Meine Kehle begann zu schmerzen, gleichzeitig hörte ich die gewohnten Pfoten auf den Fliesen herantapsen, und eine Schnauze tippte gegen meine baumelnden Füße.

Auf einmal konnte ich nicht mehr warten. Vor drei Monaten hatte ich den Umschlag in meinem Briefkasten gefunden, nun riss ich ihn auf und faltete hastig den Zettel darin auseinander.

Liebe Juli, …

So fing die erste Zeile an. Das Papier war genauso dicht beschrieben wie das der letzten Briefe. Mein Blick rutschte in den letzten Absatz, der war immer der Wichtigste.

… und hast uns sehr enttäuscht. Wir hoffen, dass diese schwierige Phase bald vorbei ist, und wünschen dir alles Gute.

Mit zitternden Händen zerknüllte ich das Papier, warf es quer durch den Raum. Der Brief prallte gegen die Wandfliesen und rollte erneut unter eine der Toiletten.

»War dir die Schlange vor dem anderen Klo auch zu lang?« Sophie kam mit einem Drink in der Hand durch die Tür und versuchte, sie umständlich zu schließen.

Die Klinke schnappte immer wieder nach oben und rastete nicht im Rahmen ein.

»Dann eben nicht!«, lallte sie.

Sie ließ sie offen stehen und blickte sich um. Die Farbe um ihre Augen war verschmiert, auf den Oberlidern klebte Wimperntusche. Insgesamt wirkten sie dunkler als zuvor.

Ich nahm ihr den Drink aus der Hand und warf den Strohhalm ins Waschbecken. Dann stürzte ich das Zeug in einem Zug runter.

»Eben waren deine Augen noch nicht so dunkel«, stellte ich fest. Sie nickte mir grinsend zu, während sie Wasser über ihre Arme laufen ließ.

»Sieht schön aus, vorher sahen sie viel kleiner aus.«

»Jedem anderen würde ich eine reinhauen für so ein bescheuertes Kompliment«, erwiderte sie lachend und nahm ein paar Schlucke aus dem Wasserhahn.

»Ich möchte nicht hierbleiben, ich weiß nicht, was ich hier tun soll«, sagte ich. »Was wird hier überhaupt gefeiert? Niemand hat Geburtstag, ich glaube, diese Party findet gar nicht statt, weil es etwas zu feiern gibt. Diese Party gibt es nur, weil die Menschen da sind.«

Sophie taumelte auf mich zu und hielt sich mit beiden Händen an meinen Ohren fest.

»Du sollst ja auch nicht feiern. Zerstreu dich, das ist das Einzige, worum es hier geht.«

Sie ließ von meinem Kopf ab und steuerte erstaunlich senkrecht aus der Tür heraus. Oft war Sophie viel klüger als ich, auch diesmal hatte sie recht. Niemand wollte über sich und die Welt, in der wir zusammenstanden, nachdenken. Niemand tat das, weil es ihm so gut gefiel, sondern weil er etwas suchte, das ihn endlich um den Verstand bringen und seine Leere füllen würde. Und während die Welt uns den Sinn, den wir suchten, vorgaukelte, ging jeder an dem Mangel an echter Verbundenheit in die Knie. Bevor ich rausging, hob ich den Brief wieder auf, strich ihn glatt und steckte ihn ein.

10

»Hattest du schon einmal Angst?«, wollte ich von Clemens wissen, als ich in sein Büro zurückkam.

Er sah mich so überrascht an, als wenn er nicht einmal den Begriff kennen würde.

»Das ist eine ganz schön persönliche Frage«, sagte er zunächst.

»Was ist die Antwort?«, fragte ich.

»Nein, eigentlich nicht.«

Ungläubig starrte ich ihn an und wusste, dass er verrückt war. Auch wenn ich in der Klinik war und er nicht. Er war es, das wusste ich einfach. Oder war ich verrückt und hielt ihn für verrückt, weil er normal war? Ich ließ meinen Blick über seine Mimik wandern und suchte wieder nach den Anzeichen einer Lüge. Er sagte die Wahrheit oder hielt es für die Wahrheit.

Beides beeindruckte mich massiv, und ich stellte mir vor, wie ich ihn auf einer Wüstenexpedition finden würde als ein Relikt aus längst vergangenen Zeiten. Überzogen mit Sand und schon halb verschwunden unter einer Düne. Ich würde mein Messgerät an ihm anbringen und den Anteil seiner Angst ausmessen, woraufhin die Nadel bis über die Minusskala ausschlagen und das Glas sprengen würde, während ein Sandsturm über uns tobte.

Bei mir sprengte die Nadel das Glas ebenfalls. Nur

über die Plusskala hinaus. Feigheit war so viel einfacher, viel zu einfach, sie zersetzte mich, als wenn mein Charakter in einer Petrischale gelandet wäre. Dort vermehrte sich Feigheit zu Kolonien und wurde allmählich ein Teil von mir, indem sie sich bis in die letzte Zelle festsetzte und an jedes Organ klemmte.

»Kann mich nicht dran erinnern«, schüttelte Clemens den Kopf.

»Zweifel?«

»Nein.«

»Skrupel?«

»Auch nicht.«

»Was dann?«, fragte ich.

»Langeweile«, entgegnete er.

»Und Schuld?«, wollte ich wissen, und er zögerte.

»Wenig.« Er zuckte mit den Schultern. »Die Leute lassen sich ja alles gefallen, um zu gefallen.«

Damit hatte er recht, auch ich hatte mich angepasst, um akzeptiert zu werden. Dass ich mich dabei immer weiter von mir entfernt hatte, war mir nicht einmal aufgefallen.

»Ich bin eben ein Held«, lachte Clemens, dann trank er einen Schluck Whiskey.

Vielleicht stimmte das sogar. Helden waren die, die ungeachtet dessen, was sich gehörte, taten, was sie wollten. Bis dahin erfüllte Clemens die Kriterien. Helden waren auch nicht feige. Aber war er wirklich furchtlos, wenn er im Grunde gar nichts empfand? Ich bewunderte und bestaunte ihn wie eine seltene Tierart, die so giftig war, dass sie besser niemand berührte.

»Für einen Helden fehlt dir was.«

Clemens verdrehte die Augen und stöhnte auf, bevor er anfing zu lachen.

»Und was bin ich dann?«, fragte er und stellte sich nah vor mich, so dass ich seinen Atem in meinem Gesicht spüren konnte. Ich starrte auf seinen Hals und hörte mein eigenes Blut durch die Adern rauschen. Unsicher schielte ich an ihm vorbei, raus aus dem Fenster. Er machte das gut. Jetzt fühlte ich mich verrückt.

Ohne mich aus den Augen zu lassen, leerte er sein Glas und drehte sich zur Flasche um, die immer noch auf dem Schreibtisch stand. In der nächsten Sekunde holte er aus, schnell kniff ich meine Augen zusammen, es klirrte, und ich spürte nichts.

Als ich die Augen öffnete, sah ich die Platte des Bürotisches, die zu Scherben zerbrochen war. Nur das Whiskeyglas, das in der Splittermenge lag, war ganz geblieben. Ich starrte so lange drauf, bis ein weiteres Krachen mich rausriss, Clemens hatte einen der Stühle, die im Raum standen, in die Fensterfront geworfen. Er prallte ab und ließ die Glasscheibe unbeeindruckt zurück.

»Hältst du mich für ein Arschloch?«, fragte er. Seine Stimme war ruhig, während die Scherben unter seinen Füßen knackten.

Rasend schnell spulte sich in meinem Kopf eine Bilderreihe aus allen Arschlöchern ab, die ich bisher gesehen hatte. Keine Synonyme, sondern die aus Venen, Blut und Nerven. Ich hatte gelernt, dass sich Ärsche, Löcher und Schwänze so gut zum Beschimpfen eigneten, weil sie tabu waren, auch wenn ich nicht verstand, warum es so oft den eigenen Körper traf. Letztlich konnte man auch mit Scheiße niemanden mehr schockieren.

»Ich halte dich nicht für ein Arschloch«, sagte ich.

»Nein?«

»Nein.«

Während er das fragte, kniete er sich in die Scherben und fuhr sich mit einer quer über die Handfläche. Sie ritzte seine Haut auf und drang langsam in sein Fleisch ein. Blut rann von seiner Hand und hinterließ kleine Sprenkel auf den weißen Dielen.

»Ich halte dich für einen lückenhaften Psychopathen.«

Sein Mund verzog sich zu einem Lächeln, der Titel gefiel ihm. Psychopath war das falsche Wort, jeder verknüpfte damit den zähnefletschenden Kettensägenmörder, der getrieben durch die Vorgärten rannte, doch das war der geringste Teil des Spektrums. Das war der Teil, der Klischees und den Verkauf von Kinokarten antrieb, doch kaum jemand begegnete diesem Typus jemals. Dem gegenüber dagegen weitaus öfter. Da stand ein Part, von dem jeder mindestens fünf kannte und sie heimlich bewunderte. Sie hatten das, was alle wollten, und sie fürchteten sich vor nichts. Weil sie gar nichts fühlten.

Clemens hockte immer noch in den Glasteilchen, ich war nicht sicher, wie lange ich abgedriftet war. Meine Gedanken pendelten ins kleine Ärztezimmer und holten das *Diagnostische und Statistische Manual psychischer Störungen* hervor, in der Mitte schlugen sie es auf.

Im Kleingedruckten stand, dass das Wort Psychopath 1952 durch »soziopathische Persönlichkeit« und später durch »dissoziale Persönlichkeitsstörung« ersetzt worden war. Das klang weniger nach Mord.

»Ein lückenhafter Psychopath. Was ist in der Lücke?«, fragte Clemens.

Ich zuckte mit den Schultern und nahm einen Schluck vom Whiskey.

»Das Gegenteil eines Psychopathen.«

»Und was ist das Gegenteil?«

Wenn es um das Gehirn ging, gab es mehr Wörter für das Absurde als für das, wie es sein sollte. Ich war mir nicht einmal sicher, ob ein Gegenteil existierte. Bei anderen Organen wie Lungen, Herzen und Augen war es einfach abzugrenzen, was gesund und was krank war. Und was war ein gesunder Mensch in einer kranken Gesellschaft? Vielleicht waren psychische Anomalien genauso menschgemacht wie Monogamie. Es existierte keine klare Abgrenzung zwischen krank und gesund, alles, was es gab, waren Grauzonen, und dieses Terrain war komplex.

»Hier bist du.« Philipp erschien in der Tür, er war allein. »Ich habe dich gefunden«, stellte er schlicht fest und warf einen Blick durch den Raum. Er blieb weder an Clemens hängen, noch schien ihn die Szenerie, in der wir standen, zu irritieren. Stattdessen kehrte sein Blick zu mir zurück und blieb an mir haften.

»Das ist Philipp«, stellte ich beide einander vor. »Und das ist Clemens.«

Sie nickten sich ausdruckslos zu.

»Ich bin mit Philipp und Sophie hierhergekommen«, erklärte ich weniger, um etwas mitzuteilen, als um etwas zu sagen.

»Das Mädchen, das keine Pause kennt?«, fragte Clemens.

Ich nickte und sah raus, hoch zu den dunklen Wolken, die mittlerweile über dem Bezirk angekommen waren.

»Wie nett«, entgegnete Clemens, er langweilte sich. »Woher kennt ihr euch?«

»Wir haben uns diese Woche in der Klinik kennengelernt«, sagte ich.

»Als Patienten?«

»Als Patienten«, antwortete ich und sah, wie Philipp die Augen verdrehte, bevor er etwas murmelte, das sich so anhörte wie Gedankenverratsumtausch.

»Welche Abteilung?«, fragte Clemens.

»Psychiatrie«, antwortete ich und achtete darauf, dass sich mein Gesichtsausdruck dabei nicht veränderte.

»Psychiatrie … nett.« Er musterte mich noch mal, diese Information hatte etwas verändert. »Ihr seht gar nicht so irre aus.«

»Wir sind besonders begabte Verrückte«, erwiderte ich.

»So was wie Genies?«

»Nicht ganz.«

Wie überall gab es auch unter den psychischen Störungen Hierarchien, auch die waren aus Mythen, Klischees und Geschichten von jemandem, der jemanden kannte, entstanden. Betroffen war niemand. Da gab es zum einen die Funktionalität. Wer arbeiten gehen konnte, galt als funktional, und dann war da noch die Diagnose. Depressive, die den größten Anteil in den Kliniken als auch in der Bevölkerung ausmachten, standen an der Spitze der Pyramide. Die waren eigentlich gar nicht so verrückt und hatten nur eine schlechte Zeit, dementsprechend verblasste die Diagnose in der Akte nach und nach, sobald sie wieder aus der Klinik waren.

In der Mitte der Pyramide befanden sich die Diagnosen Anorexie, wie Mia sie hatte, als auch bipolare Störungen so wie bei Sophie. Dann noch die Borderliner, alle mit ADHS und die Autisten. Jeder mit einer dieser Diagnosen galt als vorübergehend verrückt und integrierbar.

»Ich … äh …«, raunte Philipp und zog eine Grimasse.

Clemens legte den Kopf schräg und blinzelte.

»Nur der ist nicht mehr richtig zu gebrauchen, oder?«

Am Boden der Pyramide lagen dagegen die Diagnosen Schizophrenie als auch dissoziative Persönlichkeitsstörungen. Das waren die, die in keine Normalität passen wollten, und richtig verrückt wurde es, wenn die Symptome sich nicht an die Diagnose hielten und quer durch die Pyramide tobten.

Der Whiskey war stark, ich spürte ihn immer mehr. Clemens schenkte mir nach, und ich sah zu, wie die Flüssigkeit aus der Flasche rann. Philipps Gesicht verblasste ein wenig hinter dem Qualm seiner Zigarette, der auch sein Gemurmel ein wenig schluckte. Es war so leise, dass ich besser hören konnte, wie er den Rauch ausblies, als das, was er sagte. In seinem Gesicht lag nichts mehr von der Ruhe, die ich die Tage zuvor an ihm beobachtet hatte. Stattdessen sah ich etwas Unkoordiniertes und Wackliges in seinen Zügen. Auch sein Gang hatte sich verändert, er war hektisch, und jede Bewegung schien einem imaginären Quadrat zu folgen. Unerwartet drehte er sich um und schob mich mit seinem Gipsarm aus dem Büro hinaus.

Erst jetzt sah ich, dass auf der weißen strukturierten Oberfläche dieselben Codes gekritzelt waren, die ich in seinen Büchern entdeckt hatte. Stirnrunzelnd überlegte ich, wann er sie darauf geschrieben hatte, und strich über den Gips, als könne ich es durch eine Berührung erfahren. Philipp schob mich weiter, und ich dachte an die Mutantin.

»Was willst du?«, fragte ich ihn.

Er stockte.

»Wegen südlichem Wachswind …«

Er begann einige Sätze, die er nach drei Wörtern wieder verlor, um es abermals zu versuchen, ohne dass ein vollständiger Satz aus ihm herauskam.

»… sitzt blindverblüfftes Menschenmaterial neben diesen Datenkraken …« Er stemmte sich gegen mich, und ich zählte bis vierzig.

Jedes Gefühl dauerte vierzig Sekunden, das hatte ich gelesen, und manchmal stimmte das, was in Büchern stand, ja sogar. Dieses hier war eine Kombination aus diversen Gefühlen, die ich nicht voneinander unterscheiden konnte. Ich hatte Lust, Philipp anzuschreien, vielleicht für sein unschlüssiges Gestammel, vielleicht auch dafür, dass er etwas in mir auslöste, so genau wusste ich das nicht.

»Was ist denn?«

Mit zusammengekniffenen Augen starrte Philipp

auf die weiß lackierten Dielen, balancierte sich aus, als stünde er auf einer Planke, und stammelte Wörter, wo kein Sinn war.

»Was denn? Was …?«, rief ich. Ich atmete aus und widerstand dem Drang, noch lauter zu werden. Das war, wie auf die Tastatur zu hämmern, wenn das Programm hing.

»Juli, der hat irgendwas geschmissen«, rief Clemens.

Ich sah zu ihm zurück, wie er im Türrahmen seines Büros stand. Er musste sich mit der Hand durch sein Haar gefahren sein, Blut zog sich über seine Stirn und färbte die Ansätze an seinen Schläfen in ein leichtes Rot. »Oder ist vollkommen verrückt geworden.«

Ich wollte antworten, doch Clemens fuhr fort.

»Vergiss es, der merkt doch gar nichts mehr.«

Ich holte tief Luft und sagte nichts, stattdessen wünschte ich mir für einige Sekunden Sophies Superkraft. Ich wollte ihm alles, was ich fühlte, entgegenschleudern, bis er blau von meinen Gedanken war. Abgesehen von unkoordinierten Schwankungen war ich nicht in der Lage, zielgerichtet zu schreien. Ich war die Person, die dastand und ausdruckslos in die Welt schaute. Wutausbrüche klangen aus meinem Mund wie der monotone Text eines Nachrichtensprechers.

Als ich mich wieder von Clemens abwendete, war der Gang leer. Philipp war verschwunden, alles, was ich sah, war der Rücken des Barkeepers, dahinter die Bar und die anderen Gäste.

Es krachte, und der erste Blitz entlud sich unter ohrenbetäubendem Donnern aus den Wolken. Für einen Moment hielt jeder kurz inne, bevor sich alle wieder in der gewohnten Geschwindigkeit weiterbewegten.

»Komm, wir nehmen noch einen Drink!«, hörte ich Clemens sagen.

Ich nickte, drehte mich aber um und lief mit schnellen Schritten bis zum Ende des Ganges zur Eingangshalle, wo die Party stattfand.

»Wo gehst du denn jetzt hin?«, rief Clemens. »Bringst du eine neue Flasche mit?«

Das Licht in der Eingangshalle war runtergedimmt, die Musik aufgedreht, die Anzahl der Gäste hatte sich verdreifacht, alle standen durcheinander, bewegten sich und verdeckten weitere.

Zwei Typen warfen sich Pillen ein und spülten sie grinsend runter. Ich dachte an Sophie und ihre Irrenpillen. Sie nahm sie, um ihren Verstand zu zügeln, alle anderen schluckten sie, um aus ihm auszubrechen. Drogen verdeckten einiges, das Gefühl blieb trotzdem. Philipp hatte ich noch nie etwas schlucken sehen, auch wenn ich von Sophie wusste, dass er durch seinen fahrlässigen Unfall die Höchstdosis verordnet bekommen hatte.

Ich kehrte auf meinen Posten vom Beginn des Abends zurück, doch entdeckte weder Sophie noch Philipp. Aus Gewohnheit holte ich mein Telefon heraus, tippte den Kompass darauf an und hielt ihn einige Minuten umklammert.

Ich wusste nicht einmal, wie viele Schritte ich von meiner Wohnung entfernt war.

Die Nadel zeigte am Aufzug vorbei in Richtung einer Tür. Sie befand sich direkt neben dem Aufzug und führte ins Treppenhaus. Immer wieder suchte ich den Eingangsbereich, in dem alle feierten, nach Sophie und Philipp ab. Sie waren nicht zu sehen. Bevor ich ins

Treppenhaus gelangte, drängte ich mich an den Leuten vorbei und klemmte mich durch die schwere Tür neben dem Aufzug. Sie schwächte die Musik und die Stimmen ab, auch hier wuchsen Pflanzen vertikal in den Raum hinein. Mit meiner Tasche vor dem Bauch stieg ich die Stufen nach oben. Als ich Gemurmel hörte, verharrte ich. Warmer Wind kam mir entgegen und wurde durch das anhaltende Gewitter von draußen begleitet. Auf dem letzten Absatz angekommen, blieb ich stehen und verstand nicht, was ich da sah.

Vor mir lag eine Büroetage, die bis auf ein paar vereinzelte Tische leer war. Einige standen quer im Raum, andere gerade vor der Fensterfront. Die Neonröhren an der Decke waren grell und flackerten. Auf einem der Tische stand Philipp, er hielt einen Pappbecher in seiner Hand und balancierte mit heruntergelassener Hose vor einem offenen Fenster. Es war ein großes Fenster, so groß, dass ein Windstoß genügte, um ihn mitzunehmen und wegzutragen. Er bemerkte mich erst, nachdem ich ihn zum vierten Mal angesprochen hatte, und sah mich ausdruckslos, wie durch einen dumpfen Nebel, an.

»Warum tust du das mit einem Becher?«, fragte ich ihn.

›Das‹ war sein ungelenker Versuch, in den Becher zu pinkeln, den er in der Hand hielt.

»Du könntest auch vom Tisch runterkommen und dahinten zu den Toiletten gehen«, schlug ich vor.

»Philipp kommt nicht runter«, antwortete er.

»Natürlich nicht«, murmelte ich und sah zu, wie er den Urin aus dem Becher tropfenweise auf dem Tisch verschüttete.

Immer wieder hielt er dabei inne und sah sich um, als höre er etwas, das ich nicht hören konnte.

»Kannst du wenigstens das Fenster schließen?«, fragte ich. »Was hältst du davon, wenn ich das Fenster schließe?«

Ein Blitz erhellte den Himmel und krachte auf die Dächer.

»Fluktuationsmiststück«, murmelte er. »Das ist der einzige Weg raus.«

Gravitationsarsch, dachte ich und fragte: »Was meinst du mit raus?«

»Hier ist der Ausgang.« Er zeigte auf das Fenster.

Ich lachte und erstarrte. Er meinte es ernst. Angestrengt versuchte ich, Luft zu holen, und bemerkte erst nach ein paar Sekunden, dass ich sie anhielt.

»Könntest du wenigstens ...«

»Vorwurfswörterschwall ...«, unterbrach er mich.

Was er sagte, war paranoid genug, um psychotisch zu sein, und gleichzeitig realistisch genug, um wahr zu sein. Stirnrunzelnd starrte ich auf seinen Penis, der immer noch aus der Hose hing, und hörte ihm aufmerksam zu.

»Knall die Planken auf den Flaum, dann auf das Tribunalsternenbanner. Wir müssen blutfeilschen ... um Tutorenhappen ...«, murmelte er und drehte sich vom Fenster wieder zu mir.

»Was machst du denn hier?«, fragte er mich irritiert.

»Ich stehe schon die ganze Zeit hier und seh dir beim Pinkeln zu.«

Es begann zu regnen, keiner dieser leichten Sommerregen. Wind kam auf und verteilte die Tropfen quer über den Tisch und den Boden.

»Komm hier hoch!«, forderte Philipp mich auf und verhedderte sich direkt in seinen nächsten Gedanken.

Zögernd schaute ich an mir hinunter und erwartete fast, irgendeinen Ausschlag zu sehen, wenigstens rote Flecken, irgendetwas, das zeigte, dass ich ebenso wie er schizoid kontaminiert war. Doch alles, was ich bemerkte, war, dass ich Philipp behandelte, als sei er ansteckend. Er war nicht zu verstehen und alles, was ich nicht verstand, kribbelte. Das war, was alle Krankheiten gemeinsam hatten. Sie waren defekt. Keine von ihnen orientierte sich an dem, was angemessen war.

Fell strich um meine Beine, das war die Angst vor mir selbst. Auch wenn Philipp mich, so wie er da stand, abschreckte, war die Wahrheit, dass ich dem Wahnsinn selbst schon so nah gewesen war.

Ungelenk kletterte ich zu ihm rauf. Er schwankte und stand viel zu nah am Fenster.

»Blut verhandeln ist für Wunderglauber.«

»Worüber blutverhandeln die Wunderglauber denn?«, fragte ich ihn und versuchte das Fenster zu erreichen, ohne dabei auszurutschen. Auch wenn ich nicht wusste, in welchem Stockwerk wir standen, war es hoch genug, um jeden Knochen im Körper auf dem Asphalt brechen zu lassen.

»Was redest du denn da?«, wollte Philipp wissen und schaute mich an, als hätte ich damit angefangen.

»Ich weiß nicht … ich wollte …«, atmete ich tief durch, » … also ich dachte, ich komme kurz in deine Psychose rein«, erklärte ich und bemühte mich, nicht nach unten zu sehen. »Damit du dich besser fühlst.«

Philipp nickte, als habe er verstanden, was ich selbst nicht einordnen konnte.

»Das ist nett, du solltest in einer Klinik arbeiten«, sagte er.

»Die würden mich nicht einstellen, weil ich …«

»Stimmt, weil du nicht normal bist«, fiel er mir mit ernster Miene ins Wort.

»Ich wollte eigentlich sagen, weil ich das nicht gelernt habe.«

»Das Wasser steigt«, stellte Philipp fest.

»Der Regen?«

»Nein, die Flut, sie steigt. Brechen wir jetzt auf?« Philipps Tonfall wechselte, während seine Frage sich viel zu visuell in meinem Kopf ausbreitete.

Zügig schloss er seine Hose, packte meinen Arm schneller, als ich ihn abschütteln konnte, und schlitterte die letzten Meter über den Tisch zum Fenster.

»Bist du sicher, dass das der einzige Weg ist?«, lenkte ich ihn ab und umklammerte mit der einen Hand den Fensterrahmen und mit der anderen seinen Arm.

Mein Kopf kalkulierte indessen sein Gewicht und die Chance, dass ich ihn halten konnte. Sie war gering.

»Natürlich! Wenn wir springen, werden wir nur nass. Springen wir nicht, werden wir unter Tonnen von Schutt begraben. Das hier ist der kürzeste Weg raus.«

Ich sparte mir die Frage, woher der Schutt kam. Am Rande seines Wahnsinns war kein Geländer. Der Regen fiel nicht, er peitschte, wie ein Drängen, das mich aufforderte, etwas zu unternehmen. Dennoch stand ich nur da und presste meine Fäuste zusammen, unfähig, mich zu bewegen, und blickte stumm in Philipps Gesicht. Hätte ich an seiner Stelle gestanden, wäre das, was ich in meinem Gesicht gesehen hätte, Angst gewesen. In seinem lag etwas anderes. Er war überzeugt davon, diesen Sprung zu überleben, was dafür sprach, dass er in dem flimmernden Licht der Neonröhren seinen Verstand verlor. Andererseits war er ebenfalls davon überzeugt gewesen, den Aufprall mit einem Auto zu überleben.

»Du wirst sterben, wenn du springst«, informierte ich ihn schlicht.

»Ach was!«, widersprach er mir. »Ich kann es mir gar nicht leisten zu sterben. Deswegen muss ich ja hier runter.«

Mein Blick blieb an zwei Gewitterwolken hängen, die sich krachend ineinanderschoben. Eine davon, das war so viel wie das Gewicht von fünfundvierzig Millionen Elefanten, die durch den Himmel trabten. Die weißen Wolken dagegen, die immer vor blauem Himmel schwebten, waren so schwer wie achtzig grasende Elefanten. Winzige Partikel aus Wassertropfen und Eiskristallen, von so viel Luft umgeben, dass sie uns nicht auf die Köpfe fielen.

Bis hier oben drang der Geruch von Petrichor herauf. Ich wusste nicht, wie lange wir hier schon standen, auch wenn es nur drei Minuten waren, dehnte sich die Zeit auf gefühlte Stunden aus.

Ich war müde, und mir war schlecht. Auf meiner Brille sammelten sich Regentropfen, so etwas hatte ich schon lange nicht mehr gesehen. Ich war viel zu wenig draußen, und selbst jetzt stand ich in einem Raum. Die Tropfen perlten zum Rand meiner Brillengläser runter, verharrten, bis der nächste Tropfen durch die Spur des vorherigen rann, kollabierten und fielen in Zeitlupe auf die Tischplatte, auf der wir immer noch standen. Ich schluckte und wollte meine Arme ausschütteln, doch sie mussten sich am Fensterrahmen und Philipps Arm festkrallen.

»Juli?«, fragte Philipp. Gehemmt schüttelte ich den Kopf und presste die Lippen aufeinander. »Ich …«

»Sei still! Du bist still …«, fuhr ich ihn an und packte meinen Kopf mit beiden Händen, »… und ihr seid auch still. Alle sind jetzt still!«

Ich wollte nach Hause, Konzentration zusammenkratzen und in Ruhe über diese Situation nachdenken. Gleichzeitig fiel mir ein, wie falsch ich gelegen hatte, als ich mir gewünscht hatte, fliegen zu können. Ich wollte nicht fliegen, ich wollte die Zeit anhalten und durchatmen, während alles um mich herum stillstand. Ich wusste, wie ungern andere Menschen das hörten, doch mit ihnen konnte ich nicht ausruhen. Niemals.

Als ich bemerkte, dass ich Philipp losgelassen hatte, packte ich schnell wieder seine Hand, ich musste mich zusammenreißen. Durch das, was er tat, zwang er mich zum Agieren. Das war fremd, und ich verfluchte ihn dafür. Ich hatte immer gedacht, dass ich mir alles selbst beibringen könnte, aber vielleicht brauchte ich einen Lehrer, und es ging nicht ohne? Dazu hatte ich meine Grenzen viel zu gern. Manchmal genoss ich sie sogar. Mehr als wachsen, denn wachsen tat weh. Das, was ich fühlte, war Zweifel, und je mehr ich versuchte, ihn zu unterdrücken, desto stärker wurde er.

»Sei still«, murmelte ich immer wieder. »Sei endlich still.«

Vielleicht verstand mein Zweifel mich auch nicht.

»Ruhe! Shut up! Tais-toi! Ole hiljaa! «

Er krallte sich in meine Haut, kletterte meinen Rücken entlang, bis er mir über die Schulter sehen konnte, und fühlte sich genauso an wie meine Angst. Auch er hatte ein Fell und scharfe Krallen.

»Stopp! Schluss! Genug! Punkt!«

Er legte sich um meinen Hals, es donnerte, und der Fensterrahmen vibrierte unter meiner Hand. Noch einmal gruben sich die Krallen in meinen Nacken, bevor sie verschwanden und ich das Fenster losließ.

Mit der Schulter voran stieß ich Philipp vom Tisch. Das war leicht, er hatte sich nirgends festgehalten. Mit einem dumpfen Laut knallte er auf den Boden, als ich auf ihn fiel, traf mein Ellbogen ihn im Gesicht, und der Pappbecher aus seiner Hand schoss quer durch den Raum. Ich lockerte die Umklammerung seines Armes und ließ ihn los, drehte mich auf den Rücken und hörte mit geschlossenen Augen dem Rauschen zu. Ob es aus meinen Ohren oder vom prasselnden Regen kam, konnte ich nicht erkennen.

»Kannst du aufstehen?«, fragte ich Philipp und stützte mich auf meine Arme.

»Nein, der Stuhl steht zu nah an der Wand.«

Ich sah keinen Stuhl, sah mich um und entdeckte ihn, doch er stand etwa vier Meter hinter uns vor einer Wand. Kurz hatte ich vergessen, dass Philipps Verstand vorübergehend umgepolt war. Erschöpft legte ich mich zurück auf den Boden.

»Blutest du?«, fragte ich.

»Nein, aber mein Geist ist hingefallen …«, antwortete Philipp.

»Deine Medikamente … wo sind die?«

Er schüttelte den Kopf. »Die nehme ich nicht mehr.«

Ungläubig hob ich den Kopf und starrte ihn an.

»Was soll das heißen? Wann hast du sie abgesetzt?«

Ungelenk lehnte Philipp sich gegen eins der Tischbeine.

»Vor einiger Zeit.« Er wischte sich den Regen aus dem Gesicht. »Ein paar Tage später bist du aufgetaucht.«

»Und wann fingen die … Halluzinationen an?«, fragte ich unbeirrt.

»Sag ich doch … ein paar Tage später«, murmelte Philipp ungeduldig, als müsste ich das wissen.

»Und wo sind deine Tabletten jetzt?«

Er schaute zur Seite, und ich stieß ihn an.

»Philipp, wo?«

Angestrengt versuchte er den Blick von seiner Hosentasche abzuwenden.

»Sind die da drin?«, wollte ich von ihm wissen.

Er rutschte von mir weg.

»Sie sind da drin! Hast du sie die ganze Zeit dabeigehabt?«

»Ich werde sie nicht nehmen!« Er presste seine Hand auf die Tasche.

»Und ob du die nehmen wirst …«

Ich rutschte hinter ihm her, während er versuchte, auf die Beine zu kommen, und erwischte seine Hose mit einer Hand.

»Lass mich los!«, brüllte er mich an und schob sie weg. Allein an dieser Bewegung spürte ich, wie viel stärker er war. Ich packte sein Shirt und riss ihn zurück, so dass er mir entgegentaumelte. Dann verlor er das Gleichgewicht und fiel auf mich drauf. Sein Gipsarm knallte gegen meine Stirn und hinterließ einen dumpfen Schmerz.

Mit der einen Hand umklammerte ich sein T-Shirt, auch etwas Haut war dazwischen, mit der anderen suchte ich nach seiner Hosentasche und wühlte nach den Tabletten. Es war die falsche Seite. Schnell wechselte ich die Hände, tastete nach der anderen Tasche. Darin befand sich eine kleine Plastikdose, in der etwas klackerte. Das waren die Tabletten, sie mussten es sein. Mit einer kurzen Bewegung schnellte ich nach vorne und umschloss die Dose mit meiner Faust. Philipp griff nach meinem Arm und drückte mich mit seinem Gips nieder.

»Lass los!«, brachte er mühsam hervor.

»Niemals!«

»Wie können Halluzinationen nur so störrisch sein?«, brüllte er und schüttelte meinen Arm. So lange, bis die Dose aus meiner Hand rutschte und über den nassen Fußboden rollte. Mit Philipps Gewicht auf mir robbte ich hinter ihr her. Er zog mich zurück, erreichte sie vor mir und warf sie in einem Bogen aus dem Fenster.

Fassungslos sah ich ihn an, er dagegen sank zufrieden auf den Boden zurück und atmete aus.

»Warum hast du das gemacht?«, fragte ich außer Atem. »Bist du auf Sturmfluten scharf, die die Stadt unter sich begraben?«

»Nein.«

»Auf was dann?«

Er atmete tief ein.

»Auf dich.«

Ich war einer seiner Lieblingsmenschen, und er war verrückt geworden. Er drängte sich an mich, seine Lippen schmeckten nach Gin und Schweiß, und er zögerte. Dann strich seine Hand an meinen Brüsten entlang, ich sah ihn an, und mein Blick blieb an einer kleinen Narbe an seinem Hals hängen, bevor wir uns mit unkontrollierten Bewegungen übereinander wälzten.

»Du wirst trotzdem mit uns in die Klinik gehen«, keuchte ich.

Seine Haut roch nach Wiese, er packte mich an den Hüften, zerrte meine Hose herunter und drang in mich ein. Erst langsam, dann schneller.

»Dreh dich um.« Er stemmte sich gegen mich, und seine schweißnasse Brust blieb an meinem Rücken kleben.

»Vergiss es«, stöhnte ich.

Meine Atmung wurde schneller, und wir rutschten über den Fußboden. Das waren keine Gedanken.

Für eine Sekunde ließ er von mir ab und drehte mich mit einem Ruck auf den Rücken.

»Ich will dich sehen.«

»Der Einfallswinkel ist so schlechter«, keuchte ich und drehte uns mit einer Bewegung auf die Seite.

»Welcher Winkel?«

Ich hielt inne, mit der einen Hand formte ich so etwas wie ein Krokodilsmaul, bei dem mein Daumen der Unterkiefer und die restlichen Finger der obere Teil des Mauls waren. Das Krokodilmaul war eine gynäkologische Grafik.

»Das bin ich«, bewegte ich das Krokodilmaul auf und zu. Dann steckte ich Zeige- und Mittelfinger meiner anderen Hand in das Maul. »Und das bist du.« Ich schob sie rhythmisch vor und zurück. »Wenn du hinter mir bist, passt der Einfallswinkel besser.«

»Keine Mathematik«, entgegnete Philipp, und wir taten es im schiefen Winkel, unkontrolliert und nah. »Nicht hier. «

Alles lag still, auch der Regen fiel weicher vom Himmel.

11

Ich zuckte zusammen, als mich jemand berührte, und brauchte ein paar Sekunden, um meine Augenlider zu heben. Meine Hose war nass, ich rutschte über den Boden des Büros, auf dem immer noch das Regenwasser stand, und stieß gegen Sophie, die vor mir kniete.

»Du?«, sprach sie mich an.

Ich roch an meinem Knie, bevor ich langsam nickte. Es war nur Regen. Verbindungen entstanden nur, wenn einer bei dem anderen Spuren hinterlassen konnte. Das hatte ich mal gelesen und nie verstanden.

»Was machst du hier?«, wollte sie von mir wissen.

»Wo ist Philipp?«, wollte ich von ihr wissen.

»Der ist mir auf der Treppe entgegengekommen …«, antwortete sie.

Ich rappelte mich auf, packte meine Tasche und stürzte zur Treppe.

»Wo willst du denn …?«

»Komm!«, forderte ich sie auf und wedelte eilig mit den Armen.

»Was ist denn?«

»Philipp ist …«, suchte ich nach dem richtigen Begriff. »Der hat ein Problem.«

»Das haben wir doch alle«, erwiderte Sophie gelassen und schlenderte mir hinterher.

»Er denkt, die Stadt wird überflutet. Außerdem …«

»Oh, na, worauf wartest du noch?« Sie überholte mich und rannte die Stufen des Treppenhauses hinunter.

Auf der Party drängten sich die Menschen mittlerweile eng aneinander. Die Musik dröhnte, und die Gesichter verzogen sich zu verzerrten Grimassen. Nach mehreren Runden durch die Menge trafen wir uns an der Tür zum Treppenhaus wieder, ohne Philipp gefunden zu haben. Die Türen des Aufzugs daneben öffneten sich, und weitere Gäste traten lachend heraus.

Der Schalter des Fahrstuhls blinkte auf, unruhig biss ich mir auf der Unterlippe herum. Mittlerweile tat sie weh, so oft hatte ich das heute schon getan.

Jemand, der dachte, dass das Haus zusammenstürzen würde, nahm nicht den Aufzug. Der sprang trotzdem, stellte ich fest. Ich wollte das nicht sehen, auch nicht wissen, dennoch rannte mein Körper zurück zur Treppe, die Stufen hoch, schlitterte durch die Pfützen und schmiss sich keuchend auf die Tischplatte. Das Fenster stand immer noch offen, meine Hände tasteten sich bis zum Rand und zogen meinen Oberkörper nach, bis ich so weit aus dem Fenster sehen konnte, dass ich theoretisch die Straße darunter erkennen musste. Hinter mir hörte ich Sophie ebenfalls die Stufen hochlaufen, außer Atem stoppte sie. Als ich sie ansah, um noch nicht runtersehen zu müssen, wischte sie sich den Schweiß von der Stirn und roch an ihren Achseln.

»Was denn?«, schluckte sie. »Angstschweiß riecht voll eklig. Ganz anders als der andere.«

Wenn er da unten lag, war das der zweite Selbstmord in zwei Tagen. In drei, es war schon nach Mitternacht, und in ein paar Stunden war Sonntagmorgen. Wenn er da unten lag, dachte ich, müsste ich das spüren, allein weil ich nichts spürte, konnte er nicht da unten liegen. Andererseits wusste ich, dass die Welt so nicht funktionierte.

Schlimmes passierte, und alles, was man spürte, war nichts. Viel wahrscheinlicher war, dass die Gefühle dazu Wochen später in den Ring stiegen und einen gnadenlos umhauten, jedenfalls war das bei mir meistens so. Allerdings war ich ja auch ein wenig langsam. Stopp. Mit einem Ruck beugte ich mich über den Rand und sah nach unten. Erst nach einigen Sekunden öffnete ich meine Augen. Philipp war nicht da.

Ich war dennoch davon überzeugt, dass Philipp nicht in den Aufzug gestiegen war. Wir liefen die Treppen bis ins Erdgeschoss runter und gelangten in den Hinterhof. Er lag im Dunkeln, nur auf der anderen Seite drang Licht aus dem Spalt einer angelehnten Tür. Wie Motten folgten wir ihm, ausgerechnet jetzt entlud sich der Himmel zum zweiten Mal und ergoss sich krachend über dem Hof. Sophie rannte in geduckter Haltung unter einem gellenden Laut durch den Regen. Sie machte einen Satz über eine der großen Pfützen und riss die Tür auf.

Ich lief ihr hinterher, nach zwei Schritten klebte der Stoff meiner Klamotten durchtränkt auf meiner Haut, und ich hörte auf zu rennen. Stattdessen trottete ich durch den Hof und hoffte, dass er mir ein wenig Dreck von der Seele waschen würde. Neben der Tür lag ein Haufen Pappkartons, hinter ihr stapelten sich schwarze Plastikkisten. Es waren dieselben, in denen auf Märkten Gemüse lagerte. Daneben standen drei

Eimer voller Mayonnaise, die anderen fünf waren mit Ketchup gefüllt. Gewürze reihten sich die Wand entlang und wurden lediglich durch Steckdosen unterbrochen, aus denen Stecker und Kabel quer durch den Raum verliefen. Wir standen in der Küche eines Restaurants, Schlieren aus Reinigungsmittel zogen sich über die silbernen Armaturen. Durch einen schmalen Gang konnte ich den vorderen Teil erkennen, in dem sich Stühle und Tische nebeneinanderreihten. Anders als die Küche war er nicht beleuchtet. Da war nur noch der Geruch von Gekochtem, das vor Stunden gegessen worden war.

Ich stieß gegen Sophie, die stehen geblieben war, und sah an ihr vorbei. Da war nichts zu sehen, aber zu hören. Schabende Geräusche, die immer wieder von einem Klatschen unterbrochen wurden. Hinter der Küche lag ein weiterer Raum, doch er war so dunkel, dass ich nur wenig erkennen konnte. Die einzige Lichtquelle fiel am Ende des Ganges durch einen Türspalt. Ich drängte mich gegen Sophie, dann öffnete sie die Tür. Sie war aus Metall, und ihr Griff war so dick, dass sich ihr Daumen und Zeigefinger nicht berührten.

Die Neonröhren an der Decke beleuchteten die fensterlose Kammer im Inneren radikal bis in den letzten Winkel, die Wände waren bis zur Decke mit weißen Fliesen gekachelt, die am Boden in ein Beige mit roten Flecken übergingen. Fleischbrocken, denen noch anzusehen war, welches Tier sie einmal gewesen waren, hingen an robusten Haken von der Decke. Zwischen ihnen stand Philipp.

Er kehrte uns den Rücken zu, erst als wir näher an

ihn herangingen, sah ich, dass er eine Scheuerbürste in der Hand hielt, deren Borsten schaumig schimmerten. Er tunkte sie in den Eimer zu seinen Füßen und schrubbte das Fleisch, das von einem Haken an der Decke hing, ab. Schwerfällig begann es unter seinen Bewegungen hin und her zu pendeln. In der Kammer war es kalt, und ihm lief der Schweiß von der Stirn.

»Philipp?«, sprach Sophie ihn mit kehliger Stimme an. Sie drehte sich um, bedeutete mir mit ein paar hastigen Bewegungen weiterzugehen.

»Sind die nicht ganz sauber, ja?« Das war das Einzige, was mir einfiel. Unwillkürlich schüttelte ich mit dem Kopf. Auf die Frage hätte ich mir nicht einmal selbst geantwortet.

»Ist das eine gute Idee?«, fragte ich mehr mich selbst als ihn.

»Ideen sind heute aus«, stellte Philipp fest, ohne mich anzusehen, und schrubbte stärker.

Irritiert sah ich ihn an und überlegte, ob ich mitspielen oder ihn aufklären sollte.

»Jetzt lass uns hier zum Ende kommen«, sagte ich mit einer Stimme, die mir fremd war, und griff nach der Bürste.

Bevor ich sie berühren konnte, umklammerte er sie und zog sie dicht an seine Brust. Sein Blick flatterte, ohne einen bestimmten Punkt zu suchen. Ich spürte Angst hochsteigen, von der ich nicht wusste, ob es lediglich meine oder meine mit seiner addiert war. Gleichzeitig fühlte ich den gewohnten Druck von Pfoten, die über meine Füße liefen. Vielleicht war das auch die multiplizierte Angst von uns dreien. Zu wem sie auch gehörte, sie flutete den Raum so schnell, dass wir innerhalb von einer Sekunde bis knapp unter die Nasenlöcher drinstanden. Selbst die Pfoten konnten sich nicht mehr auf dem Boden halten, sie paddelten und zerkratzen dabei meinen Arm.

So war das mit Angst, aus irgendeinem Grund verteilte sie sich nicht. Selbst wenn Türen offen standen und Lüftungen und Abflüsse vorhanden waren. Auch wenn wir draußen mitten auf dem Hof gewesen wären, hätte sie einen wabernden Raum um uns gebildet. Einen, der dir folgt, egal wohin du dich bewegst.

»Mach doch etwas …«, hörte ich Sophie hinter mir flüstern und wusste nicht, was ich tun sollte.

Ich umklammerte das Telefon in meiner Hosentasche und hätte es gerne herausgeholt, nur um einige Sekunden ratlos auf den Kompass zu schauen. Als ich begann, noch näher auf Philipp zuzugehen, kam Bewegung in seine Knochen. Unvermittelt riss er die Arme hoch und stieß mich mit seinem Gips zur Seite. Sophie presste sich an die gekachelte Wand und wich ihm aus, dann knallte etwas. Er hatte uns zurückgelassen, und die Tür war hinter ihm zugefallen. Ich lehnte mich an die gekachelte Wand, an der ein Kanister Rattengift stand. Ratten konnten nicht kotzen, deswegen funktionierte das Zeug so gut, schoss es mir durch den Kopf.

»Der tickt doch nicht richtig …«, schimpfte Sophie, zog an der Tür und hielt inne. »Scheiße … die ist zu! Juli, die ist zu!«

Ihr Blick wechselte hastig zwischen mir und der Tür.

»Juli!«, schrie sie.

Schulterzuckend drückte ich gegen die Tür, während Sophie auf sie eintrat.

»Mach doch was!«, brüllte sie diesmal. »Du denkst schon wieder irgendeinen Scheiß.«

»Tue ich nicht«, sagte ich schnell.

»Sag mir, an was du denkst! Verdammter … und was hat der sich nur gedacht?«

Sophie kramte in ihren Taschen und beförderte ihr Telefon heraus.

»Kein Empfang.«

Sie hielt es über ihren Kopf, um nach einem Signal zu suchen.

»Das kann doch nicht sein! Nein, nein, nein. Als wenn niemand in Kühlkammern telefonieren müsste.«

Sie steckte es wieder ein und ging auf die Tür los. Alle vier Tritte verschnaufte sie, bückte sich und tastete die Tür ab.

»Immer noch zu …«

Ihr Körper schüttete so viel Cortisol aus, dass ich mir einbildete, die Stresshormone aus ihr heraussprühen zu sehen. Cortisol war toxisch, erhöhte den Herzschlag, stimmte den Adrenalinpegel auf das Herz ab und verursachte Gedanken, die blind im Nebel umherwanderten. Ich kannte dieses Gefühl von draußen. Sobald ich unter Menschen war, schlug mein Herz ebenfalls schneller. Jedes Mal, wenn das passierte, wünschte ich mir so etwas wie ein Analyseteam. So eins, das nach Katastrophen kam, um festzustellen, was schiefgelaufen war. Noch lieber hätte ich eins gehabt, das vorausschauend zurückblickt. So eins, das herausfindet, was alles schiefgehen könnte und was getan werden musste, damit der Schlamassel gar nicht erst passierte.

»Es ist unmöglich, wir kommen hier nicht raus«,

keuchte Sophie und wechselte von den Füßen zu ihren Fäusten.

An die Fliesen gelehnt, sah ich zu, wie sie sich gegen das Unmögliche stemmte. Unmögliches war diffus und genauso unmöglich zu definieren. Etwas, das in der Wirklichkeit nicht zu finden war. Noch nicht jedenfalls. Darum mussten die, die sich an Unmögliches wagten, oft scheitern. Sie trafen Entscheidungen, die mehr Lücken als Parameter hatten.

»Die wird nicht schneller aufgehen, wenn du so einen Radau machst.«

»Trotzdem!« Sophie prügelte weiter, und je länger sie dagegenschlug, desto konkreter wurde in meinem Kopf das Bild von dem Flur, der wenige Zentimeter unerreichbar dahinterlag.

Manche Dinge konnten nur mit einem ›trotzdem‹ getan werden, dieses ›trotzdem‹ war aus Wünschen und noch irgendetwas anderem gemacht. Und auch wenn es absurd klang, etwas Unmögliches zu wollen, war es andererseits genauso absurd, etwas Mögliches zu wollen.

»Wie kalt ist es hier? Ist hier irgendwo ein Thermometer?«, fuhr Sophie mich an und durchwühlte die Regale. »Such es!«

»Das ist draußen … auf der anderen Seite der Tür«, vermutete ich. »Die kann man aber auch anders messen.«

»Und wie?«, fragte sie matt.

»Mit Insekten. Baumgrillen zum Beispiel passen ihren Zirprhythmus an die Umgebungstemperatur an. Bei Kälte verlangsamen sie, und bei Wärme beschleunigen sie. Ganz einfach, die Formel dazu ist $T = 50 + (n-40) / 4$.

Du zählst die Zirplaute pro Minute, ziehst vierzig ab, teilst das Ergebnis durch vier und addierst fünfzig. Das Ergebnis ist die aktuelle Temperatur.«

Sophie starrte mich an.

»Baumgrillen?«, flüsterte sie.

»Ja, der Wert ist dann nur in Fahrenheit, in Celsius wäre …«

Sie fuhr herum und hämmerte mit ihren Fäusten und Füßen gleichzeitig gegen die Tür.

Nach ein paar Minuten ließ Sophie von der Tür ab und lehnte sich gegen die Fliesen. Auf dem Boden stand immer noch der Eimer von Philipp. Daneben lagen eine Flasche Spülmittel und die Bürste, mit der er die von der Decke hängenden Fleischhälften geschrubbt hatte. Ich stellte mir vor, wie Philipp das Wasser mit dem Spülmittel vermischt hatte, in meiner Phantasie pfiff er dabei. Dann tauchte ich einen Finger in den Eimer. Es war noch nicht gefroren, und auch Spülmittel schien nicht drin zu sein. Philipp hatte es gar nicht hineingegossen. Suchend sah ich mich nach einer leeren Plastikflasche um, goss ein wenig Wasser aus dem Eimer in sie hinein und schlug sie gegen die Wand. Sophie sah auf und atmete tief ein.

»Was, um alles in der Welt, soll das jetzt wieder?«, stöhnte sie.

»Wenn es hier null Grad oder drunter ist, dann wird das Wasser innerhalb von drei Sekunden gefrieren«, erklärte ich ihr.

»Und wenn nicht?«

»Dann ist es über null Grad.«

»Wirklich?«

»Oder es funktioniert nicht.«

»Das nimmt man nicht auf die leichte Schulter. Kein Scheiß?«

Ich wusste nicht einmal, welche meine leichte Schulter war.

»Kaltes Wasser …«, erklärte ich, »… das kurz vorm Gefrieren ist, zieht seine Moleküle zusammen. Und wenn die erschüttert werden, verketten sie sich.«

»Und verketten heißt Eis, ja? Das gefriert dann?«

Ich nickte.

»Gib her!« Sophie sprang auf und riss mir die Flasche aus der Hand. Dann drosch sie mit ihr auf die Wand ein. »Über null.«

Erleichtert schüttelte sie das Wasser in der Flasche, das nicht gefroren war. »Trotzdem fühlt es sich hier wie der Scheiß-Winter an.«

»Wahrscheinlich ist es um die zwei bis vier Grad«, schätzte ich.

»Wie lange überleben wir damit?«, wollte Sophie wissen.

»Zwei Tage«, entgegnete ich, ohne zu wissen, ob das stimmte, und strich über meine Klamotten, die immer noch nass waren. »Und es ist Sonntagfrüh. Selbst wenn heute niemand kommt, öffnet uns morgen jemand die Tür.«

Ob das stimmte, wusste ich ebenso wenig und tippte mit dem Finger gegen das kalte Fleisch.

Irgendwo hatte ich gelesen, dass Erfrorene manchmal nackt gefunden wurden. Sobald die Körpertemperatur unter zweiunddreißig Grad Celsius sank, entwickelte das Gehirn Gefühle von Euphorie und Hitze. Diese Gefühle waren so stark, dass die Kälteidioten sich auszuziehen begannen, um sich vermeintlich abzukühlen. Vielleicht brachte ich da aber auch etwas durcheinander, so genau konnte ich mich nicht mehr daran erinnern.

Hypothermie würde uns in vier Schritten zugrunde richten, das einzig Tröstliche war die blaue Farbe meiner Haut, die ich mir dabei vorstellte. Ein helles Frostblau, das in den Enden meiner Gliedmaßen über einen sanften Verlauf in ein dunkles Fliederblau übergehen würde. Physikalisch gesehen bedeutete Hypothermie, dass die Wärmeproduktion des Körpers über einen längeren Zeitabschnitt geringer war als die Wärmeabgabe. Das klang so strukturiert und bourgeois, dass es wie etwas wirkte, das jeder einmal erlebt haben sollte.

Die erste Stufe war das Abwehrstadium, in dem sich der Körper bei einer Temperatur von fünfunddreißig bis zweiunddreißig Grad Celsius bewegte. In dieser Phase würden wir unruhig auf den Plastikeimern voller Ketchup sitzen, während unsere Muskeln schlackern würden. Unsere Herzen wie auch unser Puls würden rasen, der Blutdruck steigen, und das Atmen uns immer schwererfallen.

Tatsächlich starben die meisten Menschen in Kühlkammern gar nicht an der Kälte, sie erstickten, da in einigen Kammern der Sauerstoff langsam verringert wurde. Dadurch blieb das Fleisch länger frisch. Aber auch da war ich mir nicht mehr ganz sicher.

Die zweite Stufe war das Erschöpfungsstadium bei zweiunddreißig bis dreißig Grad Celsius. Auch wenn wir uns bereits verwirrt und teilnahmslos fühlten, war zu erwarten, dass sich diese Gefühle exponentiell steigern würden. Unsere Atmung würde auf etwa zehn Atemzüge pro Minute sinken, während unser Blutdruck weiter steigen würde. Ich zählte meine Atemzüge, während ich auf die Uhr meines Telefons starrte, und kam auf siebzehn. Gleichzeitig würden unsere Muskeln und Gelenke wie das Fleisch an den Haken erstarren.

Die dritte Stufe würde unsere Situation endlich vereinfachen. Bei dreißig bis siebenundzwanzig Grad Celsius würden wir bewusstlos gegeneinandersinken. Unsere Pupillen würden sich wie bei Verliebten, die einander ansehen, dramatisch weiten, während unser Herz mit einer Frequenz unter fünfzig Schlägen pro Minute ohne einen nennenswerten Rhythmus weiterarbeiten würde.

Gerne hätte ich gewusst, ab wann das Spektrum an Blautönen einsetzte, und sah auf meine Beine. In meiner Phantasie waren meine leuchtend blauen Knöchel das Letzte, was ich sehen würde, wenn wir hier endeten.

Die vierte Phase war wiederum die, welche für diejenigen, die uns finden würden, fürchterlich unbefriedigend sein würde. Mit weit geöffneten und lichtstarren Pupillen würden wir in tiefer Bewusstlosigkeit unter Kammerflimmern aneinanderlehnen. Vielleicht wäre da auch schon keine Atmung und kein Herzschlag mehr.

»Wir müssen uns massieren … damit uns warm bleibt«, unterbrach Sophie meine Gedanken und rutschte näher. Unwillkürlich wich ich zurück.

»Das kann doch jeder selbst machen«, sagte ich schnell und rieb zügig meine Arme aneinander.

Ebenso unmissverständlich stand Sophie auf und schmiss sich mit ihrem ganzen Körper gegen die Tür.

»Verdammte Dreckstür! Wichsscharniere!«

»Du reagierst über«, informierte ich sie schlicht.

»Ich reagiere überhaupt nicht über!«, schrie sie und prügelte weiter. »Philipp! Komm zurück!«

»Du demolierst die Tür«, sagte ich.

»Und du mich!«, brüllte Sophie zurück.

Ich sah ihren Hieben zu und dachte an Impulse, die sich im Vierervektor zu Energie verwandelten. Als sie aufhörte zu fluchen, schien es ihr wirklich besser zu gehen. Ich verbuchte Fluchen fortan unter schmerzlindernden Methoden, irgendwie machte es sie sogar widerstandsfähiger.

In einer Galaxie war Sophie die Fliehkraft, die aus der Mitte nach außen ins Unbekannte strebte. Alles, was endgültig war, machte ihr Angst. Ich schaute auf meine Beine, die immer weißer wurden, und überlegte, wer ich in dieser Galaxie war. Im Gegensatz zu Sophie strebte ich wie die Schwerkraft nach innen. Tat ich das nicht, brach ich auseinander. Keiner von uns drehte sich wirklich um andere, wie es die Erde um die Sonne tat. Unser Mittelpunkt befand sich in uns selbst anstatt außerhalb. Philipp war so etwas wie ein eigener Planet, der um seine eigene Achse kreiste und die Rotation um andere Planeten vermied.

Auch eine Stunde später starrte Sophie immer noch mit finsterem Blick die Tür an. Die blieb dennoch verschlossen. Vielleicht waren auch nur vierzehn Minuten vergangen, und es war gar keine Stunde.

»Ich wünsche mir, dass sie jetzt aufgeht. Juli, wieso geht sie nicht auf?!«, murmelte sie.

Irgendwo hatte ich aufgeschnappt, dass Wünsche

Freude anrichten, von Verzweiflung war nie die Rede gewesen. Das Bild von Freude sah ganz anders aus als die verschlossene Tür einer Kühlkammer an einem Sonntagmorgen. Andererseits hatten wir Licht, Luft und Lauge, auch wenn ich mir nicht sicher war, ob es lediglich fürchterlich naiv war, so tief zu stapeln. Und das war nicht das Einzige, was mich irritierte.

Wünsche hielten einige Paradoxen in sich. Sie trieben an und waren der Ursprung von dem, was man so tat und wohin man so ging, und wenn sich einer erfüllte, platzte nach wenigen Minuten der nächste raus.

Noch schwieriger wurde es, wenn die Wirklichkeit nichts mit den Wünschen zu tun hatte. Deswegen war die Realität immer grausamer als die Fiktion, sie war real und irgendwie nie das, was man wollte. Außer etwas ging vorbei, dann wollte man plötzlich das, was einem vorher fürchterlich egal gewesen war.

Weitere vierzehn Minuten später, die vielleicht auch eine Stunde waren, lief Sophie mit einer tiefen Falte zwischen den Augenbrauen in der Kammer auf und ab. Mit leerem Blick beobachtete sie mich währenddessen. Es war nicht ihre Art wegzuschauen. Und obwohl es so kalt hier drin war, hatten sich die Schweißflecken unter ihren Achseln ausgeweitet, und ihr Gesicht war rot angelaufen. Es war dasselbe Rot wie das der Rinderhälften. Außer dem monotonen Summen der Kühlung sowie der Neonröhren war nichts zu hören. Auch nicht von draußen. Ziellos wühlte ich im Regal und fand eine Packung Strohhalme sowie Metzgergarn, mit dem das Fleisch für den Ofen zusammengeschnürt wurde. Jedenfalls stellte ich mir das so vor. Vielleicht wurden damit auch Rosmarin und Thymian an den Schenkeln der Hühner befestigt. Das Preisschild klebte noch auf der Rolle, drei Euro siebzig kostete eine davon. Ich mochte Zahlen, die waren unmissverständlich und unverschlüsselt.

»Woran denkst du?«, fragte Sophie und hievte einen der gefüllten Plastikeimer aus dem Regal.

Jedesmal, wenn mich das jemand fragte, verflüchtigten sich meine Gedanken in alle Richtungen, so dass nichts übrig blieb.

»Ich weiß nicht«, antwortete ich.

Sie platzierte den Eimer vor einer der gekachelten Wände, und ich atmete aus.

»An Unmögliches, glaube ich«, fuhr ich fort und wartete, ob sie sich wieder gegen die Tür schmeißen würde. Stattdessen stützte sie ihren Kopf in die Arme.

»Erzähl mir etwas Unmögliches.«

»Wenn du 37037 mit einer beliebigen einstelligen Zahl multipliziert und das, was dabei herauskommt, noch mal mit drei multiplizierst, ist jede Zahl des Ergebnisses die einstellige Nummer, die du anfangs gewählt hast.«

Sophie stöhnte auf und vergrub ihren Kopf noch tiefer in ihren Armen. Ich hörte ein nasses Glucksen, entweder lachte oder weinte sie.

»Denkst du ständig über so einen Scheiß nach?«, hörte ich ihre dumpfe Stimme.

»Definiere Scheiße«, sagte ich.

»Na, diese Zahlen! Du bist doch kein Roboter«, entgegnete Sophie.

»Letzte Woche habe ich einen Onlinetest gemacht,

der durch ein paar Fragen entschied, ob ich ein Mensch oder eine Maschine bin«, fiel es mir wieder ein.

»Und?«

»Ich bin kein Mensch.«

»Wundert mich nicht«, murmelte Sophie. »Alles ist bei dir so …« Sie suchte nach dem richtigen Wort.

» … rational?«, ergänzte ich ihren Satz.

»Verdammt, rational, ja!«

Rational klang aus ihrem Mund wie etwas Verheerendes und enthielt nichts Beruhigendes, wie es das bei mir tat.

»Du sagst nicht einmal so etwas wie ›Dings‹ oder ›fummeln‹, und du benutzt immer diese …«

»Formeln?«

»Ja!«

Die Fleischerhaken, die über unseren Köpfen hingen, als auch der Eimer, auf dem Sophie hockte, waren Atome. Sophies wie auch mein eigener Körper bestanden aus etwa 10 000 000 000 000 000 000 000 000 000 Atomen, und jedes einzelne Atom setzte sich aus 99,9 Prozent nichts zusammen. Gar nichts. Da draußen waren Atome, die umherliefen, Atome, die jahrelang als Gebäude an derselben Stelle verweilten, und dann waren da die Quadrilliarden Atome an Sauerstoff, die wir einatmeten. Es gab wütende Atome und natürlich blaue. Noch erstaunlicher war das Ding, mit dem ich das dachte. Dieses Gehirn, dessen Nervenbahnen etwa sechs Millionen Kilometer lang waren. In jedem Kopf steckte die Route von hundertfünfundvierzig Weltumrandungen.

Jedesmal, wenn ich über mein Gehirn nachdachte, war es, als drehe es sich in meinem Kopf nach sich selbst um. Während es dabei gegen die innere Schädeldecke klatschte, wunderte es sich, woher die Gedanken kamen, warum einige schneller verblassten als andere und wonach es selektierte.

Gehirne sortierten alles aus, was wichtig war, und wichtig war alles, zu dem Schnittstellen im vorhandenen Wissen und dem eigenen Charakter existierten. Alles andere vergaß ich. Es gab einige Dinge, die ich gerne vergessen wollte, aber die, die fürchterlich wehtaten, verschwanden nicht. Sie bissen sich tief ins Gedächtnis und krallten sich dort fest. Egal wie sehr ich versuchte, diese Gedanken zu eliminieren, sie gingen nicht verloren. Das musste so sein, weil diese Erinnerungen die Identität und den Charakter formten. Viel mehr als das, was fürchterlich gut war.

»Ja, dann halt doch die Klappe, und red nicht mehr mit mir!«, murmelte Sophie und machte sich fluchend an der Tür zu schaffen. Ich hatte wieder einmal meinen Gesprächseinsatz verpasst.

Mittlerweile waren noch mehr Stunden vergangen. Vielleicht waren es auch diesmal nur drei Minuten. Herr Albert Einstein hatte recht gehabt, die Nacht war vorbeigeflogen, und jetzt stand die Zeit still. Abwarten war der schwerste Teil, ich konnte es kaum erwarten, bis die Tür geöffnet wurde, auch wenn der Ort, wo ich saß, einzigartig war. Mit Sophie in einem Kühlraum, umgeben von zwei Grad Celsius zwischen Fleischerhaken. Sonst wartete ich in Wartezimmern, verharrte in Telefonleitungen, starrte auf die Plakatwände in der U-Bahn und hielt meine Hand in den aufsteigenden Dampf des Wasserkochers. Ich wartete in Schlangen und auf Menschen, die ich noch nicht kannte. Wenn endlich jemand ans Telefon ging, die Frontlichter der Bahn im Tunnel erschienen und das Wasser kochte, hörte ich dennoch nicht auf, ich begann wie ein Junkie nach dem nächsten Schuss auf etwas anderes zu warten, und fühlte mich wie ein Gegenwartsflüchtling.

Ich zwang meine Augen, nicht mehr zur Tür und zu Sophie zu schielen. Sie hatte es mittlerweile aufgegeben dagegenzutreten und saß schluchzend, den Kopf zwischen ihren Knien vergraben, auf dem Boden. Ich begann die Anzahl der Kacheln vor mir zu zählen. Insgeheim dachte ich, die Tür würde sich schneller öffnen, wenn mein Blick sich gegen die Kacheln stemmte. Doch sie bewegte sich nicht, und was ich spürte, war, dass es fürchterlich schwer war, Ziele zu vergessen und einfach sitzen zu bleiben.

Mit klammen Fingern zog ich das Metzgergarn, das ich im Regal gefunden hatte, um ein Bündel Strohhalme, die ich dort ebenfalls entdeckt hatte, und knotete es zusammen. Ich tauchte sie in den Wassereimer und goss den halben Inhalt der Spülmittelflasche dazu. Nachdem das Wasser zur Lauge geworden war, holte ich die Strohhalme wieder hoch und pustete in ein Ende des Bündels. Am anderen Ende bildete das Seifenwasser eine dünne Haut, die ich so lange aufpustete, bis sie sich ablöste und vor mir durch die Luft bewegte. Knapp über meinem Kopf blieb die Seifenblase in der Luft stehen. Ich wiederholte es dreimal, siebenmal und noch fünfunddreißigmal darauf. Die Ersten zerplatzten, und ihre Partikel sprenkelten in alle Richtungen. Sie waren klein, und ich bastelte eine weitere Form aus Strohhalmen und Garn, dieses Mal war sie rechteckig mit einem Durchmesser von etwa siebzehn Zentimetern. Ebenso groß wurden die Blasen.

Sie schwebten durch die Kammer und setzten sich auf das Fleisch ab. Ihre Oberfläche schillerte, einige hafteten aneinander. Wenn wir mit der ganzen Kühlkammer oben in der Galaxie umhergezogen wären, hätte ich mit einer Nadel in die Blasen hineinstechen können, ohne dass sie geplatzt wären. Da oben zog nichts an ihnen. Trotzdem gab es dort etwas, das so aussah wie eine Seifenblase und am Sterben war.

Ich sah ein Bild vor mir, das unter der Katalognummer ESO 378–1 in meinem Gedächtnis archiviert war. Da war eine rotblau schimmernde Gasblase, sie war die abgestoßene Hülle eines Sterns, der endete. Astronomen nannten die leuchtenden Gasblasen planetarischen Nebel, er verblasste nach einigen zehntausend Jahren. Nach kosmischen Maßstäben war das richtig schnell. Auch die Sonne würde irgendwann ihre Gashülle abstoßen und verglimmen. Nur leichte Sterne bildeten so einen Nebel, schwere dagegen verschwanden cholerisch mit großem Drama durch eine Supernova-Explosion. Oskar war weder auf die eine noch die andere Weise gegangen.

Eine der Seifenblasen setzte sich auf Sophies Schulter ab und zerplatzte. Das Glucksen in ihren Armen erstickte unter einem Schnaufen. Mit rot umrandeten Augen blickte sie auf und starrte mich mit offenem Mund an. Was sie sah, waren unzählige Seifenblasen, die durch die Kühlkammer schwebten. Sie flogen im Regal, sanken auf den Boden und hafteten an ihrem Haar. Die Kühlkammer war vom Boden bis zur Decke mit ihnen ausgefüllt.

»Scheiße!«, schniefte Sophie ungläubig. »Wo kommen die denn her?«

»Aus dem Eimer«, stellte ich schlicht fest.

»Aus dem Eimer«, wiederholte sie.

»Habe ich doch gesagt«, murmelte ich.

»Hörte sich so an, als sollte es noch mal wiederholt werden.«

Niedrig dosierter Ersatzwahnsinn machte die Realität nicht nur erträglich, manchmal war er der einzige Weg zurück zur Wirklichkeit.

Mittlerweile mussten wirklich um die drei Stunden vergangen sein, wie hatten unsere Plätze getauscht, und während ich an den Kacheln lehnte und die Fugen der gegenüberliegenden Wand fixierte, hockte Sophie vor der Seifenlauge. Mit zitternden Händen produzierte sie sorgfältig eine irisierende Blase nach der anderen.

»Schlägt dein Herz schneller?«, wollte ich von ihr wissen.

»Das tut es doch immer«, antwortete sie, ohne mich anzusehen.

»Und dein Puls?«

»Was ist mit dem?«, fragte sie.

»Pocht der schneller?«

Sophie hielt inne und drückte mit zwei Fingern und schiefgelegtem Kopf auf ihr Handgelenk.

»Er hat's eilig«, antwortete sie schulterzuckend.

»Und bist du … also bist du aus der Puste?«

»Nein, mir ist nur flau«, antwortete sie zögerlich, und ich verstand wie man ja sagte, indem man nein sagte.

»Weißt du noch, wenn Erwachsene einem als Kind erzählt haben, dass alles gut werden wird?«, wollte Sophie wissen.

»Ja.«

Auch dass ich es damals schon spüren konnte, wenn sie dabei logen und sich selbst nicht sicher waren, was passieren würde, wusste ich noch. Sophie sah mich abwartend an.

»Alles wird gut …?«, sagte ich langsam, und sie wendete sich wieder den Seifenblasen zu. Niemand war normal, ohne verrückt zu sein.

Meine Gedanken legten sich matt auf den Boden meines Geistes. Das kam nicht oft vor, dass sich so wenig in meinem Kopf regte. Ich schob es auf die Kälte, alles war eine Frage der geeigneten Temperatur. Selbst für Leichen war es hier zu kalt, sie wurden nicht bei zwei, sondern bei vier Grad Celsius aufbewahrt. Höhere Temperaturen beschleunigten die Verwesung, genauso wie niedrigere, und ich konnte nicht anders, als mir Oskar tiefgefroren vorzustellen.

Tiefgefrorene Leichen waren schwer in Position zu bringen, daneben bildete die Zellflüssigkeit beim Gefrieren scharfkantige Kristalle. Die ramponierten die Zellwände, wodurch die Verwesung viel zu zügig einsetzte, sobald die Leiche auftaute. Doch solange Oskar tiefgekühlt war, prallte alles an ihm ab. Hautporen schlossen sich bei schnellen Temperatursenkungen, wodurch sich das Gewebe in eine nahezu dichte Kapsel verwandelte. Diese schützende Pelle war so undurchlässig, dass es plausibel war, warum Tiefgefrorenes so entspannt wirkte, dachte ich und versuchte sein Bild wegzuschieben.

Das war das einzig Blöde an Gedanken, selbst wenn ich meine Augen verbissen zusammenkniff, kamen Bilder. Wie ich mein Gehirn schloss, hatte ich noch nicht gelernt. Die ideale Temperatur zum Denken lag bei etwa zwanzig Grad Celsius, bei achtundzwanzig Grad sank die Leistungsfähigkeit um ein Drittel und ab dreiunddreißig Grad kippte sie um fünfzig Prozent. In die andere Richtung sank die Konzentration ab sechzehn Grad und verringerte sich parallel zur Temperatur.

12

Mit steifen Fingern wühlte ich nach meinem Telefon, tippte auf den Kompass und drehte ihn, bis er aktiviert war. Ratlos starrte ich ihn an und versuchte zu begreifen, wie wir in diese Situation geraten waren. Wir hatten darauf geachtet, immer in Bewegung und beieinanderzubleiben, mit dem Kurs nach Norden. Dahin, wo das Gegenteil von Angst war. Was genau das war, wusste ich immer noch nicht. Ebenso wenig wusste ich, wie weit wir in den Norden laufen mussten, um das herauszubekommen. Ich legte meinen Kopf in den Nacken und schielte in die Neonröhren, bis meine Augen zu brennen begannen.

In meinem Kopf breitete ich den Plan von Berlin aus, verfolgte die dünnen Linien und ging weiter Richtung Norden. Am nördlichsten Punkt der Karte befand ich mich nur wenige Kilometer hinter der Stadtgrenze und gleichzeitig auf dem verknitterten weißen Rand des Papierplans. Ich verknüpfte ihn mit einer weiteren Landkarte und ging weiter. Über das Eselsohr hinweg nach Norden, durch Seen, an Straßen entlang, über Felder und durch weitere Städte hindurch. Ich segelte über das Meer, stolperte über Deiche und rannte über Inseln. Ich kreuzte Autobahnen, weitläufige Wälder und Berge, bis ich das Eis erreichte.

Vor mir lag der arktische Ozean, schroffe Gletscher

verkeilten sich untereinander auf einer Fläche von 14,09 Millionen Quadratkilometern und brachen die Eisfelder knirschend in weitläufige Packeisschollen. Das klang so riesig, als könnte niemand dort rauslaufen, doch das war es nicht. Auch wenn da noch die Nebenmeere wie die Barentsee, das Beringmeer, das europäische Nordmeer, die Grönwaldsee und noch ein paar andere waren, an die ich mich nicht erinnern konnte, war der arktische Ozean der kleinste von allen auf diesem Planeten. Was ich noch wusste, war die Durchschnittstiefe, 1038 Meter, die tiefste Stelle betrug 5608 Meter. Diese beiden Zahlen änderten sich nicht, das tröstete mich.

Die Sonne hing knapp über dem Horizont und dämmte das Licht über den glitzernden Eisflächen. Ich lief über die Fläche aus nichts und fing unwillkürlich an, nach Spuren zu suchen, irgendetwas, dem ich folgen konnte. Vor mir zogen sich Tierfährten durch den Schnee, der vom blauen Wasser unterbrochen wurde, das klar unter den Schollen verschwand. Da waren alte Spuren, wie die eines Eisbären, daneben weitaus kleinere. Sie waren frisch, und ich erkannte sie, auch wenn ich nicht wusste, zu welchem Tier sie gehörten. Es waren die, die mir ständig folgten und manchmal sogar schon da waren, sobald ich irgendwo ankam. Anders als die Bärenspuren bildeten die kleinen eine Art Schnur, bei der die Hinterläufe exakt in die Abdrücke der Vorderläufe gesetzt worden waren.

Es war nichts Menschliches zu sehen oder zu hören. Da war nur das Geräusch von Blut, das in meinen Ohren rauschte, und je stiller es wurde, desto lauter wurden die Gedanken in meinem Kopf. Oft sehnte ich mich nach Stille, einem Kopf ohne Wörter und Gedanken, doch ich hatte keinen Schimmer, was dann von mir übrig bleiben würde.

Ich sprang von der Eisscholle, auf der ich stand, und erreichte ein anderes Eisfeld. Ob ich den Punkt hinter oder vor mir fixierte, war egal, alles sah gleich aus. Nur der Kompass in meiner Hand schickte mich weiter in den Norden, und mit jedem Schritt gelangte ich mehr in ein Grenzgebiet ohne Worte und Ego. Meine Gedanken gerieten genauso außer Atem wie meine Lungen, doch ich konnte nicht stehen bleiben, nicht einmal für eine Sekunde. Ich hetzte über das Eis, quer entlang der in sich verkanteten Schollen, und da war er.

Der Nordpol war unscheinbar, da war keine Fahne, kein Wegweiser, nicht einmal eine Station. Er war ein geografischer Punkt mit den Koordinaten 90° 00‘ 00“ N, der nichts in sich hielt. Mehrmals drehte ich mich um meine eigene Achse und schob mit den Füßen eine Schicht des Schnees beiseite. Wenn man sich am Nordpol befand, war alles rundherum Süden. Erst nach ein paar Minuten begriff ich, was das bedeutete. Endlich angekommen, war ich von Angst umzingelt.

Irgendetwas streifte mich, erschrocken drehte ich mich um. Ich schluckte, wollte rennen und spürte meine Beine kaum. Stattdessen riss ich die Arme hoch und fiel in den Schnee. Hektisch vergrub ich meine Hände und hätte meinen Kopf gerne hinterhergestopft. Hitze packte meinen Nacken und brannte auf meiner Stirn, überall war Angst. Genug. Punkt. Bis hierhin. Meine Kehle schmerzte, das tat sie immer, wenn Tränen rauswollten. Regungslos blieb ich liegen und hielt den Atem an. Etwas knurrte und schnüffelte an mir, und ich war erleichtert, dass es kein Mensch war. Das war die Angst, die Kontrolle zu verlieren.

Wir waren in die falsche Richtung gelaufen, hämmerte es in meinem Kopf, immer wieder hallte dieser Gedanke wider. Doch wären wir in den Süden gelaufen, hätten wir die Angst direkt vor uns gehabt. Ich hörte Landkarten, die sich hastig auseinanderfalteten, ein paar zerknüllten, und auf keiner von ihnen war der richtige Weg zu finden. Gedanken prallten an meine Schädeldecke und krachten gleich darauf an die gegenüberliegende Seite. Es gab keinen Fluchtweg. Philipp hatte recht gehabt, ich konnte meiner Angst nicht davonlaufen.

Ich kniff die Augen zusammen, unterdrückte jeden Laut, und das Knurren wurde bedrohlicher. Meine Kehle juckte, ich spürte den Speichel in ihr herunterrinnen und spuckte ihn hustend raus. Dann schnappte ich nach Luft und wartete mit geschlossenen Augen auf die Schnauze, die mich zerbeißen würde.

Stattdessen kam Wind auf und zog über mich hinweg, während ich vorsichtig die Augen öffnete. Als Erstes waren da Spuren. Klein und schnurgerade. An ihrem Ende ragten vier Läufe aus dem Schnee, der kleine Körper war von weißem Fell umgeben und kaum von der Umgebung zu unterscheiden. Darüber eine schwarze Schnauze und zwei dunkle Augen, die mich fixierten.

»Du …«, zeigte ich auf ihn und verstummte. »Du bist ein Fuchs.«

Meine Angst hatte eine Schnauze und stand direkt

vor mir. Jetzt wusste ich, wie sie aussah, und es veränderte nichts. Der Fuchs gähnte. Für ihn war das keine neue Erkenntnis, er sah mich ständig.

»Wenn ich hier sterbe, darfst du an meinen Knochen nagen.«

Er legte den Kopf schief.

»Vorher nicht!«, betonte ich.

Die richtige Temperatur für Polarfüchse bewegte sich zwischen minus siebzig bis achtundzwanzig Grad Celsius. Dieses Tier kannte kein Frieren.

Der Himmel flimmerte wie das Licht von flackernden Neonröhren. Immer noch im tiefen Nebel meiner Gedanken nahm ich wahr, wie Hände meine Schultern hochzogen. Unbeholfen wollte ich sie wegwischen, dann mischten sich Stimmen unter das Eis, und der Nordpol verschwand.

»... kann ja verstehen, dass einem die Hitze zu Kopf steigt, aber es gibt doch wohl bessere Wege, sich abzukühlen.«

Durcheinander blinzelte ich, öffnete meine Augen und sah meine Füße über die Fliesen der Kühlkammer schleifen. Orientierungslos winkte ich dem Fuchs zu, der sich gleich darauf in die siebenundfünfzig Kacheln der Kühlkammer verwandelte.

Unter meinen Achseln klemmten dicke Finger mit dunklen Haaren, die in alle Richtungen abstanden. Zu den Fingern gehörten Fingernägel, unter denen sich eine dunkle Linie gebildet hatte. Die Hände lehnten mich an eine Mauer des Hinterhofes, durch den wir in der Nacht gelaufen waren, und klemmten einen warmen Becher zwischen meine kalten Hände. Der Hof lag in der Nachmittagssonne, gierig streckte ich ihr mein Gesicht entgegen, und als ich aufblickte, sah ich eine in Alu eingewickelte Sophie, sie hatte auch einen Becher, schlürfte und verzog ihren Mund zu einem breiten Lächeln. Jemand wickelte etwas, das wie eine Tischdecke aussah, um mich herum.

»Wieder aufgetaut?«, positionierte sich ein kräftiger Mann vor mir und stemmte seine Arme in die Hüften.

Ich starrte auf seine Finger, es waren dieselben, die ich unter meinen Schultern gesehen hatte. Vorsichtig bewegte ich meine Beine, neigte meinen Kopf und nickte wirr.

»Wo ist der Fuchs? Der am Polarkreis?«

»Polar-was?«, wiederholte Sophie.

»Trink das aus«, forderte mich die tiefe Stimme zu den haarigen Fingern auf und zeigte auf den Becher in meiner Hand. »Soll ich einen Krankenwagen rufen?«

Ich blinzelte, meine Hände waren steif und blau angelaufen. Es war heller als der Ton, den ich mir vorgestellt hatte. Fast violett.

»Nein, wir sind nicht vollständig«, murmelte ich. »Philipp fehlt.«

Bevor ich den Satz beendete, kehrte er um und rannte ins Innere, um kurz darauf zurückzukommen.

»Da ist niemand mehr. Bist du sicher?«

Ich nickte und drehte meinen Arm in der Sonne. »Ich weiß auch nicht, wo er ist.«

»Also kein Notarzt?«

»Das sagte sie doch«, fuhr Sophie ihn an.

Er zuckte mit den Schultern.

»Ich muss jetzt aufmachen, wenn ihr noch was braucht ...« Er zeigte ins Innere des Restaurants.

Ich nippte an dem Becher und spuckte alles wieder aus, als ich merkte, dass es Kaffee war.

Der Regen hatte aufgehört, es tropfte aus den Dachrinnen, und der Hof war von Pfützen übersät. Der halbe Sonntag, den wir in der Kammer verbracht hatten, verblasste schon jetzt zu wenigen Minuten. Freuen konnte ich mich dennoch nicht. Irgendwie war das typisch, ich wartete und wartete, und wenn das, worauf ich wartete, passierte, fühlte ich nichts. Als Sophie ihren Becher ausgetrunken hatte, reichte ich ihr meinen, danach steuerten wir aus dem Hof zurück auf die Straße. Schweigend liefen wir nebeneinanderher, der feuchte Stoff meiner Klamotten klebte auf meiner Haut, auch meine Gedanken pappten undefiniert aneinander. Mit jedem Schritt klatschten meine Füße gegen den nassen Asphalt und ließen Tropfen gegen meine Knöchel spritzen.

»Hier …« Sophie streckte ihre Hand aus und gab mir mein Telefon zurück. »Das hast du fallen lassen.«

Ich umklammerte es und rannte hinter ihr her durch die Häuserbuchten.

»Was glaubst du, wo Philipp hin ist? Vielleicht hatte er Hunger, oder er ist die Strecke zurückgelaufen, über die wir hergekommen sind«, sagte Sophie und blieb abrupt stehen. »Du, ich glaube, ich habe auch Hunger. Hast du auch Hunger? Wo würdest du hingehen, wenn du Hunger hättest?«, sagte sie und setzte sich wieder in Bewegung. »Oder das Büro? Meinst du, er ist ins Büro gegangen? Vielleicht auch der Park, nur welcher? Denkst du, er mag den mit dem Wasser lieber als den anderen? Vielleicht ist er ganz woanders hingegangen oder in die andere Richtung. Wie groß ist diese Stadt eigentlich? Mir will einfach nichts einfallen, wo er hingegangen sein könnte.« Sie ließ die Schultern hängen.

»Red einfach weiter, bis dir was eingefallen ist«, murmelte ich und überlegte, welcher ihrer Vorschläge am besten dazu geeignet war, Philipp zu finden.

»Ich weiß gar nicht, warum ich darüber nachdenke. Immerhin war das ...«, sie wedelte mit den Händen zurück Richtung Innenhof, »... alles seine Schuld. Ich sollte ihn nicht suchen. Er sollte darüber nachdenken, wo wir sind. Knallt der einfach diese verdammte Tür zu und merkt es noch nicht mal. Oder denkst du, er hat es bemerkt? Scheiße, denkst du, er hat es gemerkt? Wenn der das gemerkt hat und nicht zurückgekommen ist ...« Sie ballte ihre Fäuste. »Meinst du, der Irre geht an sein Telefon?«, fragte Sophie und tippte und wischte vehement auf ihrem Handy herum und presste es ungeduldig an ihr Ohr.

»Sag nicht immer Irrer ...«

»Was dann?«

»Philipp.«

»Mailbox?«, brüllte sie ins Telefon, und ich sah an ihrem verzerrten Gesicht, wie schwer es ihr fiel, es nicht sofort auf den Asphalt zu knallen.

»Ich soll dir auf die Mailbox sprechen? Ja?«, flüsterte sie drohend und starrte mit zusammengekniffenen Augen auf das Display.

»Du hättest uns fast umgebracht, du Irrer!«

»Philipp. Sag Philipp.«

»Nicht, dass ich weniger verrückt wäre, aber ich kann wenigstens zwischen einer geschlossenen und einer offenen Tür unterscheiden und lasse niemanden bei … wie viel Grad waren das?« Sie senkte kurz ihre Stimme und hielt das Telefon eine Armlänge von sich weg.

»Zwei?«, antwortete ich und lief weiter neben ihr her.

»… bei zwei Grad Celsius verrecken! Hörst du mich? Dachtest du, es ist lustig, wie ein Fischstäbchen zu enden? Hast du auch nur einen …«

»Fischstäbchen frieren bei minus zwölf Grad«, berichtigte ich Sophie.

»Was? Ist doch scheißegal!« Sie trat im Vorbeigehen gegen ein Fahrrad, das auf dem Bürgersteig stand, und brüllte weiter, bis sie abrupt still wurde und auf ihr Telefon starrte.

»Ist er rangegangen?«, fragte ich und versuchte, ihr das Telefon abzunehmen.

»Nee, der Akku ist leer.« Sie blickte immer noch ungläubig auf das Display.

Die Straßen füllten sich, orientierungslos liefen wir in die eine Richtung, um nach ein paar Ecken wieder in die andere zu wechseln. Sophie stützte ihre Hände in die Hüfte und redete ununterbrochen weiter, während sie mir folgte und mir die Geduld wegschimmelte.

»Wir trennen uns.« Ich blieb stehen und sah die Straße entlang. »Du gehst da lang und ich hier«, fügte ich schnell hinzu, als Sophie Luft holte, und lief los.

»Ja, und wie lange?!«, brüllte sie mir hinterher.

»In einer halben Stunde hier«, rief ich ihr zu, ohne mich umzudrehen. Noch zwei Straßen weiter hörte ich sie Philipps Namen brüllen, erst nach der nächsten Ecke ebbte ihre Stimme ab. Meine Idee, uns aufzuteilen, war nicht nur effizient, sondern egoistisch.

Nach den Stunden im Kühlhaus wollte ich nicht mehr zuhören, auch nichts sagen. Alleine fühlte ich mich zu Hause.

Ich hatte keine Ahnung, in welcher Richtung ich anfangen sollte, nach Philipp zu suchen. Vielleicht war ich nicht einmal sicher, ob ich nach ihm suchen wollte. Diese Stadt war so groß, selbst wenn er zwei Straßen weiter gestanden hätte, wären wir im Tumult der anderen aneinander vorbeigelaufen. Konzentriert schaute ich in jedes Gesicht, und sie blinzelten verwirrt zurück.

Diese Stadt war so aufgebaut wie ein Gehirn, nur erstreckte sie sich über eine Fläche von 891,8 Quadratkilometern. Das klang groß, vielleicht war es dennoch übersichtlicher als die Windungen eines Gehirns. Ich sah die Straße hinunter, erst nach links, dann nach rechts, zwei Dimensionen, während die Gebäude, die in den Himmel ragten, die dritte bildeten. Dann waren da auch noch Kurven, Sackgassen und Brücken. Es gab auch Tunnel und Keller und vieles mehr, was unsichtbar blieb.

Im Gehirn, stellte ich mir vor, entstanden neue Verknüpfungen wie neue Stockwerke und Straßen. Einige prägten sich so stark ein, dass sie wie Trampelpfade waren und Wege quer durch den Park abkürzten. Jede von ihnen transportierte Informationen und elektrische Impulse, manchmal schlugen sie Funken wie Straßenbahnen. Es kam auch vor, dass Bahnen entgleisten und mit gewaltigem Lärm in Gebäude krachten. In so einem Fall stand im Inneren der Mauern für einen Moment alles still.

Irgendwann hatte man gedacht, das Gehirn sei in etwa so wie ein Teller Spaghetti, auf dem sich die Nudeln wahllos ineinander verhedderten und rissen. Das war so eine Sache mit der Wahrheit, oft versuchte ich mir vorzustellen, welche Dinge wir uns noch erzählten, über die wir in ein paar Jahren lächeln würden. Zehn Billionen Neuronen, Synapsen und Nerven unter einem Schuss Tomatensauce. Wahrscheinlich wussten wir da auch noch nicht, dass es Neuronen, Synapsen und Nerven waren. Was mich beruhigte, war, dass dieses Organ immer organisiert war. Selbst wenn ich es nicht war. Das ließ mich auch jetzt ruhiger atmen und dämmte das Kribbeln meiner Nerven ein.

Ein Strom Menschen kam auf mich zu und schloss mich ein. Bis sie vorübergezogen waren, blieb ich stehen und schaute auf den rissigen Asphalt.

»Traut sich nicht aufzusehen«, mussten sie denken, woraufhin ich nach oben schaute. Kerzengerade in den Himmel.

»Kann nicht vor sich schauen«, mussten sie jetzt denken, und ich schloss die Augen.

»Träumt vor sich hin«, dachten sie jetzt.

Nach ein paar Metern folgte die nächste Menschenwolke, wieder blieb ich stehen und schaffte es, trotz des engen Raums, dass mich niemand berührte. An dem Hauseingang neben mir klemmten eine Reihe von Schildern, im ersten Stock war ein Zahnarzt, ein Architekturstudio im zweiten und irgendetwas mit Medien darüber. Im Erdgeschoss befand sich ein Maklerbüro, jemand hatte die Bilder der Wohnungen und Büros ins Fenster geheftet. Lieber gewesen wäre mir eine Lösungszentrale, in der Probleme gesammelt und ins Fenster geklebt wurden, um sie nach und nach an Menschen zu verteilen, die sie besser lösen konnten.

Ich stellte mir das wie einen Tausch vor, bei dem ich das Problem eines anderen löste. Mein Kopf wollte kein Durcheinander, auch keine Hindernisse überwinden. Trotzdem wollte sich Philipp nicht aus meinen Gedanken wegschieben lassen.

Mit fremden Problemen war das anders, die trieften nicht vor Angst, sie verhedderten sich auch nicht. Sie waren einfach nur da, um gelöst zu werden. Ich hätte auch zwei fremde Probleme im Tausch gelöst, sogar sieben. Aber es war Sonntag, und an Sonntagen war die Lösungszentrale in der Fiktion als auch in der Wirklichkeit geschlossen.

Ich verschränkte meine Arme hinter dem Rücken und sank in eine leicht gebückte Haltung, bei der sich mein Oberkörper weit nach vorne beugte. Alte Herren liefen so, und in diesem Augenblick wollte ich ein alter Herr sein. Jemand, der genau wusste, was zu tun war. Es funktionierte nicht, und obwohl ich Angst hatte, war der Fuchs nirgends zu sehen. Ich wusste nicht einmal, wo er sich rumtrieb. Seit zwei Stunden hatte ich ihn nicht mehr gesehen. Vielleicht war er überfahren worden, ausgerechnet jetzt, wo ich seine Spürnase gut gebrauchen konnte.

Das einzige Bild, das da war, war das von der Abfolge oxF EE1D EAD, die ich in Philipps Büchern entdeckt hatte. Die meiste Zeit verbrachte ich damit, mich mit den Details zu beschäftigen, die am zuverlässigsten zu keinem Ergebnis führten. Dadurch sammelte ich in kürzester Zeit diverse Methoden, wie etwas nicht funktionierte.

Ohne eine bestimmte Idee kramte ich mein Telefon aus der Tasche, tippte die Abfolge hinein, setzte ein demonstratives Fragezeichen dahinter und sendete sie an Erik. Das tat ich oft, auch wenn ich wusste, dass er es nicht leiden konnte, wenn ich ihm unzusammenhängende Fragen schickte. Zwei Minuten später erschien auf meinem Telefon ein Link von ihm.

Das Internet wusste, dass der Code ein Linux-Systemaufruf war. Ich hatte ihn falsch gelesen. Anders zusammengestellt ergab er den Befehl 0xFEE1 DEAD. Systemneustart. Das führte mich nirgendwohin. Missmutig tippte ich Philipps Namen im Internet ein und bemerkte, dass ich ihn vermisste.

»Bist du im Kreis gelaufen oder nur fünf Ecken weit gekommen?« Sophie stürmte mir entgegen und rempelte mich heftig an. »Ist auch egal, ich habe ihn nicht gefunden und du offenbar auch nicht. Was ist denn das? Zeig mal!«

»Der Code.«

»Welcher Code?«

Ich zeigte ihr die Abfolge.

»Ist mir zu anstrengend.«

»Wo sollen wir suchen?«, unterbrach ich nach einigen Minuten unser Schweigen, das nur oberflächlich eins war. Etwas Felliges streifte um meine Beine herum, und als ich runtersah, blickten die schwarzen Fuchsaugen zu mir hoch. Endlich war er da, und während wir weiterliefen, blieb er an meiner Seite. Das war die Angst, etwas zu verlieren. Mein Herz schlug schneller, was war, dachte ich auf einmal, wenn Angst meine Superkraft war.

»Vielleicht kommt er morgen früh in die Klinik«, sagte Sophie.

»Meinst du, er weiß, dass heute Sonntag und morgen Montag ist? Und dann ist da noch der Weg zur Klinik …«

»Vielleicht findet er den Weg selbst, er hat ihn ja auch die letzten Wochen gefunden«, sagte Sophie, während ich meine Gedanken wegschob.

»Da hatte er seine Medikamente auch noch nicht abgesetzt«, warf ich ein.

»Stimmt. Aber wir können ja nicht die ganze Stadt nach ihm absuchen.«

Ich dachte kurz darüber nach und kam zu dem Schluss, dass sie recht hatte. Wenn Philipp ein Ding gewesen wäre, sowas wie ein Kaktus in einem Topf, wäre die Suche einfacher gewesen, doch er bewegte sich, änderte seine Route, vielleicht versteckte er sich sogar. Das war wie die Suche nach anderen Planeten, vor allem denen, die bewohnbar waren.

Planetensysteme, die weit entfernt von unserem lagen, waren wie unerreichbare Städte, deren Lichter bis zu uns leuchteten, aber durch deren Straßen wir nicht laufen konnten. Um solche Planeten zu finden, gab es verschiedene Methoden. Es gab den Transit, das hieß so etwas wie Durchlaufen. Dabei zog ein Planet vor einer Sonne entlang und verdunkelte sie ein wenig. Die kurze Reduzierung des Lichts verriet viel.

Es bedeutete, dass da ein Planet war und wie weit entfernt er von dem Stern lag, den er verdeckte. Durch die Entfernung wurde berechnet, wie viel Licht der Planet vom Stern abbekam, was wiederum zeigte, ob er zu kalt, zu heiß oder genau richtig zum Leben war.

Die Entfernung zwischen uns und Philipp war auch hier das, worum es ging, und trotzdem passte diese Lösung nicht zum Problem.

Eine andere Methode, um bewohnbare Planeten zu finden, waren Gase. Das, woran man die Erde erkannte, war Oxygenium, es gab so viel davon, dass es selbst in der Erdatmosphäre zu entdecken war. Es wurde nicht nach fremden Lebewesen gesucht, sondern nach den Spuren, die von ihnen fabriziert wurden. Philipps Spuren waren nur in der Klinik, in seinem Büro und in seiner Wohnung.

»Weißt du, wo Philipp wohnt?«, fragte ich Sophie.

Sie nickte und rannte so schnell los, dass ich Mühe hatte, ihr zu folgen.

13

Der Asphalt gab unter unseren Sohlen nach, und die heiße Luft flirrte in der Abendsonne. Auch wenn der Tag für die meisten schon endete, begann er für uns erst. Jede Straße, in die wir bogen, war mit Menschen und wabernden Geräuschen gefüllt, die schwer wie nasse Wäsche in der Luft hingen. Das Haus, in dem sich Philipps Wohnung befand, stand an einer Ecke im Zentrum der Stadt. Es war ein heller Altbau, dessen dunkel gestrichene Fensterrahmen und Balkone wie die umrandeten Augen eines Pandas wirkten. Jedes Haus hatte Augen, auch wenn es nicht immer dieselben waren. Sah man einmal Gesichter in Dingen, starrten sie einen nur noch an.

Philipp lebte ganz oben, anders als in meinem Treppenhaus zog sich ein dunkelroter Teppich die Stufen hoch. Da war kein Graffito an den Wänden, und die Fußleisten entlang der Wände verliefen ohne jeglichen Staub. Nur der Geruch war derselbe wie in meinem Treppenhaus und hatte sich nicht wegsanieren lassen.

»Hier ist es«, murmelte sie, als wir oben angekommen waren, und drückte auf die Klingel.

Kitz war auf die kupferfarbene Fläche daneben graviert worden. Erst jetzt bemerkte ich, dass ich seinen Nachnamen nicht kannte. Ich wusste auch nicht, wo Philipp herkam, aber dass er auf dem Klavier die Melodie aus der Waschmittelwerbung spielen konnte. Ich hatte keine Ahnung, wann sein Geburtstag war, doch er hatte mir einmal gesagt, dass er es liebte zu tauchen.

Nachdem ich meinen Finger ein paar weitere Male auf die Klingel gepresst hatte, tat sich immer noch nichts.

»Hör mal auf.« Sophie drückte ihr Ohr an die Tür. »Ich glaube … ich höre etwas. Sei mal leiser.«

»Ich sag doch gar nichts«, murmelte ich.

»Psst!«

Ich hielt den Atem an, und noch bevor sie von der Tür abließ, schepperte etwas in der Wohnung.

»Vielleicht hat er eine Katze«, vermutete ich.

»Kannst du dir Philipp mit einer Katze vorstellen?«

»Ich kann mir eine Katze mit Philipp vorstellen.«

»Seine Katze redet.« Sie presste ihren Kopf gegen die Tür und ließ ihren Finger auf der Klingel liegen.

Es geschah nichts, Sophie gab einen ungeduldigen Laut von sich, wühlte in ihren Taschen und kramte eine Karte hervor. Mit dem Foto voran schob sie ihren Ausweis auf der Höhe des Schlosses in den vertikalen Schlitz zwischen Tür und Rahmen. Mit der anderen Hand drückte sie die Tür so weit wie möglich nach hinten und neigte die Karte.

»Hast du das durchdacht?«, fragte ich skeptisch.

Entschlossen schob sie die Karte immer weiter in den Schlitz.

»Natürlich nicht!«

Sie bog den Ausweis in die andere Richtung und wackelte am Knauf, bis sich die Karte unter den Riegel des Schlosses schob und ihn nach unten bewegte. Unter einem leisen Knacken öffnete sich die Tür.

Hinter ihr lag ein langer schmaler Flur, von dem fünf Zimmer abgingen. Außer einer Tür waren alle anderen geschlossen, wodurch der Flur im Dunkeln lag. Sophie streifte ihre Schuhe ab und schmiss sie auf den Boden, bevor sie reinging und in einem der Zimmer verschwand. Auch ich zog meine aus, rückte ihre gerade und stellte meine parallel zueinander daneben. Ihre waren kürzer, und ich rückte sie noch ein paar Mal vor und zurück, um die richtige Position für sie zu finden.

Auf Zehenspitzen trat ich über die Schwelle und bewegte mich wie ein Chamäleon. Mehr zurück als vor. Da waren keine Bilder an den Wänden, es lagen auch keine Schuhe oder Jacken herum, und von der Decke hingen fünf Glühbirnen.

»Der muss dringend mal wieder einkaufen gehen«, kam es von Sophie aus der Küche. »Er hat nur noch Licht im Kühlschrank. Siehst du im Bad nach?«

Ich spähte durch die nächste Tür, es war das Bad, doch im Badezimmerspiegel sah ich nur drei Dinge. Ich war ratlos, müde und ungekämmt. Schatten lagen unter meinen Augen, und ein grauer Streifen Staub zog sich quer über meine Stirn.

Zurück im Flur horchte ich in den Rest der Wohnung, und als sich erneut etwas in einem der Zimmer regte, presste ich meine Kiefer gegeneinander und schlich bis zum letzten am Ende des Ganges. Da war das Geräusch von zerreißendem Papier, das kurz danach zusammengeknüllt wurde. Ich lehnte meine Stirn gegen die Tür, die einen kleinen Spalt offen stand, und hörte, wie das zerknitterte Papier auf den Boden fiel. Kurz danach riss das nächste Blatt.

Drei, zwei, eins, zählte ich gedanklich runter und blieb stehen. Zwei, eins, wiederholte ich mich und machte beim siebten Versuch die Tür auf. Wärme schlug mir entgegen, und in der einfallenden Sonne sah ich unzählige Partikel, die diffus umeinanderschwirrten.

Obwohl ich Philipp schon in der Nacht erlebt hatte, war ich nicht vorbereitet auf das, was mich erwartete. Wankend stand er im Zimmer und schaute durch mich hindurch. Er bemerkte mich nicht, dennoch breitete sich etwas Warmes in mir aus, das mich lächeln ließ. An den Wänden zogen sich hohe Regale entlang, die bis auf den letzten Millimeter mit Büchern gefüllt waren, ein Klavier stand in der Mitte des Raums, dahinter erstreckte sich eine breite Dachterrasse. Wie auf Stelzen stakste Philipp an den Regalen entlang, zog einzelne Bücher daraus hervor und schlug sie willkürlich auf, um aus jedem ein paar Seiten herauszureißen. Anschließend warf er sie hinter sich.

Ausgenommen die Dielen unter dem Klavier, war der Boden mit zusammengeknüllten Papierbällen und aufgeschlagenen Büchern übersät. Unvermittelt fuhr Philipp herum und sah mich an oder durch mich durch, so genau konnte ich das nicht erkennen.

»Wie geht es dir?«, fragte ich ihn.

»Geht es dir?«, wiederholte Philipp flüsternd, um sich gleich darauf wieder abzuwenden und das nächste Buch aus dem Regal zu ziehen.

»Ist er …«, Sophie stürmte ins Zimmer und blieb hinter mir stehen. »Er ist da … ich mache mal Kaffee.«

An ihrer Stimme konnte ich hören, dass sie genauso beunruhigt war wie ich.

»Ich mache mir Sorgen um dich«, sagte ich.

»Das geht vorbei, glaub mir, ich hatte auch schon richtig miese Phasen.« Er blickte kurz auf, um direkt wieder zu versinken.

Sein Gesicht war neblig und leer, als habe jemand seinen Ausdruck weggewischt.

»Wenn du weinen musst, sag ich es niemandem«, erklärte er mir und schaute in eins der Bücher. »Nur lass den Kopf nicht hängen, das sieht blöd bei dir aus.«

Ich zuckte, als in der Küche etwas scheppernd zu Boden fiel, gleich darauf klirrte es, und auch Philipp fuhr zusammen.

»Wann kommst du wieder?«, wollte er wissen und verschränkte seine Arme.

»Ich bin gerade erst gekommen«, entgegnete ich.

Bevor ich mich entscheiden konnte, ob ich mitspielen sollte oder nicht, kam Bewegung in seinen Körper.

»Du bist pünktlich, genauso wie wir verabredet waren … jetzt kannst du die Uhren wegwerfen, die brauchen wir nicht mehr.« Er zeigte auf einen Stapel Uhren vor der Terrassentür.

Neben einem Radiowecker, diversen Armbanduhren, seinem Telefon als auch mehreren Laptops hatte er ebenfalls die Uhr mitsamt der Armatur seines Herds abmontiert. Wie eine Tragfläche ragte sie mit losen Drähten aus dem Trümmerhaufen heraus und erinnerte mich daran, wie wenig ich über den Verstand wusste und wie wunderbar das Unbekannte war.

»Den Kompass brauchen wir auch nicht mehr.« Philipp stieg über die Uhren hinweg und stürmte ungelenk auf die Dachterrasse.

»Ich habe was Besseres gefunden. Das hier! Schau

mal …«, forderte er mich auf und hielt mir einen Eimer hin.

Angespannt kam ich ihm hinterher, nahm den Eimer entgegen und warf einen Blick hinein.

»Was ist das?«

Der Eimer war leer.

»Der Polarstern.« Philipp blinzelte hektisch und sah mich entrüstet an. »Ich hab die ganze Nacht gebraucht, bis ich ihn hatte!«

Mit dem Eimer unter dem Arm verschwand er zurück in die Wohnung. Unschlüssig, was ich tun sollte, folgte ich ihm und setzte mich vor das Klavier, während ich hörte, wie Sophie aus dem Flur etwas flüsterte. Es ging auf halber Strecke verloren und verwandelte sich von einem Satz in einen Laut.

»Hast du heute schon etwas gegessen?«, fragte ich ihn.

»Ich kann doch kein Französisch.«

Durch den Flur kehrte ich in die Küche zurück, Sophie stand vor der Kaffeemaschine und beschimpfte sie.

»Du streitest mit einer Maschine«, stellte ich fest und war drauf gefasst, dass sie über kurz oder lang auch dagegentreten würde.

»Ich diskutiere«, knurrte Sophie.

»Google doch die Anleitung.«

»Ich lese sowas nicht.« Sie rüttelte an der Maschine und trat einen Schritt zurück, bevor ihr Zeigefinger wieder auf dem Schalter verharrte.

»Ich hau so lange drauf, bis es funktioniert«, erklärte sie und gab ihr noch einen Klaps, bevor die Maschine sich in Gang setzte. »Wie geht‘s ihm?«

Ich zuckte mit den Schultern und musste zugeben, dass ich keinen Schimmer hatte. Aus dem, was ich in den Schränken fand, bastelte ich etwas zu essen und balancierte drei Teller in den Wohnraum. Auf der Türschwelle angekommen, sah ich, wie Philipp mein Telefon, das ich aufs Klavier gelegt hatte, sorgfältig auf den Haufen zu den Uhren sortierte. Mein Blick blieb an den langen Fenstern dahinter hängen, deren Scheiben ordentlich von oben bis zur unteren Kante mit dem Code 0xFEE1 DEAD beschrieben waren.

Ich blieb im Türrahmen stehen, und meine Gedanken suchten nach einer Erklärung, irgendetwas, das Philipps Spuren in etwas verwandelte, das ich verstand. Da war der Code, den er überall aufschrieb und wiederholte. Zeit hatte ihre Notwendigkeit verloren, und seine Sprache hatte sich ebenfalls neu verknüpft. Dann war da das Wasser, nicht nur Wasser, sondern eine Flutwelle, die sich durch die gesamte Stadt arbeitete. Das deckte sich nicht mit dem Wenigen, was ich über Schizophrenie wusste. Allerdings deckte ich mich auch nicht mit dem Vielen, das ich über Autismus wusste.

In meinem Gedächtnis faltete sich ein zerknülltes Heft auseinander und blätterte holprig bis zur Seite einundzwanzig, bevor es liegen blieb. Oben rechts in der Ecke zog sich die Jahreszahl 1919 über das Papier, augenrollend wollte ich den Gedanken schon beiseiteschieben und legte den Kopf schief, als fiele er dann durch eines meiner Ohren wieder heraus, als ich Schizophrenie las. Die zerknüllten Seiten waren die Abhandlung *On the origin of the ›Influencing Machine‹ in Schizophrenia*. Geschrieben hatte sie Victor Tausk, ein

Schüler von Sigmund Freud, der kurz nach der Veröffentlichung gestorben war. Er erschoss und erhängte sich gleichzeitig, melancholisch war er nicht. Jedenfalls stand das in einem Brief, den er an seinen Lehrer geschrieben hatte. Aber darum ging es nicht in seinem Essay. Ich ging die Zeilen der aufgeschlagenen Seite durch und erinnerte mich, was ich vor Jahren gelesen hatte.

Victor hatte herausgefunden, dass die Mehrzahl seiner schizophrenen Patienten davon überzeugt war, dass ihr Geist und auch ihr Körper nicht mehr von ihnen selbst kontrolliert wurden. Bis ins kleinste Detail konnten ihm seine Patienten die jeweiligen Maschinen aufzeichnen, von denen sie glaubten, manipuliert zu werden. Dabei beschrieben sie Apparate, die noch nicht erfunden waren. Erst Jahre später erschienen sie als die ersten Telefone und Phonographen.

Eine seiner Patientinnen erzählte ihm, dass ihre Gedanken von einem geheim gehaltenen Apparat beeinflusst wurden, der genauso aussah wie ihr eigener Körper. Im Magen befanden sich keine Organe, sondern Kabel. Hinter einer mit Samt gefütterten Klappe, die geöffnet werden konnte, klemmten ein paar Batterien zwischen zwei metallenen Spulen.

Als ich mir die Bauchklappe vorstellte, drängte sich eine Szene tief aus meinem Gedächtnis zu mir durch. Ich sah mich und meinen Vater im Badezimmer stehen, mein Kopf ragte knapp über das Waschbecken. Er stand neben mir, sah mir im Spiegel zu und putzte sich die Zähne, während ich meinen Bauchnabel mit Zahnpasta auffüllte und mit meiner Fingerspitze darin rührte.

»Wenn du mit deinem Finger im Nabel bohrst, stirbst du«, warnte er mich und spuckte ins Waschbecken.

»Ist das der Aus-Knopf?«

Er rubbelte sich die Haare unter dem Handtuch trocken und ging raus. Es hatte ein paar Jahre gedauert, bis ich niemanden mehr hysterisch umwarf, wenn Finger sich Bauchnäbeln näherten. Schroff schob ich die Erinnerung weg. Alles, was Angst machte, war gelernt, und Victor war zu dem Schluss gekommen, dass das, was seine Patienten ihm erzählten, nicht nur Wahn war.

Während schizophrene Patienten im achtzehnten Jahrhundert von Dämonen und Geistern gelenkt wurden, drangen in diesem Jahrhundert Technologien in ihren Körper als auch in ihre Gedanken ein.

Psychosen waren immer auf dem neuesten Stand, sie fremdelten nicht mit der Welt, sie konsumierten sie und zogen scharfe Umrisse um eine Wirklichkeit, in der selbst ohne eine Psychose nichts zuverlässig von der Fiktion zu unterscheiden war. Vielleicht gehörten Überschwemmungen und Uhren zu Philipps Ängsten.

»Ich habe dir ein Brot gemacht.« Ich stellte einen der Teller vor Philipp hin.

»Der Regen ist zu laut«, entgegnete Philipp.

»Es regnet nicht.«

»Das Wasser steht schon bis hier«, schluckte er und zeigte mir die Höhe, indem er seine Hand knapp über sein Knie hielt.

»Nur hier drinnen?«

»Draußen auch, guck doch.« Er presste seine Hände gegen die Terrassentür. »Alles steht unter Wasser.«

»Ich glaube dir, dass du Wasser wahrnimmst, aber ich kann es nicht sehen.«

»Ich weiß, niemand kann das.«

In jedem Auto lag einer dieser sperrigen Erste-Hilfe-Kästen, in denen Desinfektionsspray, Pflaster und Mullbinden vor sich hingammelten. Für die Psyche war da nichts drin, obwohl die viel öfter irgendwo entlangschredderte. Manchmal rutschte ich auf Einsamkeit aus, knallte gegen Ablehnung oder splitterte an Niederlagen. Diese Verletzungen entzündeten sich schnell, Pflaster gab es dafür keine, stattdessen verzerrten sie die Wahrnehmung und fingen irgendwann an zu verwirren. Da waren so einige scharfkantige Gefühle, Ablehnung fühlte sich nicht nur derbe an, manchmal starben Menschen auch daran, so richtig langsam.

Zuerst erhöhte sich der Blutdruck, danach der Cholesterinspiegel, dann wurde das Immunsystem schwächer und ließ alle Viren rein. Niederlagen schafften das ebenfalls. Sie drangen in die Gedanken ein, bis diese schlaff runterhingen, vor Unsicherheit trieften und einen glauben ließen, dass man etwas nicht konnte. Und viele glaubten sich das, den ganzen Tag über, selbst in der Nacht, bis sie anfingen aufzugeben oder es gar nicht erst ausprobierten. Solche Gedanken bluteten aus und bildeten Schorf, um sofort wieder aufzuplatzen, sobald man sich kurz dran stieß.

Philipp warf eins der Bücher auf die Dielen und zog das nächste aus dem Regal. Er drehte es herum und kritzelte mit konzentrierter Miene etwas hinein. Ich wollte ihn vor seiner Krankheit schützen, dann bemerkte ich, dass das erfunden war. Was ich wollte, war, mich vor seiner Krankheit zu schützen.

»Philipp, wir werden dich jetzt in die Klinik bringen«, sagte ich und nickte Sophie zu, die mit einem weiteren Teller voller Brote hereinkam.

»Da gehe ich nicht hin«, entgegnete er schlicht.

»Dann rufe ich den Notarzt«, sagte ich.

»Wirklich?«, flüsterte Sophie.

»Ich bin kein Notfall«, brüllte Philipp.

Sophie und ich fuhren zusammen und wechselten einen Blick.

»Ich will hoch«, meinte er, während er lauernd vor seinen Regalen entlangging, als würden die Bücher jeden Moment von den Brettern rutschen.

»Was meinst du mit hoch?«, fragte Sophie.

»So hoch, wie es geht, raus aus dem Wasser.«

»Welches Wasser?«, flüsterte Sophie mir zu.

»Seine Gedanken fluten die Stadt.«

»Okay.« Sophie zuckte mit den Schultern. »Nordwärts Richtung Mond.«

»Das geht nicht!« Ich verschränkte meine Arme.

»Was hast du denn gegen den Mond?«, fragte Sophie.

»Du hörst sie wirklich?!«, platzte Philipp heraus.

»Wen?« Sophie schüttelte den Kopf. »Ich glaube, er sieht auch noch andere Menschen.«

»Es geht nicht um den Mond«, wandte ich mich ungeduldig ab.

»Worum dann?«, fragte Sophie.

»Deswegen«, lenkte Philipp ein und ließ seinen Zeigefinger neben seinem Kopf kreisen. Verlegen sah ich zur Seite und war erstaunt, dass irgendein Teil von ihm mitbekam, was vor sich ging. Als ich ihn wieder ansah, merkte ich, dass er darauf wartete, dass einer von uns ihm sagte, dass alles intakt war. Auch Sophie hatte es bemerkt, und wir schwiegen beide. Ich zog eins der wenigen Bücher, die noch im Regal standen, heraus und reichte es Philipp, der es augenblicklich aufschlug und sich daranmachte, weitere Buchstabenfolgen am Rand der Seiten zu vermerken.

»Ist das dein Ernst? Du willst mit ihm auf den nächsten Aussichtsturm steigen?«

»Warum nicht?«

»Er …«, ich dämmte meine Stimme runter, »… weiß nicht, was er tut.«

Gleichzeitig sah ich ihn mit frei schwingendem Penis auf einem Geländer balancieren und war dankbar dafür, dass meine Gedanken ihn nicht fallen ließen.

»Der weiß doch, dass etwas nicht stimmt«, bemerkte Sophie.

»Er hat uns in einer Kühlkammer eingesperrt, ohne etwas davon zu bemerken.«

»Das hatte ich fast vergessen«, lenkte Sophie ein und sah Philipp grimmig an. Dann verpasste sie ihm einen Klaps auf den Rücken. Als von ihm keine Reaktion kam, holte sie erneut aus. Ich hielt ihre Arme fest und hatte keine Ahnung, was ich da tat.

»Wir bringen ihn jetzt in die Klinik«, rief ich so laut, dass Philipp aufblickte.

»Wen?«, wollte er wissen.

»Dich«, entgegnete ich und schob ihn durch den Flur.

Bevor ich die Wohnungstür öffnen konnte, stemmte er sich gegen sie, während sich rote Flecken auf seinem Gesicht ausbreiteten. »Nein, nein, nein! Die nehmen mir alles weg!«

»Was nehmen sie dir weg?«

»Alles, was wichtig ist!«

»Die Flut? Die Telefone? Was denn, verdammt?«

Mir ging die Geduld aus.

Angestrengt rieb Philipp sich seine Stirn und ging in die Knie.

»Die nehmen mir alles weg … alles«, wiederholte er wimmernd.

»Also doch den Notarzt?«, flüsterte Sophie.

»Kein Notfall!«, schrie Philipp.

»Dann gehen wir zusammen. Ohne Notarzt.«

»Ohne Boot?«, fragte er.

»Ohne Boot.«

»Wir werden ertrinken«, stotterte er und drängte sich an uns vorbei zurück ins Innere seiner Wohnung.

»Das wird ein langer Weg«, stöhnte Sophie. »Und jetzt?«

»Pass kurz auf ihn auf.«

Hinter der Tür, die ich noch nicht geöffnet hatte, befand sich das Schlafzimmer. Darin standen ein Bett und ein Kleiderschrank, ich riss seine Türen auf und blieb in der Bewegung hängen. Auf der Stange reihten sich Hosen und Hemden in millimetergenauem Abstand zueinander auf wenigen Bügeln. Auf dem Stapel darunter lagen zweiundzwanzig T-Shirts akkurat aufeinander, ihre Kanten lagen im exakten Neunzig-Grad-Winkel, so dass ich befürchtete, mich schneiden zu können. Mit einem Blick konnte ich sehen, dass das, was ich suchte, nicht da war. Mit einer Bewegung knallte ich die Türen wieder zu und hastete durch die anderen Zimmer. Außer dem Kühl- und Kleiderschrank existierten keine anderen Schränke.

»Hast du seine Schlüssel gesehen? Philipp, wo sind deine Schlüssel?«, rief ich ins Wohnzimmer.

»Die sind hier.« Philipp kam mir entgegen und tippte auf das Notenbuch in seinen Händen.

»Die stecken in der Wohnungstür«, widersprach Sophie.

Im Keller angekommen, probierte ich sieben Schlösser aus, bis ich eins gefunden hatte, das zu dem Schlüssel an Philipps Bund passte. In der Zelle dahinter stand nicht viel, da waren zwei Rennräder und eine dunkle Holztruhe. Bevor ich sie öffnete, klopfte ich zweimal auf den Deckel. Irritiert blickte ich auf ihren Inhalt und fragte mich, ob dasselbe drin gewesen wäre, wenn ich nicht draufgeklopft hätte.

Kopfschüttelnd hievte ich alles, was drin lag, heraus und schleppte es die Stufen hoch bis in den zweiten Stock.

»Das ist nicht dein Ernst!« Sophie starrte mich an, als sie mich durch die Tür kommen sah, und fing an zu lachen.

»Hast du eine bessere Idee?!«

Kopfschüttelnd lachte sie weiter.

»Etwas verstaubt, doch voll funktionstüchtig.« Ich knallte den Taucheranzug mitsamt Zubehör auf den Teppich im Wohnzimmer. »So schaffen wir es bis zur Klinik.«

»Das ist ein Warmwasseranzug, meinst du, der genügt?«, fragte Philipp skeptisch und tippte mit dem Fuß gegen die Gasflasche.

»Auf jeden Fall!«, riefen Sophie und ich gleichzeitig.

Der nächste Schritt bestand darin, ihn Philipp überzustreifen. Während Sophie ihm aus seiner Hose als auch seinem T-Shirt half, ordnete ich jedes Teil, das zu dem Anzug gehörte, sorgfältig nebeneinander an. Sophie steckte sich eine Kippe an, dann die nächste und machte sich mit beiden Zigaretten zwischen den Lippen an den Ärmeln des Neoprenanzugs zu schaffen. Mit einer Küchenschere schnitt sie den linken Arm von der Schulter an ab, und wir zogen den restlichen Anzug so weit auseinander, bis wir ihn über Philipps Gipsarm gestülpt hatten. Nach dem schwarzen Anzug zog er ebenso dunkle Füßlinge über und legte den Tiefenmesser an. Die Uhr, die ich ihm reichte, warf er auf den Haufen zu den anderen.

»Als Nächstes kommt dieses … Ding.«

»Das ist das Finimeter«, erklärte Philipp mir und klemmte es an den Overall.

»Wie auch immer.« Ich zog das Tauchmesser, das er sich ebenfalls angelegt hatte, wieder aus dem Halfter und legte es weg, ohne dass er etwas davon mitbekam.

»Den Bleigurt auch?«, fragte Sophie.

Stirnrunzelnd sah Philipp zur Terrassentür.

»Nein, so tief wollen wir nicht«, sagte ich schnell und nahm den Gürtel aus seiner Hand.

»Dann brauchen wir ja zum Glück auch keinen Atemregler und keine Gasflasche«, stieg Sophie ein und schob beides unter das Klavier.

»Verdammt!«, rief Philipp. »Jetzt brauchen wir doch wieder einen Kompass, hast du den noch?«

»Alles da, keine Sorge.« Sophie hielt ihr Telefon hoch, das noch in der Aufladestation steckte. »Ich lade kurz einen runter.«

Zuletzt legte Philipp die Flossen an, stakste mit großen Schritten zur Wohnungstür, und bevor Sophie die

Tür öffnete, schob er sich die Tauchmaske über den Kopf. Dann klemmte er den Schnorchel fest.

»Und was ist mit euch?«, brachte er zwischen dem Mundstück hervor und sah uns in unseren Hosen und kurzen T-Shirts an.

»Kiemen«, platzte Sophie heraus und legte ihren Arm um meine Schulter. »Noch so ein Fehler der Natur.«

Ich drückte die Klinke herunter.

»Wärmen wir uns nicht auf?«, fragte Philipp hektisch, und ich ließ die Klinke wieder hochschnellen.

»Das ist nicht nötig«, erwiderte Sophie.

»Doch. Ist es!«, widersprach Philipp und tippte mit dem Finger auf eins seiner Messgeräte am Arm. Sophie stöhnte auf, und ich sah sie ratlos an.

»Klar, wir wärmen uns auf.« Ich wischte mir die Haare aus der Stirn und erinnerte mich an die Übungen, die ich während der Körpertherapie in der Klinik gelernt hatte.

»Als Erstes geht ihr den Flur entlang, ballt eure Hände dabei zu Fäusten und hebt sie so hoch ihr könnt.«

»Wohin?«, fragte Sophie.

»Über den Kopf.«

»Und du? Was tust du?«, murmelte Sophie.

»Ich beobachte euch«, entgegnete ich. »Wie immer.«

»Und wie viele Übungen werden das?«, stöhnte Sophie.

»Vier.«

Widerwillig streckte sie ihre Arme hoch und folgte Philipp, der bereits am Ende des Flures angekommen war.

»Als Nächstes schnippt ihr siebzig Mal«, leitete ich

die nächste Übung ein, die ursprünglich für mentale Stärke gedacht war. Das konnte auch Springen sein oder Klatschen, alles. Außer Denken.

»Um die siebzig?«, fragte Sophie, während Philipp sofort begann mit einer Hand zu schnipsen.

»Exakt siebzig.«

»Nee …« Auch ihre Stirn glänzte vor Schweiß, und sie setzte sich auf die Dielen.

Philipp hielt inne und sah Sophie verstört an.

»Bist du etwa auch nicht real?«, flüsterte er und tippte sie an.

Sophie wischte seine Hand weg. »Was soll das denn heißen?«, fuhr sie ihn an und verschränkte ihre Arme, während sie sich wieder an mich wandte. »Das mach ich nicht! Siebzig sind zu viel! Und schnipsen kann ich nicht leiden.«

»Dann zähl in Siebenerschritten von hundert runter.«

»Zweiundzwanzigerschritte!«

»Sechs.«

»Neunzehn!«

»Vier.«

Als das Geräusch von Philipps Fingern als auch Sophies Stimme abgeklungen waren, erklärte ich ihnen die nächste Übung.

»Sucht euch ein Fenster, und seht raus.«

»Und wenn ich draußen bin?«, fragte Sophie.

»Dann suchst du dir eins und schaust rein.«

»Was wärme ich damit auf?«, nuschelte Philipp hinter der Tauchmaske.

»Das bereitet dich auf den Tauchgang vor«, sagte ich und fragte mich insgeheim dasselbe.

»Zuletzt schüttelt ihr euch sieben Sekunden die Hände.«

Durch Berührungen erhöhte sich der Oxytocinspiegel im Blut, das war so etwas wie ein Vertrauenshormon, das biochemisch Sympathie produzierte. Ungeduldig packte Sophie Philipps Hand, schüttelte sie und schob ihn dabei Richtung Wohnungstür. Ohne eine weitere Frage watete er über die Türschwelle und stieg ungelenk die Stufen bis ins Erdgeschoss runter. Während ich ihm folgte, erinnerte ich mich an die letzte Übung, die ich in der Klinik gelernt hatte. Da ging es um Emotionen, vor allem die, die keinen Spaß machten. Auch dazu gab es eine Formel. Nach der 3:1 Ratio waren drei positive Emotionen nötig, um eine negative zu neutralisieren. Seltsamerweise war dieses Prinzip nicht nach oben offen. Ab einer Ratio von 9:1, also neun positiven Emotionen auf eine negative, ließ das positive Gefühl wieder nach. Jeder brauchte Schwierigkeiten.

Die Sonne blendete, und wie am Abend zuvor hatte sich die Luft stark erhitzt. Schon von weitem waren die blauen Schilder der U-Bahn zu erkennen. Röchelnd schleppte sich Philipp zwischen uns vorwärts. Die Flossen patschten mit jedem seiner Schritte dumpf auf den Asphalt. Ich überlegte, ob das Wasser, in dem er glaubte zu tauchen, kühl war und welche Farbe es hatte. Beim Aufblicken stellte ich mir vor, wie die Häuserbuchten bis knapp unter ihre Regenrinnen im wellenlosen Meer verschwanden, so dass alles bläulich schimmerte. Sonnenstrahlen von der Wasseroberfläche flimmerten zu uns runter bis auf die Straße.

Die kleinsten unter den Flugzeugen am Himmel verwandelten sich in Kutter, während die anderen zum nächsten Lufthafen flogen. Tauben schreckten auf und wurden zu einem Schwarm Sardinen. Einigen unter ihnen fehlte eine Flosse.

Die Menschen, die erstaunt aufsahen, als wir ihnen entgegenkamen, verwandelten sich in Thunfische. Da waren Wasserblasen, die aus ihren Mäulern an die Oberfläche stiegen. Auch als wir sie bereits passiert hatten, konnten sie uns nicht einordnen und sahen uns irritiert nach.

»Dit is doch keene Schwimmhalle hier«, blubberte es aus einem heraus.

Vor dem Blumenladen, an dem wir vorbeiliefen, wucherten Algen anstelle von Margeriten, und die Hortensien bewegten sich gleichmäßig im ruhigen Wellengang.

»… Luft durch den Schnorchel?«, riss Sophie mich aus meinen Gedanken, und die Sandbank, auf der wir liefen, verwandelte sich wieder in eine Straße. Auch die Fische verschwanden, was blieb, waren Menschen und Tauben.

»Meinst du, er bekommt genug Luft durch den Schnorchel?«, fragte Sophie noch einmal.

»Ich hoffe es«, murmelte ich. »Denn er wird ihn nicht abnehmen.«

»Und wenn er ohnmächtig wird?«

Ich zuckte mit den Schultern. »Dann rufen wir einen Krankenwagen und sind umso schneller am Ziel.«

»Affe!«, murmelte ein mürrischer Mann im karierten Hemd, während er Philipp musterte, und ging an uns vorüber.

»Du bist ein Mensch«, stellte ich richtig. »Kein Affe.«

Philipp nahm meine Hand, und mein Gesicht begann zu glühen. Mit zusammengekniffenen Augen schaute ich in die Fensterfront neben uns.

Als ich mich zwischen den anderen Gestalten gefunden hatte, sah ich meine rot angelaufenen Wangen. Sie verrieten jedem meine Angst. Nicht nur die, gesehen zu werden, da war auch die, dass Philipp mich noch mehr aus dem Gleichgewicht bringen könnte. Wie immer, wenn meine Angst kam, näherten sich auch die Pfoten meines Fuchses. Umhüllt von seinem weißen Fell, ächzte er unter der Sonne. Lautlos strich er um meine Beine, so dass ich fast hinfiel, dann reckte er seine schwarze Schnauze in die Luft und sah mich mit seinen ebenso dunklen Augen an. Fast hätte ich Philipps Hand abgeschüttelt. Stattdessen drückte ich zu, ließ unser Handknäuel ein paar Mal hin und her schaukeln, so wie ich es manchmal bei anderen Pärchen auf der Straße sah, und hoffte, dass er nichts davon mitbekam. Auch vor mir stolperte ein Mann über etwas, das nicht da zu sein schien, und ein paar Meter weiter blieb eine Frau an einer Tür hängen, während sie sich hastig umsah. Vielleicht sahen die Viecher, von denen sie verfolgt wurden, gar nicht so viel anders aus als mein Fuchs.

14

Im Gegensatz zu den meisten U-Bahnen verlief die Linie, die in der Nähe von Philipps Wohnung abfuhr, einige Meter über der Straße. Bis zum Gleis waren es siebenunddreißig Stufen, sie waren so schmal, dass Philipp sie seitlich wie ein Krebs nahm. Er folgte uns so langsam, dass wir vier Bahnen ankommen hörten, während wir den Menschen, die vom Gleis runter zur Straße strömten, eng an die Wand gedrängt auswichen.

»Komm schon, konzentrier dich«, schnippte Sophie ein paar Mal vor Philipps Nase herum, als wenn das seinen Kopf in Gang setzen würde. Philipp dagegen machte sich daran, das Geräusch ihrer Finger mit seinen Händen einzufangen, und verlor den Halt. Ich packte ihn, und obwohl er sich fing, knallte sein Gipsarm mit einem dumpfen Ton gegen das Geländer der Treppen.

»Verdammte Algen«, spuckte er das Mundstück seines Schnorchels aus und ging die letzten Stufen bis zum Gleis hoch. Immer wieder stopfte er dabei den Schnorchel in seinen Mund und atmete erst weiter, nachdem er ihn richtig positioniert hatte. Oben angekommen, blieb ein zerknülltes Plakat an dem Gummi seiner Flossen hängen und begann zu reißen.

»Ich mach das«, betonte er, als ich ihm das Papier abnehmen wollte, und verhedderte sich immer weiter darin. Nutzlos setzte ich mich auf eine der Bänke auf dem Bahnsteig und blickte abwechselnd zu den leeren Schienen und zu Philipp. Mittlerweile hatte er das Papier in kleinen Schnipseln auf dem Boden verteilt. Meine Gedanken fingerten nach seinen. Sie wollten wissen, was in ihm vorging.

Bevor ich das herausfinden konnte, fuhr die U-Bahn in die Station ein und blieb vor uns stehen. Philipp spuckte das Mundstück seines Schnorchels aus und starrte das gelbe Abteil mit weit aufgerissenen Augen an. Unter einem Dröhnen öffneten sich die Türen, und wir strömten zwischen den anderen Menschen in eins hinein. Er ruderte mit den Armen und versuchte sich wieder nach draußen zu drängen. Dann schnappte er nach Luft, stopfte sich das Atemgerät wieder in den Mund und atmete so hastig ein und aus, dass seine Spucke aus dem oberen Ende des Schnorchels schoss.

»Wir müssen hier raus!«, presste er zwischen den Zähnen hervor und schob die anderen Menschen beiseite.

Sophie verdrehte die Augen.

»Wo willst du denn hin?« Sie packte ihn am Gürtel seines Neoprenanzugs und hielt ihn fest, so dass er nicht von der Stelle kam.

»Raus! Zurück ins Meer, wir sind hier nicht sicher«, rief er und hielt sein Gesicht nah vor das eines Mannes, der eng gedrängt zwischen uns stand und sich an einer der gelben Stangen im Abteil festhielt.

Irritiert versuchte dieser einen weiteren Zentimeter von Philipp wegzurücken, doch hinter ihm standen weitere Fahrgäste, die ihre Köpfe zu uns rüberreckten.

Philipp wandte sich ab und rempelte mit aller Kraft von Sitz zu Sitz quer durch den Waggon, so dass Sophie ihm widerwillig folgen musste.

»Jetzt bleib doch stehen, verdammt!«

»Wir können doch nicht zwischen diesen ganzen Knochen bleiben! Siehst du das denn nicht?«, entsetzt drehte er sich um. Dann kam er, so schnell er konnte, wieder zurück und drängte sich an Sophie vorbei. Weiter zu mir. »Warum tust du denn nichts?«

Seine Stimme überschlug sich.

»Du reagierst über«, erklärte ich ruhig.

»Nein, das stimmt nicht!« Philipp spuckte das Mundstück aus und brüllte weiter. »Ich reagiere auf diesen Wal! Wir stehen mitten in seinem Maul.«

»Nee, in der U1«, widersprach Sophie ihm und gab ihm einen Klaps auf die Stirn.

»Hau nicht auch noch drauf«, flüsterte ich ihr zu und wandte mich an Philipp.

»Die Mundhöhle eines Blauwals ist etwa sechs Meter lang und einhundertsiebzig Zentimeter hoch, du dagegen bist einhundertachtzig Zentimeter groß. Du könntest nicht einmal aufrecht stehen.«

»Nein, die ist schon über zwei Meter hoch!«, mischte sich einer der anderen Fahrgäste ein. »Allein die Hauptschlagader ist so riesig, dass …«

»… du nur hindurchkriechen könntest«, unterbrach ich ihn und suchte vergeblich nach seinem Gesicht. Für mich sahen sie alle fremd und damit gleich aus.

»Es ist ein Riesenkraken?!«, rief Philipp und presste seine Hände gegen die Türen des Abteils.

»Für die sind wir nicht tief genug«, winkte Sophie ab, und ich sah sie erstaunt an. »Ja, die ersticken, wenn sie so weit oben tauchen. Ich glaube, ihre Adern platzen sogar, und wie tief sind wir?«

Sie stieß Philipp in die Seite.

»Viel zu tief«, murmelte er.

Bevor die Bahn an der nächsten Station zum Stehen kam, öffneten sich die Türen des Abteils, und Philipp preschte in die Menge der auf dem Bahnsteig wartenden Menschen. Er drängte sie beiseite und bahnte sich einen Weg, der sich direkt hinter ihm wieder schloss, so dass Sophie und ich Mühe hatten, ihm zu folgen. Auch vor den Treppen, die von den Gleisen runter auf die Straße führten, stoppte Philipp nicht, stattdessen wurde er schneller und sprang mit einem Satz in den Treppenschacht. Dann war er nicht nicht mehr zu sehen. Hinter mir schrie Sophie etwas, das im Lärm der anfahrenden Bahn und der Straße unterging. Bedacht darauf, niemanden zu berühren, rannte ich weiter und musste dabei immer wieder zurückweichen.

Unten angekommen, entdeckte ich seine dunkle Silhouette auf dem Mittelstreifen der Straße. Ohne mich nach Sophie umzusehen, folgte ich ihm. Diesmal waren es die Autos, denen ich auswich. Die Fahrer hinter den Steuern bremsten, fuchtelten mit den Händen, und ihr Gebrüll prallte gegen die Windschutzscheiben. Normalerweise hätte mir das Angst gemacht, ich versuchte meine Angst heraufzubeschwören.

»Mach dir keine Sorgen um die Autos«, raunten die Motten über der Straße, während ein LKW so nah an mir vorbeifuhr, dass ich den Luftzug spüren konnte.

»Nimm die Motten ernst«, flüsterten die Laternen über ihnen.

Ich ließ mir Zeit, während ich auf Philipp zuging, und folgte dem Mittelstreifen. Beide Spuren verliefen in dieselbe Richtung, so dass mir alle Autos entgegenkamen und mich ununterbrochen in das Licht ihrer Scheinwerfer tauchten. Rechts neben den beiden Spuren ratterte die U-Bahn alle paar Minuten über die Hochbrücke. Sobald ich die Augen zusammenkniff, sah ich Philipp. Er lief ein paar Meter vor mir unbeirrt geradeaus.

Ich rief ihn und rannte los. Entlang den vorbeifahrenden Autos, die immer lauter zu hupen schienen. Mut hatte drei Buchstaben, genauso wie Wut, Hai und Sex. Es blieben nur drei Sekunden, um etwas mit ihnen anzustellen. Das war es, was sie gemeinsam hatten.

»Die Wahrscheinlichkeit, an einem Tag zu erfrieren als auch überfahren zu werden, liegt bei 0,07 Prozent. Durch einen Stuhl erschlagen zu werden, ist fünfmal wahrscheinlicher als von einem Hai getötet zu werden, und jeden Tag stirbt mehr als eine Art aus«, murmelte ich vor mich hin.

Anstatt auf die Straße sah ich nach oben in den Himmel, durch den ein Flugzeug Richtung Süden lenkte.

»Es gibt nur sieben Menschen auf der Welt, die von Meteoritenteilen getroffen wurden, und auf dem Saturn regnet es Diamanten. Auf dem Neptun auch.«

»Nein, auf dem regnet es Graphit. «

Der letzte Satz kam aus Philipps Mund, ich hatte ihn eingeholt. Er schaute mich an, mein Blick fiel auf seinen Gipsarm, der unverwandt auf der anderen Seite seines Körpers hing.

»Die Kritzelei auf deinem Gips …?«, rief ich und versuchte die Geräusche der Autos zu übertönen. Er durfte keinen Schritt zur Seite gehen, zu keiner von beiden, und ich packte seinen Arm.

»Neustart«, spuckte Philipp das Mundstück seines Schorchels aus, und obwohl wir mitten auf der Straße standen, schien sich der Lärm um uns herum zu legen. »Das geht mir ständig durch den Kopf. Einer, der meine Fehler ausradiert und hängengebliebene Programme repariert.«

Unbeholfen drückte ich seine Hand fester an mich.

»Auch Illusionen?«, fragte ich.

»Auch Illusionen«, wiederholte oder stellte Philipp fest, das war nicht voneinander zu unterscheiden. »Ich wollte sie alle loswerden.«

»Dann lass uns gehen.«

»Nein, nein, nein …!«, hastig fuhr er sich durch die Haare.

Er drehte sich einmal um seine Achse, geriet dabei gefährlich weit auf eine der Spuren. Dann schloss er die Augen und öffnete sie wieder.

»Hör auf, sowas zu sagen!«, brüllte er mich auf einmal an.

Ich zuckte zusammen, meine Kehle begann zu schmerzen. Tränen stiegen in mir hoch, und ich verfluchte sie, was sie unbeeindruckt ließ. Sie liefen dennoch mein Gesicht runter. Ich ging auf ihn zu, er wich mir aus und knallte mit dem Gips gegen meinen Kopf. Ich fluchte, und als mir kein Fluch mehr einfiel, begann ich von neuem und wusste nicht, welchen Schmerz ich zuerst verfluchen sollte. Sophie hatte recht gehabt, schimpfen linderte ein wenig. Philipp wich erneut aus.

»Was tue ich nur …«

»Was … ich wollte nicht …?« Ich verstummte und schüttelte den Kopf.

Es fühlte sich so an, als könnte ich nie wieder damit aufhören. Mein Kopf dröhnte, alle meine Gedanken wollten zur selben Zeit heraus und verkeilten sich ineinander. Ich war keiner seiner Lieblingsmenschen. Kein Lieblingsmensch. Das war der einzige Gedanke, der sich durchdrängelte und widerhallte. Ich konnte mich nicht rühren, hilflos schaute ich mich zu meinem Fuchs um und sah ihn ein paar Meter entfernt unter dem Licht der Straßenlaternen auf dem Bürgersteig sitzen. Meine Ohren rauschten so laut, dass ich kaum etwas hören konnte. Hastig spulte ich das, was ich gesagt hatte, zurück und fahndete nach dem Fehler, dem falschen Ton, einer unpassenden Silbe, und fand nichts.

Mit einem Ruck wischte ich mir die Tränen aus dem Gesicht und packte Philipp, er stieß mich weg, und ich knickte vornüber, fiel vom Mittelstreifen auf eine der Spuren und knallte auf meine Knie. Schmerz, gellend wie ein hoher Ton, durchfuhr mein Bein. Mit offenem Mund stützte ich mich auf meine Handgelenke, starrte den Teer unter mir an, bis ich wieder in Bewegung kam. Ich fuhr herum, sah das nächste Auto auf mich zukommen. *Die Wahrscheinlichkeit, bei einem Verkehrsunfall zu sterben, liegt bei 0,1 Prozent.* Unmittelbar tauchte dieser Gedanke in mir auf und wurde von weiteren verfolgt. Um etwas geradezurücken, musste etwas anderes verschoben werden. Und manchmal, da verrückte man alles, ohne dass etwas gerade wurde. Kaltes Blech sah genauso aus wie heißes, und es gab immer zu wenig Zeit, um alles richtig zu machen, doch immer genug, um es noch mal zu tun.

Die Scheinwerfer des Autos kamen näher, ich sprang zur Seite und riss Philipp mit auf den Bürgersteig.

»Was ist dein verdammtes Problem?«, brüllte ich ihm entgegen.

Philipp sah mich mit weit aufgerissenen Augen an.

»Du denkst wirklich, dass du real bist …«, schüttelte er den Kopf. »… aber das bist du nicht.«

»Was!?«

Meine Stimme überschlug sich, sie war zu langsam für meine Gedanken.

Philipp tippte sich an die Stirn.

»Du bist nur hier drin, verstehst du?«, schrie er mich an. »Nur hier in meinem Kopf. Sobald ich meine Medikamente wieder nehme, wirst du dich genauso wie alle anderen meiner Illusionen in Luft auflösen. Du wirst nichts davon mitbekommen, aber ich …«

Er wischte sich den Schweiß von der Stirn, und alle meine Gedanken knallten auf den Grund, während sich seine Stimme überschlug.

»Zwischendurch war ich davon überzeugt, dass du wirklich bist, und dann wurde mir klar, dass ich mich irre. Sophie ist die Einzige, die auch schon da war, bevor ich meine Tabletten abgesetzt habe. Aber du … du kamst erst danach und wirst verschwinden. Mit der Flut.«

Ich kam kaum hinterher.

»Deswegen wolltest du …«, begann ich meine Gedanken zu ordnen und gab nach ein paar Sekunden auf.

Philipp nickte.

»Wenn ich meine Tabletten genommen hätte, wärst du allmählich verblasst.«

Schneller, als ich bereit war, nahm er meinen Kopf zwischen seine Hände und sah mich an. Die Tauchmaske rutschte von seinem Kopf, und seine Haare, die unter dem Gummi geklemmt hatten, standen ab.

»Und ich habe mich in dich verliebt. In meine eigene Illusion.«

Meine Gedanken wirbelten auf, keiner von ihnen konnte diese Nähe verarbeiten, mir war seit Jahren niemand so nah gekommen. Seine Lippen schmeckten nach meinen Tränen, ich war erschöpft, meine Gedanken drosselten sich, und eine ungewohnte Stille breitete sich in meinem Kopf aus. An ihre Stelle trat das Rauschen in meinen Adern, ich spürte meinen Herzschlag, auch meinen Puls und jeden einzelnen meiner Zehen. Wahrscheinlich war einer von ihnen gebrochen.

Mein Fuchs stieß mit der Schnauze gegen mein zerschrammtes Knie und leckte den Schweiß ab, auch das Blut. Ich wusste, was er wollte. Das war die Angst, dass es wieder aufhören könnte. Ich ließ ihn gewähren, und er legte sich mit gespitzten Ohren zwischen meine Füße.

»Ich bin real«, flüsterte ich und war mir für einen Moment selbst nicht mehr sicher.

»Nein, das bist du nicht.«

»Ich habe einen Pass«, sagte ich und erinnerte mich, dass seine Gedanken diese Stadt in Atlantis verwandelt hatten.

Philipp schüttelte den Kopf und wiederholte sich.

»Nein, das bist du nicht.«

Ich atmete tief ein.

»Du wirst dich noch wundern«, sagte ich schlicht.

»Wusstest du, dass du der erste Mensch bist, den ich mir in meiner Wohnung vorstellen kann?«

Irritiert sah Philipp mich an.

»Also … du würdest mich nicht stören, so wie alle anderen«, fügte ich hinzu.

Wir lösten uns erst voneinander, als Sophies Stimme von der gegenüberliegenden Straßenseite zu uns rüberschallte.

»… bin erst in die andere Richtung gelaufen, aber das war ein ganz anderer Taucher!«

Sie rannte auf uns zu und umarmte Philipp, dann drückte sie ihm einen Apfel in die Hand.

»Für dich habe ich auch einen.«

Ich gab ihr den Schnorchel und die Tauchmaske, die Philipp ausgezogen hatte, und sie gab mir einen angebissenen Apfel.

»Wo hast du die her?«, wollte ich von ihr wissen.

»Da war ein Obststand.«

»Bald werdet ihr alle weg sein«, murmelte Philipp.

»Warum sollten wir denn weg sein?«, brachte Sophie kauend zwischen ihren Zähnen vor und wandte sich an mich. »Ist dir nicht gut?«, fragte sie, und ich hoffte, sie meinte Philipp. Ich wollte noch ein wenig in meinen Gedanken bleiben.

»Juli?«

Ich verdrehte die Augen genauso wie meine Gedanken.

»Ich bin da«, schluckte ich.

»Geht´s dir gut?«, fragte sie noch einmal.

»Gut«, antwortete ich schlicht.

So genau wusste ich das gar nicht, zum Abgleich sah

ich mich nach dem Fuchs um, doch er war nicht mehr da.

»Vielleicht doch nicht so gut«, gab ich zu.

Sie sah mich mit einem Ausdruck an, von dem ich gelernt hatte, dass er ›besorgt‹ hieß, und wollte mich umarmen.

»Bitte nicht.« Ich bewegte mich einen Schritt von ihr weg, für den Fall, dass sie es trotzdem versuchen würde. Dann machten wir uns auf den Weg zur Klinik, die nur noch drei Straßen und einen Kanal entfernt war.

Die Umrisse der beiden Klinikseitenflügel verschwanden vor dem dunklen Himmel, und es sah aus, als hingen die zweihundertfünfundfünfzig Fenster, die beleuchtet waren, in der Luft. Wir gingen am Haupteingang vorbei und schlugen den Weg zum Park und in Richtung Station siebenundzwanzig ein. Anders als im Hauptgebäude brannte dort kein Licht.

Dann klirrte es, und ich brauchte ein paar Sekunden, bis ich begriff, dass das Geräusch nicht hinter uns entstanden war. Auch nicht vor uns, es kam von oben. In dem Schein der beleuchteten Fenster des Hauptgebäudes war eine Gestalt zu erkennen, die von außen auf dem Sims des neunten Stockes stand. Anstatt nach unten, hangelte sie sich nach oben Richtung Dach und rutschte ab.

»Der springt«, sagte ich schnell.

»Der klettert«, bemerkte Sophie, rannte zum Hintereingang der Klinik und sprang die wenigen Stufen mit einem Satz hoch bis zur Tür. Ich packte Philipp an der Hand und zog ihn hinter mir her, während ich Sophie folgte. Die Taucherflossen an seinen Füßen patschten auf den Sandweg. Dann hallte ihr Klang entlang der Wände des Treppenhauses. Im vierten Stock spürte ich, wie er stockte, und wandte mich um. Philipp wedelte mit seinen Armen, erst nach ein paar Sekunden erkannte ich, dass es kein Wedeln war. Er kraulte. Außer ihm hatte niemand von uns bemerkt, dass wir die Wasseroberfläche erreicht hatten.

Als wir im neunten Stock angekommen waren, hörte ich Sophies Schritte auf dem nächsten Treppenabsatz. Ich rannte weiter und sah sie am Ende der Stufen vor einer Tür knien. Da war kein Licht wie in den restlichen Stockwerken darunter, aber eine Menge zerknüllter Taschentücher. Ich nahm eins und verrieb es in meinen Händen. Rotz klebte die Fasern zusammen, nicht der gelbe, der die Schleimhäute runterfloss, es war der transparente, der direkt aus der Seele kam. Wer auch immer in sie reingeschnieft hatte, war genauso bang wie ich.

Ich blickte auf die Taschentücher und stellte fest, dass die Angst, die mich begleitete, nicht nur harmloser war, als ich gedacht hatte, sondern auch viel weiter verbreitet. Jeder hatte Angst und fragte sich, wie er sie zähmen und seinen Gedanken, die gleichzeitig von Katastrophen und Fiaskos redeten, entfliehen sollte. Antworten darauf gab es einige, aber Zweifel waren unendlich.

Wie auf ein Stichwort schlich mein Fuchs hinter meinem Rücken entlang und machte sich an einem der Taschentücher zu schaffen. Er klemmte es zwischen seine Vorderpfoten und begann es zu zerreißen. Immer wieder stockte er und leckte an dem weißen Sekret. Dabei schüttelte er irritiert seine Schnauze. Ich hatte ihn noch nie angefasst. Er war es, der mich ab und zu mit dem Schweif streifte oder mit der kalten Schnauze anstieß. Ohne aufzuschauen, drehte er seine Ohren zu mir, er war auch nicht so wild, wie ich gedacht hatte. Von weißen Fusseln umgeben, zerriss er das nächste Taschentuch. Die Fasern verteilten sich und schwirrten träge in der Luft. Ich strich ihm durch sein Fell, an einigen Stellen war es verfilzt. Wie langweilig Angst war.

Sophie haute mehrmals auf den Lichtschalter neben der Tür, und als es aufleuchtete, sah ich uns in der Fensterscheibe. Dicht aneinandergedrängt standen wir vor der Tür zum Dach. Philipp überragte uns und war am weitesten entfernt. Sein Blick suchte und fand nichts. Dann war da noch sein Neoprenanzug, der mit jeder seiner Bewegungen quietschte.

»Immerhin steigt das Wasser nicht mehr«, brachte er außer Atem hervor.

»Nicht?«

»Sinkt es?«, wollte Sophie wissen.

»Es steht bis zum vierten Stock, das ist ja wohl kaum zu übersehen.« Er fuhr herum.

Sophie hatte ihre Haare zu einem Knäuel verknotet, das genauso schief hing wie meine Miene. Vereinzelte Strähnen fielen über ihre Ohren und ragten in die Luft. Immer wenn ich in ihr Gesicht sah, musste ich an ein Wort denken. Selig. Das traf es nicht genau, besser war »seelig«. Ich wusste selbst nicht warum, es kam mir altmodisch vor, was wiederum gar nicht zu ihr passte. Vielleicht lag es an ihren Augen, die alles hingerissen ansahen. Selbst Schimmel sah sie so an. Der Rest ihres Körpers verschwand unter den schwarzen Sachen, die sie trug, so dass es aussah, als würde ihr Kopf ein Meter über ihren hantierenden Händen in der Luft schweben. Nur die weiße Aufschrift ihres Shirts prangte wie ein Titel zwischen uns.

Da, wo ich stand, regte sich nichts. Meine Haut zog sich unbewegt über meinen Körper, wie viel Chaos darunterlag, war nicht zu sehen. Für einen Augenblick trafen sich unsere Blicke in der Scheibe, bevor Sophie sich wieder an der Tür zu schaffen machte und sie öffnete.

Auf dem Dach dahinter war niemand zu sehen. Milchige Oberlichter wölbten sich hervor und verteilten sich über die gesamte Fläche, einige von ihnen lagen im Dunkeln, andere leuchteten und wurden von Insekten umschwirrt. Wie die Nächte zuvor, war es heiß, und der Weg durch das Treppenhaus hatte gereicht, dass mein Shirt klamm an meiner Haut klebte. Ich schaute über den Rand runter in die Tiefe. Auf Dächern und Brücken konnte ich mir nicht trauen. Manchmal überkam mich das Gefühl, springen zu wollen. Sterben wollte ich dabei gar nicht. Nur springen.

»Siehst du was?«, rief Sophie.

»Ich seh nur Wasser«, entgegnete Philipp.

»Da ist keins.«

»Du siehst nicht richtig hin«, widersprach Philipp und lief rüber zur anderen Seite des Daches.

»Wie soll ich etwas sehen, das nur in deinem Schädel stattfindet?«, brüllte Sophie ihm zu.

»Streng dich an.« Philipp blieb stehen und wandte sich schulterzuckend zu ihr um. »Ich hör dir schließlich auch zu.«

»Das ist doch etwas ganz anderes.«

Er sah sie auffordernd an, und sie gestikulierte stumm in der Luft.

»Du bist umnachtet«, fand sie ihre Sprache wieder.

»Und du bist verrückt«, entgegnete er.

»Irrer.«

»Gestörte«, konterte Philipp.

»Blödsinn …«, murmelte Sophie und öffnete mit sorgfältigen Bewegungen die Tür zum Dach. »… ich bin so normal, dass mich alle anderen für verrückt halten, du Psycho.«

Wir liefen auf die Seite des Daches, die zum Park hinausging, und lehnten uns über das schmale Geländer. Knapp unter uns hangelte sich eine Gestalt entlang, sie war kaum vom Fleck gekommen, seit wir von unten bis auf das Dach gelaufen waren. Sophie lehnte sich weiter runter und packte etwas, das aussah wie ein Kragen. Eine Hand mit einer Topfpflanze erschien, danach ein Arm und ein Kopf mit kurzen Haaren. Sie waren blond und gehörten zu Nils Lynte. Auch jetzt trug er seinen schwarzen Anzug mit den schwarzen Schuhen.

»Hältst du die kurz?«, ächzte er.

Dann wurde mir die Pflanze entgegengestreckt, und der Rest seines Körpers kletterte über das Geländer zu uns herauf.

»Sieht so aus, als würdest du türmen«, stellte Sophie fest und musterte ihn.

Er strich seinen Anzug glatt und erzählte uns, dass er seit einer Woche alle Abläufe auf der Geschlossenen beobachtet hatte.

»Bis ich eine Lücke fand, das da …«, er zeigte runter in den neunten Stock unter uns, »… ist das einzige Fenster, das offen ist. Nur ein wenig hoch.«

Das verriet er nicht ohne Stolz.

»Warum haust du denn ab?«, fragte Sophie.

»Ich werd hier drinnen noch verrückt.«

»Und die Pflanze?«, wollte sie wissen. »Wieso schleppst du die mit dir rum?«

»Jeder bekommt eine Pflanze, wenn er die Station verlässt«, beantwortete Philipp die Frage und kam Nils damit zuvor.

»Genau«, stimmte Nils zu. »Und ich verlasse die Station heute Nacht.«

»Ich dachte, du springst«, bemerkte ich schlicht.

»Ich bin doch nicht verrückt.« Er schüttelte den Kopf.

Was er danach erzählte, hörte ich schon nicht mehr. Stattdessen schaute ich über die Dachkante hinweg. Da, wo es dunkel war, reihten sich Bäume und Grasflächen aneinander, viele Flächen gab es nicht davon. Obwohl die Klinik mitten in der Stadt lag und von diversen Straßen umgeben war, gelangte kaum ein Laut bis hier oben hin.

Sobald es dunkel war, schien die Zeit ohnehin langsamer zu vergehen. Wie die Wolken zog sie unendlich vorbei. Deswegen mochte ich die Nacht schon immer lieber als den Tag. Selbst hier in der Stadt gab es eine Zeit, in der alle von den Straßen verschwunden waren. Das war zwischen vier und fünf Uhr morgens, die meisten schliefen dann, einige wälzten sich im Bett herum. Vor Sorgen oder zu zweit. In der Nacht wohnte auch das Kuriose, sichtbar im Dunkeln und versteckt am Tag. Vielleicht war diese Zeit deswegen der Ort, zu dem wir gehörten.

Dann dachte ich an Philipp und die Flut. Was für

ihn real war, war für mich etwas, das ich nicht sehen konnte, und was für mich real war, war etwas, das ich niemandem erklären konnte. Irgendwann hatte ich mal die Definition von Wahnsinn gelesen, es bedeutete so etwas wie leer. Ein Schädel ohne Sinn. Ich hatte noch nie jemanden ohne Sinn getroffen, andererseits war ich auch noch nie verreist. Vielleicht bedeutete es, als geisteskrank diagnostiziert zu werden, nur, empfindsamer zu sein und mitunter etwas zu sehen, was andere Menschen weder sehen noch fühlen konnten. Vielleicht ordnete sich unser Geist nicht auf einem Spektrum zwischen normal und verrückt ein, sondern nur zwischen ein wenig irre und sehr verrückt. Je nachdem, wie viel Glück man gehabt hatte.

Ich dachte an Clemens und sah ihn in seinem zertrümmerten Büro. Mit einer neuen Flasche Whiskey saß er in dem schwarzen Ledersessel und ließ sich von der Mutantin seine aufgerissene Hand nähen. Meine Gedanken wanderten weiter zu Marten, dessen Füße bohrten sich an irgendeinem Strand in den Sand, und neben ihm stand seine Freundin mit einem schnell rotierenden Auge. Ihre Augen waren grün und passten gut zu den langen dunklen Haaren, die ihre nackten Brüste verdeckten.

Dann musste ich an Oskars Stuhl im Gemeinschaftssaal denken und konnte mir nicht vorstellen, dass morgen zum Frühstück jemand anderes dort sitzen würde.

»Meint ihr, wir können Tomaten auf Oskars Grab pflanzen?«, fragte ich die anderen und tauchte aus meinen Gedanken auf.

»Wer ist Oskar?«, wollte Nils wissen und zog sich ächzend die schwarzen Lederschuhe aus.

»Ein Patient, der Freitag gestorben ist. Oder Donnerstag, so genau wissen wir das nicht«, entgegnete ich und musste bei der Erinnerung an seinen Kopf im Seil lachen.

»Klar.« Er runzelte die Stirn.

»Glaubst du mir nicht?«

»Du lachst«, stellte Nils fest.

»Oskar ist gestorben«, wiederholte ich und zog meine Mundwinkel zu einer traurigen Grimasse nach unten, woraufhin Sophie lachen musste.

»Besser«, sagte Nils. »Und woran ist er gestorben?«

»Er hat sich zwischen seinen Tomaten erhängt.«

Ich presste die Lippen zusammen, bis Sophie und ich lachend losprusteten.

»Das stimmt«, versuchte Sophie sich zu fangen und lachte noch lauter als zuvor.

Nils schaute uns an und sah aus, als überlege er, über das Geländer wieder zurück in die Geschlossene zu klettern.

»Jeder hat einen eigenen Umgang mit dem Tod«, murmelte er schließlich und krempelte seine Ärmel hoch.

Als ich aufwachte, hingen meine Knochen schief zwischen Sophie und Philipp. Es war Montagmorgen, und mein Kopf war leer. Nils war verschwunden, auch seine Pflanze, und für einen Moment war ich mir nicht sicher, ob wir ihn uns alle nur eingebildet hatten. Es dauerte, bis ich meine Form wiederfand, vorsichtig nahm ich Philipps Arm von mir runter. Dann blickte ich auf das weiße Fell des Fuchses, der zu meinen Füßen lag. Er gähnte. Seine Zähne wurden sichtbar, dann drehte er sich zu mir. *Die Hauptfigur in Heldengeschichten war nie der Held selbst.* Auch das hatte ich irgendwann gelesen. Es war der Schurke. Der, der einem Angst machte und alle in Bewegung brachte. Ich strich durch sein Fell und kraulte ihn an den Ohren.

»Du wirst mich noch lange begleiten, oder?«

Seine Augen musterten mich.

»Dann brauchst du einen Namen, findest du nicht?«

Er drehte sich auf den Rücken und streckte mit weit aufgerissener Schnauze seine Pfoten in die Luft.

»Ich nenne dich Bang.«

Besuchen Sie uns im Internet
www.ullsteinfuenf.de

Ullstein fünf ist ein Verlag der Ullstein Buchverlage GmbH, Berlin
ISBN 978-3-96101-003-5

Umschlaggestaltung: Niah Finnik, Berlin
Titelabbildung: © Tin Man Photography
Foto der Autorin auf Seite 1: © privat
Zitate auf S. 210 f: Peter Falkal und Hans Ulrich (Hg.): Diagnostisches und Statistisches Manual Psychischer Störungen DSM-5, Hogrefe Verlag 2015, S. 979.
Gesetzt aus der Dante
Satz: L42 AG, Berlin
Druck und Bindung: CPI books GmbH, Leck
Printed in Germany